KB077522

# RONDO

## 그룬시아드 대륙 (The Grunsiad)

구름산맥
노스 플레인
바람섬
뤼넨바르트 왕국
불멸의 땅
이모탈 랜드
폭풍군도
아스칼 왕국
이스트코스트
알카이온
연방
성황
오르비스 해역
칠탑
드래곤의
묘지
카를 만
바람해역
아이소니아
왕국
산체스 레논
왕국 왕국
에스톨
공화국
호수
화이트 블루
페르비오노
왕국
마의 산
로드 플레인
브롤바르트
제국
리벤반도
오르비스
아일랜드
웨스트코스트
이온
공국
센다르크 평원
휴양지
에스툴리움
마도국가
린셀
신성국가
라노르 신의 탑
긴다 만
후
해적의 성지
후크 스컬
마탑
사우스레인지
대해
한 반도
굴
블랙시나 반도
미스터리
아일랜드

Illust by Rosy.

# RONDO

**신성 게임 판타지 소설**

FANTASY FRONTIER SPIRIT

# 론도 5
신성 게임 판타지 소설

초판 1쇄 찍은 날 § 2008년 2월 15일
초판 1쇄 펴낸 날 § 2008년 2월 25일

지은이 § 신성
펴낸이 § 서경석

편집장 § 문혜영
편집책임 § 유혜림

펴낸곳 § 도서출판 청어람
등록번호 § 제1081-1-89호
등록일자 § 1999. 5. 31
어람번호 § 제1-0944호

주소 § 경기도 부천시 원미구 심곡1동 350-1 남성B/D 3F (우) 420-011
전화 § 032-656-4452  팩스 § 032-656-4453
http://www.chungeoram.com
E-mail § eoram99@chollian.net

ISBN 978-89-251-1190-2 04810
ISBN 978-89-251-0890-2 (세트)

# 론도

신성 게임 판타지 소설

FANTASY FRONTIER SPIRIT

[완결]

◆5◆

영원(永遠)의 장

# RONDO

청람

도서출판

# RONDO

## Contents

끝이 있으되 영원하다.

# EPISODE **025**
Game over

세상은 미쳐 있었다. 하지만 이걸 알아야 한다.

미친 세상에서 미치지 않은 사람 또한, 미친 인간이라는 것을.

\*　　　　\*　　　　\*

병원의 창문 너머로 파리한 낙엽들이 하나둘씩 떨어져 내리고 있었다. 희경은 떨어지는 나뭇잎들을 바라보며 어릴 적 읽었던 오 헨리의 「마지막 잎새」를 떠올리고 있었다. 문득 속으로 매달린 나뭇잎에 아는 사람들의 이름을 붙여본다.

'저건 지아.'

날카로운 바람이 스치며 잎이 떨어져 내렸다. 희경의 안색이 약간 창백해졌다. 괜한 짓을 했어, 바보같이. 지아는 이미 죽었잖아.

그러나 의식은 쉽게 표면으로 드러나지 않는다. 메마른 정신의 귀퉁이가 풍부함을 되찾을 때까지는 얼마간의 시간이 더 걸릴 것 같았다. 희경은 앙상한 나뭇가지의 꼭대기에 달린 두 개의 나뭇잎에도 마저 이름을 붙여주었다.

'저건 신민호. 그리고 저건…… 진수련.'

두 나뭇잎은 날카로운 바람에도 꿋꿋이 가지 끝에 붙어 몸을 사리고 있었다. 강인하고, 또 억센 두 개의 나뭇잎. 희경은 신민호에 대해 생각하고 있었다.

어쩌면 자신이 그를 바꿀 수 있었을지도 모른다. 잘 알지는 못하지만, 분명 과거의 어느 순간에는 그런 기회가 있었을 것이라고. 그러나 희경은 곧 고개를 흔들었다.

그의 절대를, 그녀는 담을 수 없다.

시선은 다른 하나의 나뭇잎으로 넘어갔다. 어젯밤에 떠난 수련은 아직까지 돌아오지 않고 있었다. 론도는 분명 접속 시간 제한이 있었던 것으로 기억하는데…….

시계는 오전 7시를 가리키고 있었다. 그가 큐브 속으로 들어갔던 시각이 오후 11시였으니, 지금쯤이면 밖으로 나왔을지도 모른다.

'어쩌면, 그가 돌아왔을지도 몰라.'

희경은 나지막한 희망을 품으며 자리에서 일어났다. 하지만 쉽게 발걸음은 떼어지지 않는다. 그녀는 옆에 누워 있는 수연의 얼굴을 보았다. 망설임.

"……."

도로 의자에 주저앉았다. 나보고 어쩌라는 거야.

수련의 슬픈 얼굴이 아련하게 떠오른다. 희경은 그가 자신을 좋아해 주길 바랐다. 그러면서도 그가 자신에게 유혹당하지 않기를 바랐다. 그가 그녀를 사랑하게 되면, 그녀는 그를 버리게 될 것이라는 사실을 잘 알기에…….

그녀는 타인의 사랑을 이용할 줄 알았다. 누군가가 자신을 사랑한다는 사실을 알게 되면 야릇한 경멸과 함께 상대적인 우월감이 차오른다. 넌 날 사랑하지만, 난 널 사랑하지 않아.

그녀는 그런 여자였다.

"바보같이……."

얼굴을 감싸 쥔다. 다행이라고 생각한다. 다시 사랑하지 않게 되어서. 그가 제대로 된 사실을 찔러줘서. 하지만, 그럼에도…….

사랑받고 싶었다.

호흡을 고르며 다시 고개를 들었을 때는 시침이 위치를 바꾸고 있었다. 희경은 수연의 반대쪽 침대를 바라보았다. 얼마 전 병실을 옮긴 남자 환자가 조용히 누워 있었다.

벌써 몇 주째 뇌사 상태에 빠져 있는 사내. 링거 옆에 매달린 명찰에는 배진곤이라는 이름이 적혀 있다.

불현듯 분노가 치솟는다. 모두 그 때문이라는 생각이 들었다.

'저 녀석이, 수연이를…….'

수연을 친 프라이드에 저 남자가 타고 있었다. 정작 운전기사는 도망쳤지만, 저 남자가 아니었다면 모든 게 잘되었을지도 모른다.

인과관계는 붕 뜬 먼지구름 같다. 다만 그가 그때 거기에 있었기에 지아가 죽었고, 수연이 다쳤으며, 수련이 떠났다?

망상이었다.

희경은 애써 갈 곳 없는 살의를 잠재웠다. 부질없는 짓. 그는 아무런 잘못이 없다. 잘못이 있다면 오히려 그녀였다. 세상이 저주스러웠다. 차라리 태어나지 않았다면, 이런 꼴을 당하지 않아도 되었을 텐데. 이렇게 살아가지 않아도 되었을 텐데.

희경은 선반 위에 널브러져 있는 리모컨을 들어 텔레비전을 켰다. 뭐라도 듣지 않으면 미칠 것 같았다. 말쑥한 인상의 아나운서가 흐릿하게 브라운관을 메웠다. 그리고 의미심장한 목소리를 쏟아냈다.

"성환 그룹 신민호 회장의 행방불명 소식이 오늘 아침 6시를 기점으로 공식 발표되었습니다."

처음 그 목소리는 곧바로 전두엽으로 전달되지 않았다. 그리고 잠시 후, 그 음성이 담고 있는 정보가 뇌리 속으로 흘러들어 갔을 때, 다행히 그녀는 충격을 고스란히 흡수할 수 있을 만큼의 여유를 이미 갖추고 있었다.

무슨 일인가 벌어질 것이라고는 이미 예상했다. 하지만 구체적으로 어떤 일이 벌어질 것인지, 그것까지는 알지 못했다. 희경은 엄지손가락을 입술과 턱의 점이지대에 가져다 댄 채 골몰했다. 뉴스에 급보가 들어온 것은 그때였다.

"급보입니다. 레볼루셔니스트의 가상현실 게임 「론도」가 금일 오전 6시 30분을 기점으로 서비스의 잠정적 중단을 선언했습니다."

새로운 리포트를 전해 받은 앵커의 안색이 하얗게 질려가고 있었다. 무슨 일인가 벌어지고 있다. 희경은 가슴이 졸아드는 것을 느꼈다. 일이 터지기 직전의 급박한 공기가 피부를 감싸 안았다. 수련이 접속해 있는 세계에 뭔가가 벌어졌다.

"안타까운 소식을 전하게 되었습니다. 현재 「론도」에 접속해 있는 약 40만 명의 유저들이 원인 모를 뇌사 상태를 겪고 있다고 합니다. 이 문제에 대해 레볼루셔니스트는 외부 서버의 이상은 없으며, 조속한 해결을 위해 내부 점검을……."

정보는 여과되지 않고 그대로 뇌리를 울렸다. 희경은 자리에서 벌떡 일어섰다. 발끝에서부터 시작된 공포가 온몸으로 번져나간다. 수련이 게임 속에 접속해 있다.

원인 모를 뇌사 상태. 서버 점검. 그리고…….

"영원의 종말."

그것은 희경의 음성이 아니었다. 어느새 텔레비전의 화면은 흑백으로 바뀌어 있었다. 영화에서나 나올 법한, 추락하기 직전의 전투기 조종사가 보내는 듯 망가진 화면이었다.

화면 속에 비친, 익숙한 실루엣의 남자. 피에로 가면의 입꼬리는 흉측하게 올라가 있다.

"게임은, 끝났다."

행방불명되었다고 알려진 성환 그룹의 회장. 그것은 마치 오래전부터 녹음되어 있었던 듯한, 조금의 인간미도 느껴지지 않는 메마른 목소리였다.

그녀는 숨 쉬는 것조차 잊은 채 의자에 주저앉았다. 그제야 이제껏 그가 보였던 행동들이 하나둘씩 이해되기 시작했다. 그녀를 이용했던 신민호의 속셈이 선명한 윤곽을 드러낸다. 희경은 망연히 창밖을 응시했다.

단단히 매달려 있던 두 개의 나뭇잎 중 하나가 바람결에 실려 유유히 떠나가고 있었다. 당황한 앵커들의 허둥대는 목소리가 브라운관을 맹맹하게 울렸다.

게임은 끝났다. 론도는, 그곳은 더 이상 게임이 아니었다.

*       *       *

서기 2015년. 가을이 사라진 어느 날, 새로운 세계가 열렸다.

가득 침체된 혼란이 모든 개체의 내부에서 기형적으로 뒤섞여 갔다. 세계를 외부와 내부로 나눈다면, 외부의 혼란은 내부의 혼란에는 차마 비교할 수 없을 만큼 경미한 수준에 불과했다.

"우릴 돌려보내 줘!"

"날 내보내 줘. 여기서 꺼내달라고, 이 빌어먹을 개새끼들아!"

추정 인구 약 40만 명. 그들은 하루아침에 이제껏 게임이라고 믿었던 세계 속에 갇혀 버렸다.

"엄마, 아빠, 보고 싶어요……."

잡음은 고요히 잉태된다. 사람들은 피를 흘리며, 그리고 울부짖으며 '자신들의 세계'로의 귀환을 외쳤다. 현실에서 도피하기 위해 게임 속에 들어온 자들은, 이제 다시 현실로 돌아가기를 갈망하고 있었다.

그러나 당연하게도, 누구도 돌아갈 수 없었다.


혼란이 조금씩 정제되기 시작한 것은 론도가 현실과 단절된
후, 론도의 시간으로 약 한 달이 경과한 뒤였다. 그 한 달간, 개
인의 내부에서 생성된 혼란은 모두의 혼란이 되었고, 서로 마주
친 혼란들은 상쇄되지 못하고 얽혀 더욱 거대한 혼란을 초래했
다.

윤리성이 제대로 확보되지 못한 공간이 어느 날 현실이 되었
을 때, 인간은 과연 어떤 행동을 취할 것인가.

"살려줘! 으아아아!"

비명이 그치는 날이 없었다. 현실과 가상현실을 구분하지 못
하고, 그곳이 자신의 현실이 되었음을 받아들이지 못하는 일부
유저들은 곳곳에서 강간과 살인, 그리고 약탈을 일삼았다.

믿을 수 있는 동료는 아무도 없었다. 편히 잘 수 있는 여관도
없었다. 하루를 살아간다는 것은 한 명분의 전쟁을 감당한다는
뜻이었고, 그것은 내일도 그곳에 존재하기 위한 몸부림이었다.

그리고 정확히 한 달이 경과했을 때는, 이미 1만 명에 육박하
는 유저들이 욕망의 소용돌이 속에서 목숨을 잃은 후였다.

남은 40만 명의 유저들은 그제야 조금씩 깨닫기 시작했다.

이제 이곳은 그들의 「현실」이 되어버렸다는 사실을.


아이러니하게도 제일 먼저 그 현실을 깨달은 것은 팜므파탈,
즉 매춘부들이었다. 그 뒤바뀐 현실에 제일 거부감을 일으킨 것

도 그들이었고, 가장 먼저 그 현실에 적응한 것도 그들이었다.

"오빠, 이리 와서 놀다 가!"

그들은 이제 '진짜' 매춘을 해야 했다. 거짓된 영혼을 팔아 돈을 벌던 그들은 이제, 그 거짓을 자신의 진실로 받아들여야 했다. 비참한 생활. 영혼을 팔아 번 돈으로 루이비통을 사고, 구찌를 사던 그들은 이제 자신의 영혼을, 아니, 육체를 먹여 살릴 돈을 벌어야 했다.

모든 것이 나락으로 떨어진 순간, 인간은 현실을 깨닫게 된다.

가상현실이 현실로 뒤바뀐 지, 내부 시간으로 정확히 세 달.

그 세 달 만에, 대부분의 유저들은 그들의 새로운 「현실」에 대한 적응을 마쳤다.

*　　　*　　　*

잘게 썰린 아기 구름들은 꽈배기처럼 몸을 뒤튼 채 힘겨운 시선으로 지상을 내려다본다. 그 호기심 어린 눈빛에 마주 관심을 던져 줄 만도 하건만, 당연하게도 그들의 시선을 신경 쓰는 존재는 지상에 아무도 없었다.

세상에는 종종 그런 종류의 시선이 있다. 보든 말든 별다른 신경이 쓰이지 않는, 그리고 그 자리에 있다는 것조차 좀처럼 인지할 수 없는……. 베로스의 시선은 그런 추상적, 혹은 초현실적인 시선들과는 확연히 다른 것이었지만, 그럼에도 불구하고 세피로아는 굉장히 오랜 시간이 경과한 후에야 그의 시선에

답할 수 있었다.

"아, 미안. 불렀어?"

침잠하던 눈빛이 간신히 수면 밖으로 드러났다. 특유의 밝은 생기가 감돌자, 세피로아의 깊은 담갈색 눈동자가 이채를 띤다.

"응? 안 불렀는데."

베로스는 도리어 당황하며 고개를 도사렸다. 그사이 세피로 아는 또 깊은 사념 속에 잠겨 버리고 말았다. 베로스는 묵묵히 한숨을 내쉬며 말했다.

"사실은 불렀어."

"역시 그렇구나."

싱긋. 그 불가사의한 청초함은 대체 어디서 오는 것일까. 시선이 닿은 곳에는 네르메스와 루피온이 허리에 손을 얹은 채 다투고 있었다. 보아하니 또 루피온이 돼먹잖은 개그를 선보인 모양이었다. 베로스가 말문을 열었다.

"녀석은 어때?"

녀석. 그 단어가 지칭하는 바가 너무도 명백해서 가슴이 아프다. 세피로아는 반응이 없다. 베로스는 끈기있게 물었다.

"녀석은 어때?"

녀석은 어때. 선들바람에 풀잎이 스치듯 대수롭잖은 목소리였다. 그래서인지 곧이듣기도 힘든 말이었다. 하지만 세피로아의 예민한 귀는 두 번이나 반복된 말까지 놓치지는 않았다.

"아직."

무심했다. 그런 것 따위에는 신경도 쓰지 않는다는 듯한, 짜부라진 낙엽 같은 목소리다.

그러나 베로스는 그것이 그렇지 않음을 잘 알고 있다. 흘끗 쳐다본 세피로아의 두 눈은, 깊은 수심 속에 가라앉아 있다. 분명 부지중에 꺼낸 목소리일 것이다.

슬픔이 뭉치고 뭉쳐서, 더 이상 견딜 수 없을 만큼 커다란 덩어리가 되면 그때부터는 무덤덤해진다. 슬픔을 느끼는 말초신경은 모두 닳아버리고, 절망 속에 긁혀 나간 현실감각은 제로가 되어버린다. 리얼리티는 없다.

베로스는 어떤 말로도 지금의 그녀를 위로할 수 없을 것을 알았다. 지금의 그는 자기 자신을 감당하기에도 벅차다. 그는 아려오는 상처를 외면하며 다시 하늘을 바라보았다.

사실, 잘 알고 있다. 그것은 그녀를 위로하기 위해 꺼낸 말이 아니라, 자기 자신을 위해 꺼낸 말이라는 사실을. 스스로를 위로하기 위해, 누군가에게 위안받기 위해 꺼낸 말이라는 사실을.

너무나 압도적인 절망 속에서, 실낱같은 한줄기 희망이라도 얻기 위해서 던진 문장이었다는 사실을.

"괜찮아. 곧 나아질 거야. 너무 걱정하지 마."

이번에는 미세한 온기가 휘감겨 있다. 따뜻한 배려였다. 문득 눈을 돌리자 세피로아와 시선이 마주친다. 깊고 안정된 눈빛이다. 아직 자신은 무언가를 더 감당할 여유가 있다는 듯, 허세를 부리고 있는 인자한 눈빛이다. 베로스는 눈시울이 뜨거워졌다.

"울어?"

"아니, 그냥 눈에 뭐가 들어갔어."

"정말 괜찮아. 곧 우리에게 돌아올 거야, 그는. 그리고……."

차마 뒷말까지 이을 수는 없었다. 그녀가 확신할 수 있는 것은 거기까지였다. 그 말은 그녀 자신을 위한 희망. 그리고 베로스를, 다른 모든 이를 위한 희망사항이었다. 멀리서 네르메스의 고함 소리가 들려온다.

"…재밌게 노네."

구박받는 루피온. 이번에는 헉 7단 콤보라도 한 모양이다. 베로스와 세피로아는 그 광경을 조용히 지켜보며, 조금씩 내부의 혼란을 정화시켜 나갔다.

스스로가 이 세계에서 버텨 나갈 수 있도록, 그렇게 살아갈 수 있도록 조금씩, 그리고 또 조금씩.

\*       \*       \*

"왜 미리 말하지 않았나요? 봉인이 깨지면 이렇게 된다는 걸."

성하늘은 원망 섞인 음색으로 세상에서 가장 초연한, 그래서 가장 느린 달을 바라보고 있었다. 이 말을 꺼낸 것도 벌써 몇 번째다. 고고한 용인(龍人)은 한마디의 변명도 꺼내지 않았다. 아니, 꺼낼 수 없었다.

"그게…… 우리가 할 수 있는 최선책이었어, 아스카."

옆에서 보다 못한 베가가 끼어들었다. 그녀의 눈은 안타까움에 물들어 있다. 이미 상황은 통제권 밖으로 벗어나 있었고, 그 일이 있은 지는 벌써 삼 개월이 지나 버렸다. 이제는 아무것도 바꿀 수 없었다.

"최선책이라고요……."

어투에는 명백한 분노가 섞여 있었다. 세상에 인정할 수 있는 사실과 인정할 수 없는 사실이 있다면, 작금의 상황은 성하늘에게 있어서 후자에 가까웠다.

"겨우 이게 정말 최선책인가요?"

아무리 중요한 사실이었다 해도, 어떻게 옵서버인 자기들한테까지 숨길 수 있는가. 성하늘은 그 사실에서 깊은 배신감을 느낀다.

"베가, 당신은 알고 있었잖아요. 그런데 왜 말리지 않았죠? 이렇게 될 걸 알았으면서. 당신은…… 분명히 알고 있었잖아요."

적어도 두 개의 달은, 베가와 리겔에게는 봉인의 비밀을 알렸을 것이라고. 호루스의 구슬이 깨지면, 세계가 단절된다는 사실을 알고 있었을 것이라고. 성하늘은 그렇게 생각했다.

그렇다면 막을 수도 있었다. 봉인이 깨지지 못하게, 이 세계가 단절되지 못하게. 「허구」가 현실이 되지 못하게.

론도가 닫힌 이후, 성하늘은 매일같이 시간의 방을 찾아와 가장 느린 달, 리타르단도를 영접했다. 그것은 그녀의 강한 의지를 반증하는 행동이었다. 더 이상 변화할 수 없는 것을 알면서도 그녀는 혁명가처럼 변화를 소망하고 있었다.

"이 세계에 갇혀 버린 40만 명분의 영혼은 대체 어떻게 할 건데요? 그들은…… 이제 이 세계에서 살아가야 한다고요."

"그것은 슬픈 일인가?"

문득 어둠 속에서 들려온 목소리는 리겔의 것이었다. 창밖에서 들어오는 역광을 받아 희미하게 빛나는 수려한 금발. 헐렁해진 한쪽 소매에 한순간 성하늘의 시선이 머물다 떠나갔다.

"슬픈 일이냐고요?"

성하늘이 어이없다는 목소리로 되물었다. 리겔이 고개를 끄덕인다. 강경한 동작이었다. 그것은 슬픈 일이 아니다. 이곳은 또 다른 현실일 뿐. 이곳 또한 하나의 현실이다. 리겔의 눈은 그렇게 말하고 있었다.

"분명히 그렇게 물었다."

"…어떻게 그런 질문을 할 수가 있죠?"

성하늘은 기가 막혔다. 그녀는 리겔을 이해할 수 없었다. 그녀가 모르는 600년을 살아온 그 고귀한 영혼을, 그녀가 이해할 수 있을 리가 없었다. 600년의 애착이 담긴 그의 이 세계를, 그가 존경했던 시리우스의 모든 것이 남은 이 세계를……

"그래. 잘못된 질문이었군."

뜻밖에도 리겔은 순순히 인정했다. 살짝 달아오르던 공기에 옆에서 긴장하던 베가가 안도의 한숨을 내쉰다. 그러나 그것은 이른 한숨이었다.

"바깥의 인간이, 이 세계를 인정할 리 없으니까."

목소리는 오만불손했다. 네까짓 하찮은 것이 감히 나를 이해하겠냐는 듯한 음성이었다. 성하늘은 정말로 화가 났다.

"당신……."

"잠깐. 그만 해요, 리겔."

팽팽한 실은 베가의 적절한 제지에 맥없이 끊어졌다. 리겔은 말없이 몸을 돌려 방을 빠져나갔다. 그 모습을 황망히 지켜보던 성하늘이 입을 열려는 순간, 베가가 말을 끊었다.

"리겔에게는 이 세계가 소중해. 아스카, 그걸 알아야 해. 너희가 「게임」이라고 생각했던 이곳은, 우리에게는 쭉 「현실」이었다는 사실을."

그 기나긴 시간 동안 리겔은 이 세계를 지켜왔다는 것을. 베가는 뒷말을 잇지 않았지만 성하늘은 그것을 들을 수 있었다.

"알아요. 하지만……."

성하늘이 입술을 깨물었다. 그녀답지 않게 감정이 고조되고 말았다. 그녀는 자신을 차분히 다스리려 애쓰며 말했다.

"우리도 같아요, 베가. 당신들도 알잖아요. 당신들도 원래는 우리의 '현실'에서 함께 살았었잖아요."

그 말을 들은 베가의 표정은 조금 슬퍼 보였다.

"우리에게 그때의 기억은 이미 너무 오래된, 낡은 것에 지나지 않아. 죽음을 앞둔 노인이 발견한 초등학교 시절의 일기보다도 더 오래된 것이지. 이곳에 들어온 이후의 기억은 모두 선명하지만, 현실세계에 있었던 시간의 기억만큼은……."

억겁의 세월을 살아온 그들에게 있어 현실 세계의 기억은 한 줌의 먼지와도 같은 것에 불과했다. 그럼에도 베가와 리겔은 성하늘들을 이해할 수 있었다. 단지 한때는, 그들 또한 바깥세계의 일원이었다는 사실만으로.

"하지만 베가, 당신은 그들을 이해해 줄 수 있을 거예요. 그렇게 생각했어요. 그렇기에 여태껏 피스와 함께했던 것인데……."

40만 명의 인간들은 그들의 의지를 존중받지 못했다. 현실을 지킨다는 명목으로 세계에 갇혀 버린 40만 명의 영혼. 그리고 죽은 1만 명의 영혼. 그들의 영혼은 대체 무엇으로 보상할 것인가.

"그래요. 다른 방법도 있었잖아요. 그 봉인을 부수기 전에, 최소한 유저들에게 로그아웃을 지시한다든가……."

"그런 짓을 했다가는 리메인더 측에서 우리 계획을 눈치 챌 여지가 있었어. 그리고 봉인을 깰 수 있을 거라는 확신도 없었고……."

설마하니 수련이 시리우스의 팔을 이식받았을 거라고는 생각하지 못했다. 수련에게서 시리우스와 비슷한 기운이 풍기는 것은 단지, 그의 아들이었기 때문이라고 생각했었는데…….

베가는 고개를 숙였다.

"그래, 결과적으로는 이렇게 되어버렸지만…… 신민호는 우리의 행동반경을 다 읽고 있었지. 게다가 녀석은 이렇게 될 것까지 예상하고 있었던 거야."

모든 것은 이머 오래전에 기약되어 있었다. 신민호와 선대의 시리우스가 결별한 그날로부터. 그 간악한 절대를 품은 청년은 결국 스스로 절대가 되어, 영원을 지배하는 것을 택했던 것이다.

성하늘도 눈을 내리깔았다. 고조되던 공기가 다시 무겁게 가라앉았다. 시간은 느릿하게 흐른다. 그곳에는 누구의 잘못도 없었다. 그곳에서 대체, 누가 누구에게 잘못을 물을 수 있다는 말인가.

잘잘못을 가리기에 세상은 너무나 일그러져 있었다.

그때, 리타르단도가 입을 열었다.

"그대는 죽는 것이 두려운가?"

3개월 동안 성하늘의 질문에 침묵으로 일관하던 그였기에 성하늘의 놀라움은 더했다. 그녀는 힘없는 목소리로 말했다.

"이젠, 그럴 수도 없잖아요."

누군가의 선택은 또 다른 선택을 불러온다. 그렇게 선택이 겹치고, 또 축적되어 현재를 만들어낸다. 그리고 성하늘은, 이제 그 현재를 버티는 것조차 버거웠다.

"이제는 죽을 수도 없게 되어버렸는걸요."

죽을 수조차 없다. 그들은 더 이상 살아 있지 않았다. 본연의 육체를 가지고 숨을 쉬지 않았고, 그들이 '생각'이라 믿었던 것은 이제 현실의 일부가 되었다. 형이상학은 형이하학으로, 형이하학은 형이상학으로. 영혼들은 역설에 갇혀 버렸다.

"미안하다."

수척한 목소리. 신은 사과했다. 누구의 잘못도 없는 그곳에서, 범인이 존재하지 않음에도 모두가 심판을 받고 있는 그 세계에서, 리타르단도는 조용히 입을 다물었다.

\*　　　\*　　　\*

아스라이 불어온 모래바람이 연약한 피부를 할퀴고 지나간다. 세피로아는 손으로 눈을 보호하며 바람이 지나가기를 기다렸다가 다시 발걸음을 옮겼다.

나무들이 말라 비틀어져 가고 있었다. 로드 플레인의 물줄기가 끊기기 시작한 것은 「심판의 날」 이후부터였다. 현실과 가상현실이 완전히 단절된 날. 그날을 유저들은 심판의 날이라 불렀다. 그 세 달 동안, 수많은 숲들이 거의 사막처럼 황폐화되었다.

어둠이 내려앉자 차가운 달빛이 스러져 가는 숲을 비추었다. 세피로아는 사박거리는 모랫길을 열심히 걸어갔다. 이윽고 돌담이 나타난다. 그리고……

"나 왔어."

세피로아는 케이프를 벗어 뭉쳐서 옆구리에 낀 채, 나직한 목소리로 말했다. 돌담에 기대어 앉은 인영의 모습이 보인다. 파리해진 안색. 먼지 속에 마구 헝클어져 거의 변색되다시피 한 하늘색 머리카락. 달빛을 받아 희미하게 반짝이는 왼팔. 시리우스의 아들이 그곳에 있었다.

"수련."

세피로아는 참지 못하고 달려가 그를 안았다. 점심 때 가져다 놓은 음식이 그대로 있었다. 조금도 줄어들지 않았다.

"바보야! 넌 정말……"

말을 보낼 수가 없다. 윤기라고는 조금도 찾아볼 수 없는 메마른 수련의 피부. 세피로아는 울지 않으려 애쓰며 그의 머리를 자신의 품속에 꼬옥 품었다.

심판의 날 이후, 수련은 자아가 붕괴되고 말았다. 봉인의 파괴로 인해 갇힌 40만 명의 목숨. 수련은 자신의 손으로 봉인을 깨뜨림으로써 그의 '현실'을 지키는 대신 그 '현실'을 살아가야 할 유저들을 죽음으로 몰아넣고 말았다. 그것은 용서받을 수 없는 원죄였다.

누구도 그에게 책임을 묻지 않았으나, 동시에 모두가 그에게 책임을 물었다. 아무도 보고 있지 않았으나, 그 자신이 보고 있었다. 수련은 그 시선을 감당해 낼 수 없었다.

그는 조금씩 미쳐 갔다. 한 사람이 죽어나갈 때마다 그릇에는 하나의 금이 생겼다. 40만의 행복, 40만의 운명, 40만의 목숨. 숫자는 너무나 크고 방대했으며, 동시에 무거웠다.

아직 소년의 자아를 완전히 벗지 못했던 수련의 그릇은, 성장하기도 전에 철저히 파괴당했다. 모두를 위해 봉인을 파괴한 그를 기다리고 있었던 것은 성취감과 안도가 아닌 가혹한 현실이었다. 세피로아는 턱에 까슬한 머리칼의 감촉을 느끼며 눈을 감았다.

"그자들은 너무 잔인해. 왜 너한테, 다른 사람도 아닌 너한테……."

세피로아가 차마 말을 잇지 못하듯, 수련도 말이 없었다. 그곳에는 말이 필요없었다. 말로는 도저히 주워 담을 수 없는 원죄들만이 즐비한 창살 없는 감옥이었다.

가련한 사람. 누구도 당신의 짐을 대신 짊어질 수는 없겠지. 하지만 그렇더라도, 보잘것없더라도, 조금이나마 당신을 위로해 줄 수 있다면…….

이루어질 수 없는 소망인 것을 알면서도, 세피로아는 차가워진 수련의 몸을 따뜻하게 품었다. 길게 늘어진 케이프 자락이 둘의 몸을 덮혀주었다.

\*　　　　\*　　　　\*

베로스 늘 그곳에 앉아 있었다. 그 언덕 꼭대기에서는 거대한 피스 지부의 정경을 한눈에 내려다볼 수 있었다. 돔의 입구에서부터 상아탑까지. 그렇게 가만히 시선을 내리깔고 있으면 그는 마치 자신이 신이라도 된 듯한 기분에 빠져들곤 했다.

매일매일 새로운 인구가 유입된다. 살아남기 위해, 의지할 곳을 찾아서 피스를 찾아오는 사람들. 발 없는 말이 천 리를 간다고, 피스의 소문을 들은 사람들은 하루에도 수십, 때로는 수백 명씩 돔을 찾아와 받아줄 것을 부탁했다.

그리고 그들은 모두 새로운 피스의 일원이 되었다.

떠들썩한 광장. 한때는 NPC에 불과했던 이 세계의 주민들은, 이제 다른 세계에서 온 유저들을 맞아들여야 했다. 그러나 섞이기를 거부한 것은 오히려 유저들 쪽이었다.

"어떻게 너희와 우리가 같지? 우리는 인간이라고."

"가까이 오지 마. 너희는 컴퓨터로 교묘하게 만들어진 그래픽 덩어리일 뿐이야!"

현실을 인식하는 것과 받아들이는 것은 다르다. 현실에 적응하는 것과 그 현실을 이해하는 것은 다르다. 유저들은 겉돌고 있었다. 베로스는 자신의 어머니를 떠올렸다. 어머니는 늘 아득한 허영심을 품고 있었다. 내가 지금은 비록 이런 꼴로 살고 있지만, 언젠가는 강남에 집을 얻어서 살 거여. 네가 그렇게 해줘야 혀.

하나밖에 없는 아들만 믿고서, 어머니는 그렇게 막연한 꿈을 품곤 했다. 그런 아들이 입시에 실패하여 서울의 최하위권 대학에 입학하고, 허구한 날 학사경고를 받아오는 것을 보면서도 그녀는 그 희망을 잃지 않았다.

"내가 이렇게 사는 것은 지금뿐이여. 언젠가는 네가 날 호강시켜 줄랑게. 난 믿고 있는겨."

누구도 장담하지 않았음에도 그녀는 그렇게 믿고 있었다. 지금 내가 서 있는 이 현실은 현실이 아니다. 내 현실은 저 먼, 이상향에 존재하고 있다. 그곳이 바로 진짜 나의 현실이다.

우리는 언제라도 이곳에서 나갈 수 있어. 우리가 NPC라고? 웃기지 말라고 해! 밖에서 우릴 꺼내줄 거야. 우리를……!

베로스는 유저들을 보며 그런 어머니를 떠올렸다. 그리고 슬퍼지고 말았다. 어머니는 지금, 내가 이곳에 갇혀 있다는 사실을 아실까. 만약 아신다면, 뭐라고 생각하실까.

유저들은 NPC가 되는 것을 거부했다. 그것은 곧 이 세계의 일원이 되는 것을 거부한다는 것을 의미했다. 현실이되 현실이 아닌 곳. 그것을 인정하는 순간, 더 이상 자신이 인간이 아니게 되어버린다는 사실을 그들은 본능적으로 아는 것일까.

만약 그렇다면, 인간이란 존재는 대체 무엇인가. 인간을 인간이 아니게 만드는 것은 대체 무엇이란 말인가.

"하아……."

그룬시아드에도 겨울은 있다. 돔의 입구 쪽으로 걸어 들어오는 유저들의 어깨에는 눈이 소복이 쌓여 있었다.

숨을 내뱉자 냉각된 공기 사이로 입김이 퍼져 나간다. 그 알싸한 감각조차 현실의 그것과 동일해서 소름이 끼치고 만다. 아아, 나는 정말 이곳에 있는 거구나. 이곳에서 존재하는 거구나.

끊임없이 사유하고 또 사유했다. 생각하고 또 생각한다. 현실을 잊기 위해 생각하고, 해답을 찾기 위해 생각하고. 그리고 그 사고의 끝에 그를 기다리고 있는 것은 늘 절망뿐이었다.

해답 같은 것은 없다. 사유는 무의미하다.

"뭐 하니?"

문득 들려온 목소리에 베로스가 어깨를 움찔댔다. 그 모습을 보았는지 후후, 하고 작은 웃음소리가 들린다. 그는 그제야 안도하며 고개를 들었다.

"아, 베가."

얼마 전부터 확장공사를 시작한 탓에, 돔의 천장은 뻥 뚫려 있었다. 비록 강력한 영력으로 차단되어 있어서 눈이나 비 같은 것이 들이오지는 못하지만, 투명한 하늘은 그대로 올려다볼 수 있었다. 베가의 분홍빛 머리카락이 그 하얀 하늘 위에서 나부끼는 것을 보며, 베로스는 그가 여태껏 경험하지 못했던 어떤 위대한 의지 같은 것을 느꼈다.

이들은 대체 어떻게, 지금까지 살아온 것일까.

"원망스럽니?"

베가는 미안한 낯이었다. 이런 말을 꺼내는 걸 보니 아마 오늘도 성하늘이 찾아간 모양이다. 그러지 말라고 그렇게 말했는데…… 그래 봤자 바뀌는 것은 아무것도 없다고.

"네, 원망스러워요."

그러나 입은 솔직하다. 잘못을 가릴 수 없다는 걸 알기에, 인간은 더욱 잘잘못을 가리려 든다. 희생양은 반드시 필요하다.

모든 사건이 종결되어도, 누군가는 반드시 그 책임을 져야만 한다. 그러지 않으면 인간은 안심할 수 없는 동물이기에.

그러나 사실, 이미 희생양은 있었다.

"시리우스, 아니…… 수련은 요즘도?"

"그렇다는군요."

베로스는 낮에 세피로아에게 들었던 그대로 말했다.

수백 년 전에는 시리우스가, 그리고 지금은 수련이. 아들이 고스란히 아버지의 책임을 이어가고 있다. 수련은 어쩌면 다시는 일어서지 못할 것이다. 그는 다른 이들이 모두 감당해야 할 책임을 혼자서 감당하려 했고, 그래서 무너지고 말았다.

"베가."

묻지 않으려 했다. 그러나 물을 수밖에 없었다.

"그때, 꼭 그래야만 했나요?"

베로스는 그런 질문을 할 수밖에 없는 자신을 질책하면서도, 그 질문을 기어코 꺼냈다는 사실에 안도감을 느꼈다.

그는 부모님에게 작별 인사도 건네지 못했다. 아니, 작별 인사를 꺼낼 만한 여유가 현실에 있었더라면, 그리고 사태가 이렇게 될 줄 알았더라면 아예 게임에 접속하지 않았을지도 모르지만…….

"응, 그럴 수밖에 없었어."

깨끗한 음색이었다. 그 선택은 바뀔 수 없었다. 세계를 단절시키지 않았다면, 어쩌면 신민호는 게임을 이용해 더 커다란 문제를 일으켰을지도 모를 일이다. 그랬더라면 40만이 아닌, 60억이 흔들렸을지도 모른다. 선택에 후회는 없었다. 분명히 그 선택은 잘못되어 있었으나, 애초에 잘못되지 않은 선택은 없었다.

베로스는 처연한 얼굴로 웃었다. 그래요. 이해할 수는 없지만, 알 것 같기도 해요. 베가가 쓰게 미소 지었다.

"고마워."

그는 문득 이상하다고 생각했다. 베로스 자신조차, 이런 희생을 감수하고서 현실을 지킬 용기는 없었다. 그럼에도 베가는, 더 이상 '현실'을 살지 않는 그들은, 한때 그들이 존재했던 '현실'을 지키려 했다. 그들의 모든 것을 걸고서.

"왜 현실을 지킨 건가요?"

세상에는 묻지 않아야 할 질문이 너무 많다. 그리고 묻지 않을 수 없는 질문도 너무 많다.

"당신들의 현실은, 이제 이곳일 텐데."

그 말 그대로다. 베가와 진령들의 현실은 이제 이곳이었다. 그러나 그녀와 피스들은 '현실'을 지키기 위해 '그들의 현실'을 희생했다. 베로스는 그 의미를 알 수 없었다. 대체 그들에게 있어서 현실은 무엇이었단 말인가. 나는 정말 현실을 살고 있는가.

베가는 그런 베로스를 향해 희미하게 웃어주었다.

"우리는…… 인간이고 싶거든."

그녀는 흔들림 없는 눈동자로 하늘을 올려다보았다. 베로스의 눈에 그녀는, 그 고고한 진령은 세상 그 어떤 인간보다 더 인간답게 비쳤다.

하루, 이틀, 한 달, 두 달, 그리고 세 달. 어느새 시간의 경과는 네 달째로 접어들고 있었다. 그리고 베로스는 여전히 그곳에 있었다. 현실감각은 두 개로 나뉘어졌다. 이 순간에 존재하는 그 자신과 심판의 날 이전까지 존재했던 자신.

그가 현실이라고 믿었던 공간에 대한 현실 감각이 점차 엷어져 감과 동시에, 무섭도록 치밀한, 그래서 더 인정할 수 없는 현실에 대한 감각은 예리한 칼날처럼 다듬어져 갔다.

때로 베로스는 불안에 절어 떠는 심장을 느꼈다.

"당신들은, 어떻게 그렇게 멀쩡할 수 있죠?"

한번은 베가를 향해 그렇게 물었다. 진심으로 해답을 원하여 던진 질문은 아니었으나, 일말의 기대조차 하지 않은 것도 아니었다. 베로스는 해답이 필요했다. 그는 본능적으로 알고 있었다. 분명 이 순간만, 이 순간만 견뎌낸다면 앞으로도 어떻게든 살아갈 수 있을 것이라고. 그곳이 자신이 원하는 현실이든, 원하지 않는 현실이든 간에 말이다.

그는 이 순간을 버틸 힘을 필요로 했다.

"내가, 멀쩡해 보이니?"

역광 때문에 베가의 얼굴이 잘 보이지 않았다. 베로스는 대답할 수 없었다. 어떤 경계는 점차 흐려져 가고 있었다. 그가 굳건히 믿었던 기준은 그 의미가 퇴색되어 먼 고대의 유적 속으로 침몰해 간다. 그는 미쳐 있는 세계를 조금씩 인지해 가고 있었다.

"나도, 그리고 우리 진령들도…… 결코 멀쩡하지는 않아."

진령, 영원을 견뎌야 하는 자들. 베가는 입을 닫았다. 베로스도 더 이상 묻지 않았다. 멀리서 세피로아와 루피온이 이야기를 나누는 모습이 보였다.

감정의 기복은 늘 일정하지 않았다. 베로스는 스스로를 억제하기 위해 애쓰며, 민감해진 다른 사람들을 배려했다. 때로는 자신이 마치 대단한 성인군자라도 된 것처럼 느껴지기도 했다. 정신은 시간이 지날수록 더 견고해져 갔다.

"세피로아."

이제 세피로아와도 제법 친해졌다. 한 달이 더 지났음에도 그다지 변한 것은 없었다. 세피로아는 구태의연했고, 루피온은 여전히 싱거운 개그를 했고, 네르메스는 초조해했다.

베로스는 세피로아의 대답을 기다리지 않고 말을 이었다.

"소설에 권선징악이 많이 다뤄지는 이유는, 현실의 악은 심판을 받지 않기 때문이래."

왜 그 말을 꺼냈는지는 알 수 없었다. 그냥 그런 말을 넌지시 던져 보고 싶었다. 그것이 그녀의 마음속에 파문을 일으킬 수 있을지 없을지, 그것조차 상관없었다.

모든 것은 인과율에 의해 결정된다. 베로스는 자신이 지금 던진 이 말도 실은 자신을 둘러싼 모든 상황이 야기한 것은 아닐까, 하는 생각에 몸을 부르르 떨었다.

"그래?"

세피로아는 시큰둥했다. 관심이 있는 듯, 없는 듯. 그녀의 시선은 분수대 곁에서 서로를 향해 소리를 질러대는 네르메스와 루피온에게 못 박혀 있었다.

"이 세상은 재미있는 것 같아. 선과 악도 유행을 타는 걸 보면."

베로스는 처음 그 말을 듣지 못했다가, 이내 그녀가 그 말을 했다는 사실을 깨닫고는 한 발짝 늦게 놀라고 말았다. 세피로아는 의미 모를 웃음을 입가에 띤 채 말을 이었다.

"좀 유치하지만…… 난 아직도 선과 악이 뭔지 잘 모르겠어."

세상은 참 기묘했다. 선과 악을 구분 짓는 기준은 늘 그렇듯 모호하기만 할 뿐이다. 사실 세상에 죄인은 없는지도 모른다. 모든 것은 구조의 탓이다. 그렇다면 구조야말로 진정한 악인가?

베로스는 머리가 아파오는 것을 느끼며 고개를 저었다.

가장 편한 것은 내가 선이고, 적이 악이라고 정하는 것이다. 기실 대부분의 사람들은 그렇게 산다. 그것이 가장 편하고, 베로스 또한 그랬다. 스스로를 정당화하려는 것이 아니라, 단지 편하기 위해서 스스로를 선이라고 착각하며 사는 것이다.

문득, 아직 한 번도 만나보지 못한 신민호란 남자의 얼굴이 떠올랐다. 한 번의 선택으로 40만이나 되는 유저들을 이곳에 가둬 버린 그는, 지금 이 시간 속에서 대체 무슨 생각을 하고 있을까.

잠깐이지만 긴 침묵이 감돌았다. 누구도 정당화하지 않았으나, 그 자체로 정당한 시간이었다. 이 순간은 다시는 돌아오지 않는다. 베로스는 엉뚱하게도 그런 생각을 하며 눈을 껌뻑였다.

분수대의 물줄기를 바라본다. 중력을 역행해서 튀어 오르는 물 알갱이들. 그 중력조차, 단순한 관념에 불과한 것이라면. 저 물줄기의 존재 이유는 대체 무엇일까.

매일 이 순간이 되면 세피로아가 하는 말이 있다. 베로스는 오늘도 그 말을 기다리고 있었다. 셋, 둘, 하나. 바로 지금.

"쟤들, 되게 즐거워 보인다."

세피로아는 이번에도 어김없이 그 말을 꺼내놓았다. 네르메스와 루피온. 이를 드러내고 웃는 두 사람. 얼굴에는 어둠이, 눈동자에는 근심이 깔려 있으나 그럼에도 그들은 환하게 빛나고 있다. 분수대의 반짝이는 물보라를 배경으로, 최선을 다해 웃고 있다.

베로스가 말했다.

"넌 굉장히 강한 것 같아."

행복을 갈망하면서도 움직이지 않는 여자. 자신이 속한 현실 안에서 버텨내는 법을 아는 여자. 그런 여자에게는 늘 신비한 힘이 있다. 세피로아는 의아한 듯 고개를 갸웃거렸다.

"내가?"

이내 가볍게 웃는다. 아릿아릿한 웃음이었다.

"나보다는 차라리 저 애들이 더 강하지 않을까. 나는 이렇게 우울하게 앉아 있는데, 저 애들은…… 저기서 저렇게 웃고 있잖아. 어떻게 저럴 수 있을까, 라는 생각 들지 않아? 우리는 모두 같은 인간인데, 같은 상황에서 이렇게나 다른 행동을 하고 있다는 것이."

베로스는 그 말을 듣고 조금 안도했다. 그런 생각을 하고 있었던 것이 자기 혼자만이 아니었다는 사실이 그를 안심시켰다. 베로스는 찰나의 침묵을 지키다가 슬쩍 입을 열었다.

"너는 쟤들이 정말로 즐거워 보여?"

질문은 공허하게 재로 흩어진다. 세피로아는 이미 알고 있을 것이라는 생각이 들었다. 그래서인지 답변도 돌아오지 않는다.

천창 너머로 해가 뉘엿뉘엿 저무는 것이 보였다.

"내가 말했던가? 나, 심리학 전공이라고."

"처음 들었어."

세피로아의 대답에, 베로스는 간결하게 고개를 끄덕였다.

"난 그다지 성실한 학생은 아니었지만, 그래도 기초적인 것 정도는 알고 있어."

"예를 들면?"

"지금 저 두 사람이, 결코 즐거워하고 있지 않다는 것 정도랄 까."

웃고 있는 모든 사람이 즐거워하는 것은 아니다.

"특히 네르메스의 경우에 그렇지. 네르메스를 잘 봐. 안면 근육은 잔뜩 경직되어 있어. 뒷목에는 힘이 들어가 있고. 웃을 때의 제스처는 과장되어 있지. 저건 억지웃음이야. 정말 웃겨서 웃는 것이 아니라, 웃기 때문에 우스운 거야."

스스로를 마모시키는 웃음.

"그거, 웃음 효과라던데."

"지금 내가 말하고 싶은 건 그게 아니고…… 으음, 너 의외로 뜬금포를 쏘는구나."

베로스의 시선에 세피로아가 머쓱하게 고개를 흔들었다. 베로스는 잠시 인터벌을 두고 다시 입을 열었다.

"가면에 대해서 생각해 본 적 있어?"

"가면?"

가면. 베로스는 언젠가 읽었던 융을 떠올리며 그렇게 말했다. 모든 사람은 가면을 쓴다. 가장 완벽한 가면. 가면을 집는 순간

다른 사람이 되어버리는 인간. 가면이란 일종의 인격과 같다.

"인격이라고 해서 너무 크게 보진 말고. 음, 그러니까 인격을 쪼갠, 가장 작은 단위의 인격 같은 걸까."

"재미있는 말을 하네."

세피로아는 그 말을 듣고 잠시 생각하더니, 나름대로 해답 같은 것을 찾았는지 입을 열었다.

"음, 알 것 같아. 니체의 가면의 철학을 말하는 거지?"

"니체?"

"사실 인간이란 존재를 구성하는 것은 가면인지도 모른다. 우리는 늘 가면을 쓰고 살아가는지도 모른다. 뭐, 그런 말이야."

"어⋯⋯."

베로스는 조금 당황했다. 융과 비슷한 말을 한 철학자가 있을 것이라고는 생각해 보지 않았다. 그런데 그런 걸 어떻게 아는 거지? 베로스의 표정을 읽은 세피로아가 말했다.

"난 부전공이 철학이었어."

"아, 그랬구나."

베로스는 긍정했다. 왠지 수긍이 갔다. 세피로아에게서 풍기는, 무엇인가로부터 초탈한 듯한 미묘한 분위기는 철학자의 그것과 비슷했다. 잠시 속으로 어휘를 정리한 베로스가 다시 말을 꺼냈다.

"루피온, 즐거워 보이지? 하지만 저 녀석이 저렇게 행동할 수 있는 건 이곳에서뿐이야."

헉 3단 콤보라든가, 느낌표 러쉬라든가⋯⋯ 루피온만의 이색적인 개그는 이 가상현실을 벗어나는 순간, 루피온 개인에게 있어서는 그 효력을 상실했다.

인간은 외부로부터 만들어진다. 그리고 그 외부로부터 만들어진 인간을 표상하는 것이, 바로 가면이다. 상황에 맞춰 만들어지는 가면. 부모님을 대할 때, 친구들을 대할 때, 특정 상황에 처했을 때. 인간은 가면을 쓴다.

"가면이란 거구나."

베로스는 세피로아의 그 말을 기다렸다는 듯이 고개를 끄덕였다.

"나는 현실에서의 루피온을 본 적이 있어. 루피온 녀석을 간신히 설득해서, 얼마 전에야 현실에서 녀석을 만났지. 루피온은… 현실에서 대인공포증 환자야."

처음 현실에서 베로스를 만난 루피온은 굉장히 쾌활한 목소리로 인사를 해왔다. '여어, 안녕!' 하고. 그러나 그것뿐이었다. 아마 루피온은 현실에서도 게임과 같은 태도로 베로스를 대하고 싶었을 것이다. 하지만 현실의 루피온은, 올바른 상식을 갖춘 내향적인 인물이었고, 그래서 베로스를 함부로 대할 수가 없었다.

첫 인사 이후 루피온이 말이 없자 의아하게 생각한 베로스가 물었을 때, 루피온은 그렇게 말했다고 한다. '나, 사실 대인공포증이야……' 라고.

"실은 네르메스의 경우도 그래. 저 애는 이제 괜찮아졌지만, 네르메스도 처음에는 현실과 가상현실의 인격이 극명하게 대비되는 증상을 겪었어. 저 애는 루피온과 정반대였지. 현실에서는 활발하고 사교성이 좋은 반면, 이곳에서는 뜬금없게도 내성적인 가면이 만들어졌어. 아마 첫 대면 이후로 그렇게 된 것 같은데……."

베로스는 네르메스와의 첫 만남을 떠올리며 말했다. 마에스트로 마태준의 파티에서 만났던 네르메스. 자신의 독설에 주눅 들었던 네르메스. 고 레벨 파티 멤버들의 압박 속에서, 혼자 저 레벨이라는 생각에 열등감을 가졌던 네르메스.

"무의식이 자신도 모르는 사이에 그 상황에 대한 '가면'을 정해 버린 거지. 자기도 모르게 그걸 수용한 네르메스는 우리랑 다니는 몇 달 동안 조신한 여자 행세를 해야 했고."

그러나 선천적으로 외향적인 성격을 가지고 있었던 네르메스의 가면은 곧 현실의 그것과 혼재되어 통합되었다. 약간의 조신함은 남았지만, 원래의 활발한 성격으로 돌아갔던 것이다.

"하지만 루피온의 경우는 달랐어. 저 녀석은…… 치료가 필요하다고 생각했어."

베로스는 루피온의 가면을 균일한 형태로 재구성할 필요가 있다고 생각했다. 루피온이 가진 현실에서의 내성적인 가면과 가상현실에서의 활달한 가면은 시간이 지날수록 극단적으로 치닫고 있었다. 이곳에서 활달해질수록 현실에서는 더욱 내성적이 된다.

세피로아가 고개를 갸우뚱했다.

"내가 아는 것과는 다르네. 뉴스에서는 가상현실에서의 경험이 현실에서의 내향적인 성격을 치유하는 데 도움을 준다던데."

"물론 그런 케이스도 있겠지. 하지만 모두가 그런 '대중적인' 케이스에 속하는 건 아닐 테니까."

가면이라는 것은 그렇게 어렵다. 한 번 만들어지면 쉽게 바꾸기가 힘들다. 성격을 완전히 고친다는 것이 불가능한 것처럼.

그래서 베로스는 생각했다. 우선 루피온이 가진 두 개의 가면을 서로 비슷한 형태로 바꾸어놓을 필요가 있다고. 가면을 섞는 것이다.

"현실에서는 좀 더 활발한 성격으로, 이곳에서는 좀 더 조용한 성격으로. 그렇게 고치면 가면이 비슷한 형태로 바뀌어서 종국에는 통합될 것이라고 생각했어. 그래서 현실에서는 녀석과 가능한 한 많이 놀러 다녔고, 이곳에서는 녀석을 자중하게 만들었지."

베로스의 말에서는 루피온에 대한 따뜻한 정감이 묻어 나왔다. 베로스는 루피온을 진짜 '친구'로 여기고 있었다. 세피로아는 그 냉철한 이성의 이면에 감춰진 의외의 모습에 조금 감동했다.

"그런데 말이지, 베로스. 그 '가면'이란 거."

"응?"

"그거, 꼭 나쁜 것일까?"

"음, 물론 가면에도 종류가 있지만 저런 극단적인 형태를 띠는 가면은 위험해. 저건 인격의 분열로 이어질지도 모르는……."

베로스는 그 말을 하다가 흐지부지 말끝을 흐리고 말았다. 요지는 그게 아니라는 생각이 들었던 것이다. 가면은, 정말 나쁜 것일까? 세피로아의 그 말이 메아리처럼 귓가를 맴돌았다.

"가면을 나쁘게 생각하는 것은 어쩌면 단순히 그 '가면'이라는 단어가 갖는 어감이 나쁘기 때문은 아닐까?"

"어?"

"어쩌면 가면이란 건 우리가 그 상황에서 대처할 수 있는, 혹은 누군가에게 보여줄 수 있는 가장 적합하게 만들어진 '배려'에 가까운 것은 아닐까?"

이명 같은 것이 길게 울렸다. 문장이 문장으로써 곧바로 전달되지 않았다. 그것은 틀림없는 하나의 의미를 찌르고 있었음에도, 이상하게 완곡한 형태의 어떤 것으로 들렸다.

그래, 어쩌면 정말 그럴지도 모른다. 베로스는 새삼스레 세피로아를 바라보았다. 이 여자에게는 정말 이상한 힘이 있다. 그녀가 그렇게 말하면, 그건 정말 그런 것처럼 느껴진다.

깊은 적막이 둘 사이에 다시 내려앉았다. 그들은 다시 네르메스와 베로스를 본다. 대화 전과 대화 후, 그 광경을 보는 눈이 달라졌다. 그들이 쓰고 있는 가면이, 사람들이 쓰고 있는 가면이 훨씬 더 따스한 질감을 가지고 있는 것처럼 보였다.

어쩌면 가면을 쓰고 있다는 것 자체는 그다지 중요한 일이 아닐지도 모른다. 그보다 중요한 것은, 그 가면을 쓰고 있는 '누군가'를 이해하려 노력하는 것이 아닐까.

그러나 그것으로도 어둠은 지워지지 않았다. 가면에는 여전히 깊은 어둠이 내려앉아 있다. 베로스는 그 어둠을 유심히 바라보며 말했다.

"저 애들이 지금의 가면을 쓰는 것은, 아마 내면의 어둠을 털어내기 위함일 거야. 이 견뎌낼 수 없는 상황에 대한 암흑을, 온몸으로 토해내고 있는 거야."

네르메스는 늘 밤마다 악몽을 꾼다. 베로스는 밤중에도 몇 번씩 그녀의 방으로 달려가 네르메스를 달래주었다. 루피온은 개그를 통해서 자신의 어둠을 분출해 낸다. 현실로 돌아갈 수 없다는, 평생을 이곳에서 지내야 할지도 모른다는 압박감이 짓쳐들어올 때면, 녀석의 개그는 더욱더 극단적인 형태를 띤다.

"네르메스는 악몽, 루피온은 개그, 그리고 나는…… 어울리지 않게도 심리학자 흉내. 모두 그렇게 힘들어하고 있어. 그걸 나름대로, 각자의 방식으로 표출해 내고 있어."

모두가 각자의 방식으로 힘들어한다. 누구도 위로해 주지 못한다. 누구도, 서로의 짐을 짊어질 수 없다. 자신에 대한 이야기를 꺼내는 베로스의 표정은 어쩐지 부끄러워하는 것 같았다. 그러나 그 눈빛만은, 그 어느 때보다 총명하게 빛나고 있었다.

그 모습을 바라보던 세피로아가 조용히 입을 열었다.

"베로스, 어쩌면 넌 현 상황의 몇 안 되는 적응자일지도 모른다는 생각이 들어."

"뭐?"

베로스는 당황하며 반문했다. 세피로아의 질문이 이어졌다.

"베로스, 넌 신을 믿지 않아. 그렇지?"

"어? 응."

"그럴 것 같았어, 왠지."

베로스는 무신론자였다. 그는 이 세상은 신이 없기 때문에 이 모양인 것이라 생각했다. 만약에 신이 있다면 그건 그것 나름대로 더 심각한 일이었다. 신이 정말 존재한다면, 그 신은 이런 세상을 만들어낼 정도로 형편없는 존재라는 말이 되니까.

"그럼, 영혼은 믿어?"

"영혼?"

베로스는 자꾸 바보처럼 되묻는 자신을 질책하다가 짧은 상념에 빠졌다. 그는 신령적인 융보다는 기계론적인 프로이트에 마음이 기울어 있었다. 그는, 영혼을 믿지 않았다.

"믿지 않아."

"그렇다면 이곳과 너의 '원래 현실' 은 대체 뭐가 다른 걸까?"

*　　　*　　　*

차가운 밤바람이 뺨을 감싸 안았다. 달빛은 교교했다. 남자는 여전히 말이 없었다.

"있지, 들려?"

세피로아는 수련의 눈앞에서 손바닥을 흔들어 보였다. 길고 미려한 손가락이 하얗게 빛나며 나풀거린다. 그러나 수련의 퀭한 동공은 그걸 보고 있지 않았다. 세피로아는 한숨을 쉬며 그의 곁에 주저앉았다. 옆구리에 쟁여온 담요를 그의 몸에 둘러준다.

"실은 듣고 있는데 안 들리는 척하는 거지?"

세피로아는 그렇게 물으며 무릎을 끌어와 얼굴을 파묻었다. 비스듬히 고개를 들어 수련의 얼굴을 바라본다. 그녀의 작은 입술이 오물거렸다.

"내 동생 이야기해 줄까? 이지너스 말야. 기억하지?"

동생. 그 단어를 속삭이는 순간 미약하지만 수련의 안면이 꿈틀거린 것 같았다. 희망이 조그맣게 피어올랐다.

분명 상태는 이렇지만, 그가 듣고 있을 것이라는 확신이 들었다. 그는 분명 듣고 있을 것이다. 대답을 하지 못해도, 분명히.

세피로아는 수련이 듣고 있든 말든 이야기를 시작했다. 그것은 그녀의 기억 속에서도 심층부에 자리 잡고 있었던 내용이었다.

"나랑 내 동생, 가출했었던 거 알고 있었지?"

대답은 돌아오지 않았다. 그럼에도 세피로아는 수련이 그것을 기억하고 있으리라 믿었다. 그녀와 수련이 다시 만났을 때 수련이 망설이며 언급했던 게 떠올랐던 것이다.

"그 애는, 정말……."

이지너스의 파리한 윤곽이 떠오르자, 세피로아는 고개를 푹 숙이고 말았다. 괜히 꺼냈어. 아직 나도 감당할 수 없는 이야기인데…….

후회가 극렬하게 차오른다. 그럼에도 그녀는 입을 닫지 않았다. 그것은 거기서 매듭지어야만 했다. 매듭짓지 않고는 앞으로 나아갈 수 없었다.

"정말, 이 세상에 천사가 있다면. 아마 그 애였을 거야."

세피로아는 붉어진 눈시울을 숨기며 오래되지 않은, 그래서 더 아련한 그때의 기억을 다시 불러내었다.


"누나."

아름답다. 세피로아는 이지너스의 따스한 손을 쥔 채, 하늘을 해바라기하고 있었다. 둘은 그곳에 나란히 서 있었다. 도시의 야경은 순간적으로 멀어졌다가 가까워졌다가를 반복하더니, 이내 둘이 서 있는 공간과 완전히 격리되어 갔다.

그 세계는 슬펐다. 아니, 그 감정에 굳이 슬픔이라 이름 붙일 수 있을까. 그것은 어쩌면 슬픔이 아닌지도 몰랐다. 기쁨일 수도 있고, 사랑일 수도 있고, 아픔일 수도 있었다. 그것은 단지 이름들일 뿐이다. 기의에 다가갈수록 한없이 미끄러지기만 하는 기표에 지나지 않는다.

"응."

세피로아는 간신히 대답했다. 정신이 어질어질했다. 나는 여기서 뭘 하고 있는 걸까. 나는 대체 어디쯤에 서 있는 걸까. 내가 서 있는 세계는, 내가 존재하는 세계는…… 정말 현실일까.

감각을 확신할 수 없다. 눈을 천천히 깜빡여 본다.

한강의 야경은 변함없이 눈부시다.

이지너스와 함께 집을 나온 이후, 둘은 서울의 곳곳을 오가며 줄곧 숙박을 했다. 들고 나온 돈은 오래가지 못했다. 그러나 상관없었다. 지금부터 그들이 가는 길에, 돈은 필요하지 않았다.

불현듯 웃음이 나왔다.

스무 살도 넘게 먹어서 가출이라니, 정말 우스운 일이다. 그래도 세상에는 그런 일도 있는 법이다. 세피로아는 스스로의 행동에 대해 조금의 변명도 용납지 않았다. 이 위태로운 사랑을, 얼마나 더 이어갈 수 있을까.

문득 고개를 돌려 동생 이지너스, 은겨울의 얼굴을 바라본다. 동생은 웃고 있었다. 여린 입술이 불빛에 아른거렸다. 아직 키스 한 번 해보지 못한 순결한 입술이다.

"너, 나 사랑해?"

"응."

그녀의 의붓동생은 거리낌없이 고개를 끄덕였다. 피가 섞이지 않았다는 것은 이토록 굉장한 일일까. 그것만으로도 남자와 여자는 사랑에 빠지고 빠지지 않을 수 있는 것일까.

따스한 아버지 슬하에서 오히려 강한 성격을 가지게 된 세피로아와 엄한 어머니 밑에 자라 유약하고 부드러운 성격을 가진 이지너스. 외강내유와 외유내강. 완전히 같지도 않지만 전혀 다르지도 않은 두 사람.

그들은 한강 다리의 끝 자락에 서서, 황혼이 저문 후의 밤하늘을 올려다보고 있었다. 아마 이 세상에서 보는 마지막 풍경일 것이다. 그녀는 부질없는 짓이라는 것을 알면서도, 그 장면을 뇌리에 똑똑히 새겨두었다.

둘은 잘 알고 있었다. 부모님은 허락하지 않았다. 파양은 불가능하다. 사회는 그들을 외면했다. 의붓남매는 결혼할 수 없다. 그들이 선 공간은 격리를 넘어 유리(遊離)되어 갔다.

그리고.

"갈까?"

이지너스는 담담한 목소리로 말했다. 그 연약한 얼굴에서 어떻게 그런 목소리가 나올 수 있을까 싶을 정도로 차분한 음색이었다.

모든 것은 한순간에 정해진다. 밤과 낮이 바뀌는 한순간. 시험에 붙고 떨어지는 한순간. 벽을 넘고 넘지 못하는 한순간.

그리고…… 삶과 죽음이 정해지는 한순간.

세피로아는 천천히 고개를 끄덕인다.

사실 기다릴 수도 있었다. 언젠가 시간이 흐르고 흘러 아버지가, 그리고 어머니가 돌아가시고, 일가붙이에서 떨어져 나와 둘이서 함께 살 수도 있었다. 그러나 그것은 매우 많은 시간을 필요로 할 것이었다. 그리고 그 긴 시간은, 마음을 갈기갈기 찢고 마모시켜, 결국은 그들이 서 있는 공간에서 그들을 끄집어낼 것이었다.

순간은 더럽혀지고, 그토록 아름답게 빛나던 마음은 산산이 부서져 깊은 공허 속으로 잠겨든다. 남매는 그것을 원치 않았다. 그들은 두려웠다. 시간이 두렵고, 현실이 두려웠다. 자신의 마음이 변하는 것이 두렵고, 이 순간을 상실하는 것이 두려웠다.

이 순간.

그렇다면 이 순간을 지키자. 천천히 몸이 기운다. 세피로아는 본능적으로 이지너스의 손을 꼭 쥐었다. 몸과 함께 사위도 천천히 기울어 갔다. 세상이 기울어갔다.

이 순간을 지키는 것, 이 순간을 지키기 위해 죽는 것.

그래서 남매는 함께 사라지기로 했다. 더럽혀지지 않은 이 순간을, 아직 시간의 손길을 받지 않은 이 현재를 지키기로 했다.

최후의 순간 모두가 본다는 주마등은 스쳐 가지 않았다. 다만 바보 같게도 세피로아는 다음과 같은 생각을 했다.

아, 나 죽는구나.

슬픈 일이었다. 죽는 순간조차 현실감을 갖지 못한다는 것은.

애초에 그들이 함께 지켜온 공간에는 리얼리티가 없었기 때문인지도 몰랐다. 그것은 언제든지 깨질 수 있는 것이었고, 그렇기에 더욱 깨질 수 없는 것이었고, 그렇기에…….

이 세상에는, 존재할 수 없는 공간이었다.

시야가 반쯤 기울었을 때, 뜻밖에도 잔상 같은 것이 스쳤다. 그렇군, 이게 주마등이군. 세피로아는 생각했다. 그러나 그것은 주마등이 아니었다. 단지, 기억의 파편 같은 것이었다.

하늘색 머리카락의 깊은 여운. 아무것도 아니라고 생각했던 기억의 한 조각. 순간적으로 온몸이 차갑게 식는다. 페르비오노의 언덕을 넘는 그리운 바람이 가슴 어귀를 스친다.

정말 나는 이 순간을 지키길 원하고 있는가.

뭔가가 잘못되었다는 사실을 느끼는 순간, 세상이 정지했다. 갈 곳을 잃은 단어들이 혼란스럽게 머릿속을 부유했다.

잘못되어 있어. 죽고 싶지 않아. 만나고 싶어. 조금만 더 견뎌보고 싶어. 어떻게든 앞으로. 아프고 슬프더라도. 어떻게든…….

그리고 왼팔에 과부하가 걸렸다. 놓지 않은 왼손. 본능적으로 난간의 손잡이를 움켜쥔 오른팔. 그녀는 온몸에 힘을 실은 채, 가벼운 동생의 체중을 견디고 있었다. 세피로아는 그제야 자신이 뛰어내리지 않았다는 사실을 깨닫는다. 그녀는, 살고 싶었다.

대롱대롱 매달린 동생 겨울의 모습이 보인다. 스산한 밤바람이 그 애의 작은 머리를 하염없이 헝클어놓는다. 그의 무게를 견디지 못한 왼팔이 파르르 떨리고 있었다.

"가을아."

동생은 처음으로 그녀의 이름에, 누나라는 단어를 붙이지 않았다. 그 짧은 순간 늘 자신을 낮추던 동생은, 한때는 그녀의 연인이었던 그 남자는, 그녀와 동등한 위치에 올라 있었다.

너는 용기가 없구나. 동생의 눈빛은 그렇게 말하고 있었다. 인정하기 싫었다. 하지만 인정해야만 했다. 떨림이 격화된다. 세피로아는 더 이상 그를 지탱할 수 없었다. 올라와! 지금 당장! 그러나 목소리는 울음에 막혀 나오지 않는다.

그렇다면, 이 순간은 나 혼자 지키겠어.

순간적으로 오물거린 동생의 입술은, 그렇게 말하고 있다. 먹먹해진 귀는 이미 아무것도 들리지 않았음에도, 그녀는 동생의 말을 똑똑히 들었다. 이 순간을 지키려는 남자의 말을 똑똑히 들었다.

대신 너는, 이후의 순간을 지켜줘.

이지너스는, 은겨울은, 그 영원한 소년은 그녀의 손아귀에서 천천히 빠져나갔다. 찰나는 순식간에 멀어져 갔다. 떨어지는 동생은 웃고 있었다. 손안에 허무가 가득 차오른다.

추락하는 모든 것에는 날개가 있다고 했다. 그러나 동생에게는 날개가 없었다.


"날개 잃은 천사. 분명 그 녀석은, 그거였을 거야."

그 뒤, 세피로아는 도망치듯 그 자리를 떠났다. 이지는 죽었다. 죽어버렸다. 첨벙, 하고 울려 퍼지는 그 잔혹한 소리가 계속해서 귓가를 떠돌았다. 악몽에 시달렸다. 구원은 없었다.

"내 이야기, 유치하지?"

세피로아는 계속해서 거리를 헤맸다. 잠든 어둠이 불길하게 온 세상을 가득 채우고 있다. 이제 이지는 없다. 은겨울은 세상에 없다. 한 사람의 부재는 세상을 바꿔놓았다. 그가 있는 세상과 없는 세상. 이제 그녀는 후자의 세상을 살아가야 한다.

그 이후의 시간을 살아가야 했다. 차가운 밤공기에 눈물이 얼어붙었다. 큐브 방. 흔들리는 시계(視界) 속에서 그녀는 큐브를 바라보았다. 게임 큐브. 그 두 음절의 단어가 표상하는 의미가 머릿속에 채 떠오르기도 전에, 그녀는 큐브 안에 앉아 있었다.

그리고 게임에 접속했다. 다시는 돌아오고 싶지 않다. 이런 현실, 이제 다시는 돌아오고 싶지 않다. 그 애가 지켰던 순간 이후를 홀로 견디고 싶지 않다. 나는 버틸 수 없어.

"유치하다고 말해줘……."

매끈한 턱 선을 타고 떨어진 눈물이 바닥을 거뭇거뭇 적셨다. 말끝이 떨림과 함께 잦아든다. 투명한 눈물방울들이 떨어지는 것을 바라보며 세피로아는 입술을 깨물었다.

어쩌면 이 눈물마저도 모두 거짓일 것이다. 실재하지 않는 울음이다. 생각의 파편일 뿐이다. 그래서 세피로아는 울었다. 그렇게밖에 울 수 없는 자신 때문에 울었다. 그리고 그때, 그녀는 자신의 어깨에 닿은 작은 온기를 느꼈다. 희미하게 빛나는 수련의 왼팔이 그곳에 있었다.

수련의 왼팔은 천천히 움직여 그대로 그녀의 어깨를 감싸 안았다. 동공은 여전히 퀭했다. 분명 들리지 않는 공간 속에 갇혀 있을 것임에도, 그는 그녀를 위로하고 있었다.

세피로아는 그의 어깨에 얼굴을 묻고 소리 내어 울었다. 수련은 다른 한 손으로 그녀의 어깨에 케이프 자락을 둘러주었다. 감당할 수 없는 슬픔 속에 좌절된 여린 강함은 비밀스런 장소에서 천천히 무너져 갔다.

어둠 속에서 그 광경을 보며 몸을 돌린 인영이 있었다. 등까지 길게 내려오는 하늘빛 머리카락이 달빛에 불안하게 찰랑였다. 달빛으로 깎은 듯 미려한 얼굴에는 은은한 아픔이 깊게 배어들어 있다. 월광이 스치고 지나간 자리에는 깊은 겨울 장미 향기만이 아련하게 맴돌고 있었다.

*　　　*　　　*

밤은 길었다. 종종 그 긴 밤의 영역을 날아 구슬피 우는 새소리가 들려온다. 간혹 짐승들의 울부짖음이 들려오기도 했다. 그러나 그 숲에, 그 타성에 젖은 울음을 들어줄 착한 청중은 없었다.

사라진 현실감각이라는 것은 쉽게 되돌아오지 않는다. 감당할 수 없는 부하를 짊어진 정신은 쉽게 현실에서 이탈한다. 수련은 자신이 서 있는 곳을 가늠할 수 없었다.

그의 육체는 분명히 그곳에 존재하고 있었으나, 육체를 느끼는 그의 의식은 먼 하늘 너머에서 아렴풋하게 깜빡거릴 뿐이었다.

투명한 의식 너머로 육체가 꿈틀대는 것이 느껴진다.

아.

문득 신음을 흘려본다. 그러나 신음은 나오지 않는다. 들리지도 않는다. 수련은 팔을 움직여 보았다. 팔은 분명히 움직였다. 그럼에도 그것은 전혀 자신의 육체처럼 느껴지지 않는다. 마치 유체이탈을 경험하는 사람처럼, 수련은 객관적인 입장에서 자신의 육체를 관찰할 수 있었다.

그의 어깨에 기대어 잠든 세피로아의 얼굴이 보인다. 미려하게 흐트러진 은발을 쓸어 올려준다. 작은 신음을 흘리며 그의 품속으로 더욱 파고드는 세피로아의 얼굴은 한없이 사랑스럽다. 별안간 심장이 저민다.

극렬한 죄책감이 차오른다. 지아의 얼굴이 가슴을 미어지게 만든다. 신민호의 얼굴이 증오심을 불타오르게 만든다. 아버지의 얼굴이, 어머니의 얼굴이, 여동생의 얼굴이 이어서 떠오른다. 나는 대체 뭘 하고 있는 걸까.

난 지금까지 도대체, 뭘 해온 걸까.

봉인을 깬 이후, 수련은 더 이상 자신의 정의(正義)에 대해 확신을 가질 수 없게 되었다. 나는 옳은 일을 하고 있다. 나는 정의다. 그 절대적인 신념만이 수련을 움직여 온 힘이었다. 가면을 벗고 과거의 망령에서 벗어나 그 현실 위에 발을 디뎠을 때, 수련은 자신을 확신했다. 그럼에도 그것은 정의가 아니었다.

품속으로 집어넣은 손가락 끝으로 작은 유리 조각이 만져졌다. 수련은 천천히 그 조각을 꺼내 들었다. 깨어져 나간 투명한 호루스의 구슬 조각이 그 손에 쥐어져 있었다. 날카로운 단면에 베인 손가락에서 피가 묻어 나왔다.

인간이 가장 두려워하는 것을 보여준다는 호루스의 구슬.

시야가 흐릿해지며 눈앞의 어둠이 기이하게 일그러졌다. 낡은 영사기가 돌아가기 시작하며, 곧 화면에는 친구로 보이는 두 명의 일행이 나타났다.

"빨리 움직여. 아이템도 줬는데 왜 이렇게 굼뜨냐!"

고급 아이템들로 온몸을 치장한 남자는 허겁지겁 뒤를 따라오는 초보 친구를 채근했다. 어설픈 초보자용 장비를 걸친 남자의 친구는 낑낑거리며 힘겹게 뒤를 따라왔다.

"천천히 좀 가자. 내 캐릭터는 레벨이 낮아서 널 못 따라가."

"빨리 와, 멍청아. 레벨 낮으면 올려야지. 아이템도 줬잖아."

"그깟 아이템…… 너 겨우 이거 줬다고 너무 젠체하는 거 아냐?"

"뭐?"

친구의 그 말에 남자의 안색이 대변했다. 기껏 아이템 줬더니 하는 소리가 고작 그거냐? 그의 표정은 곧 조소로 물든다.

"흥, 현실에서 너한테 진다고 해서, 여기서도 질 것 같냐?"

명백한 비웃음이 감도는 목소리. 상념이 시공간을 넘어 전해진다. 언제 한번 네 녀석의 콧대를 뭉개주고 싶었어. 아주 혼쭐을 내주마.

"불만이면 덤벼보지 그래?"

남자는 아예 도발을 시작했다. 묵혀뒀던 감정이 폭발하자 친구고 뭐고 없었다. 현실에서의 우정이 어떻게 되든 간에, 그는 지금 그 감정을 소비하지 않고는 견딜 수 없는 욕망의 노예에 불과했다.

"이게······!"

친구는 이길 수 없다는 것을 알면서도 남자에게 달려든다. 초보 레벨인 친구가 남자를 이길 수 있을 리 없었다. 남자는 가볍게 그 공격을 피해내며 우월감에 가득 찬 웃음을 흘린다.

"넌 나한테 안 돼, 이 허접한 새끼야."

친구의 입에서도 욕설이 터져 나오기 시작한다. 내일 현실에서 만나게 된다면 몇 번 투덜거리다가 다시 원래대로 돌아갈 죽마고우였지만, 그것은 다시 만날 수 있을 때의 이야기였다.

그때, 눈먼 칼날이 남자의 어깨를 거볍게 스쳤다. 친구의 얼굴에 순간적으로 아차, 하는 낭패감이 떠오른다. 반면 남자의 얼굴은 치욕감으로 물들었다. 죽여 버리겠어. 맹렬하게 타오르는 감정은 그에게 어깨가 조금씩 욱신거린다는 사실도 잊게 만들었다.

"죽어!"

남자는 칼날을 곧바로 내질러 친구의 심장을 꿰뚫는다. 순간 내가 너무 심한 게 아닌가, 하는 생각이 남자의 뇌리를 까마득하게 메운다. 그러나 이내 상관없다는 생각이 들었다. 사과하면 된다. 여긴 어차피 게임이야. 상관없어. 이런다고 진짜 죽진 않아.

"야, 미안하다. 괜찮······."

그러나.

"아, 아어어어······."

친구의 동공이 크게 팽창한다. 목메는 신음 소리와 함께 친구의 눈이 하얗게 물든다. 부글거리는 피거품이 흘러나온다. 뭐,

뭐야. 갑자기 왜 그래! 남자의 말은 이어지지 못한다. 관통당한 심장에서 쏟아지는 핏덩이들. 붉게 물든 시야. 피에 젖은 손.

남자는 그제야 뭔가가 잘못되었다는 것을 깨닫는다.

그는…… 자신이 가장 사랑하는 친구를 죽인 것이다.

으…….

수련은 반사적으로 머리를 감쌌다. 남자의 감정이 생생히 솜털 끝으로 전해져 온다. 수련은 속으로 비명을 지른다. 보고 싶지 않아. 이런 건 보고 싶지 않아!

그러나 호루스의 구슬은 잔혹했다. 영상은 전환된다. 몬스터가 나타난다. 보스 몬스터다. 거대한 아크 데빌의 몸집을 훔쳐보던 남자는 속으로 욕망을 삭인다. 조금만 참자. 저 녀석만 해치우면 아이템은 내 거야. 모두 내가 차지하겠어.

파티 멤버들은 하나같이 들뜬 표정이었다. 모두 아크 데빌을 사냥하러 온 듯했다. 처음 보는 사람들뿐이다. 이윽고 전투가 시작된다. 남자는 은근슬쩍 일행의 뒤쪽으로 빠졌다.

어차피 이 파티는 거의 전멸의 위기를 겪어야만 아크 데빌을 쓰러뜨릴 수 있을 것이었다. 그렇다면 최대한 뒤쪽에서 지원해 주는 척하면서 시간을 벌다가, 마지막에 살아남아 아이템을 습득하는 것이 현명하다. 남자는 그렇게 생각했다.

"으아아!"

팔을 공격당한 한 전사가 뜻밖의 비명을 지른다. 남자를 비롯한 파티 멤버들이 모두 그를 미친 사람처럼 바라본다. 고통을 느낄 수 없는 게임 속에서 비명을 지르다니, 미친 거 아냐? 어, 혹시 행위 예술가일지도 몰라.

추악한 비웃음들이 공간을 유린한다. 그러나 그 비웃음의 장본인들도 뒤이어 비명을 지른다.

"아아, 내 팔! 비, 빌어먹을. 이거 뭐야!"

"크아아아!"

그럼에도 아직 멀쩡한 파티 멤버들은 비웃음으로 사태를 일관했다. 단체로 연기라도 하나? 그런 헛소리를 지껄인다고 해서 우리가 돌아봐 줄 것 같아? 그 뒤로 비명 소리는 울려 퍼지지 않았다. 그 이후 파티 멤버들은 아크 데빌의 공격 한 번에 한 명씩 죽어나갔던 것이다. 멤버들은 뭔가 이상하다는 것을 조금씩 깨달아가면서도, 아무도 도망칠 생각은 하지 않았다. 파티 멤버들이 줄어갈 때마다 아크 데빌도 조금씩 약해져 갔다. 그리고 마지막 파티 멤버가 비명을 지르며 나가떨어졌다.

몰래 바위틈에 숨어 있던 남자는 그때서야 밖으로 나왔다. 이제 내가 나설 차례군. 녀석은 내 거야.

"빨리, 빨리 도망쳐!"

중상을 입고 공포에 젖은 파티 멤버가 피에 젖은 손으로 남자를 발견하고 소리쳤다. 어서 가, 도망치란 말야!

"지랄하고 있네."

남자는 그 말을 곧이듣지 않았다. 웃기지 마. 나는 아이템을 차지할 거야. 내가 없어지면 너 혼자 녀석을 죽이고 아이템을 습득할 셈이겠지? 내가 바본 줄 알아?

남자는 괴소를 흘리며 아크 데빌에게 다가간다. 그러나 이미 아크 데빌은 남자의 코앞에 다가와 있었다.

다음 순간, 지금껏 한 번도 경험해 보지 못한 고통이 남자의 전신을 물들였다. 경악이 득달같이 엄습한다. 아니, 대체, 어떻게……? 그리고 그것이 마지막이었다.

수련의 안색은 더욱더 고통으로 물들어간다. 이제 견딜 수 없어. 미칠 것 같아. 대체, 이걸, 어떻게…….

수련은 생각했다.

'나 때문이야.'

그들도 말했다.

'너 때문이야.'

영상은 계속된다. 실수로 친구를 죽인 남자. 파티 멤버를 죽인 남자. 아이템에 눈이 멀어 유저를 죽였다가 살인자가 된 남자. 몬스터에게 죽은 남자. 사람을 죽였어. 내가? 죽였어. 그래, 그 사람은 죽었어. 어떻게 된 거지? 왜? 내가? 이곳은 게임인데? 왜?

이곳은, 더 이상 게임이 아니야.

세피로아의 어깨를 감싸고 있던 왼손이 축 늘어진다. 마치 문신처럼 새겨진 월광은 파랗게 달아오르며 이내 기이한 문양을 그리기 시작했다. 호루스의 구슬이 그의 왼팔과 반응하고 있었다.

왼팔. 아버지, 시리우스의 팔.

영상은 빨리 감기 버튼을 누른 비디오처럼 쏜살같이 흘러갔다. 말이 제대로 들려오지 않는다. 고통은 간헐적으로 심장을 찌른다. 비디오의 엔딩 크레딧에, 한 남자가 서 있었다. 녹슨 비디오테이프가 덜그럭거린다.

그곳에, 아버지가 있었다.

조금씩 의식이 꺼져 가기 시작했다.

그것은 아주 긴 구연동화 같은 것이었다.

동화는 잔혹했고, 또 무참했다. 그것은 한 남자의 비참한 삶이기도 했고, 세상 모두의 운명을 짊어진 용사의 신화이기도 했으며, 위대한 혁명가의 이야기이기도 했다.

그러면서도 동시에, 아무 이야기도 아니었다. 그것은 단지 이야기일 뿐이었고, 단순한 이미지로 구성된 한낱 동화에 불과했다.

남자는 위대한 세계에 대한 꿈을 꾸었다. 어느 순간 신이 된 남자. 세상은 그의 선택을 바라고 있었다. 어떻게 선택해야 하지? 뭘 선택해야 하는 거지? 내가, 대체 뭘 할 수 있지?

남자는 고뇌했다. 그리고 두려움에 떨었다.

자신의 선택 하나에 세계가 좌우된다. 모든 조물주들은 이런 두려움 속에서 선택을 이어간 것인가. 선택에 선택이 더해갈수록, 남자는 내부로 침잠해 갔다. 그것은 돌이킬 수 없게 되어가는 것.

남자는 결심했다. 이대로는 안 된다. 뭔가를 해야 해.

그래서 그는 뭔가를 만들기 시작했다. 그가 제일 먼저 관심을 가졌던 것은 어둠이었다.

남자는 어둠의 힘을 끌어 담았다. 세상은 강한 힘으로 지배되어야만 한다. 그 힘이 있어야 세상을 평정할 수 있다. 그 힘이 있어야 세상을 안전히 다스릴 수 있다.

그는 어둠을 빚기 시작했다. 칠흑과 암흑의 결정을 다듬고 또 다듬었다. 어둠은 숭고한 형태로 빚어졌다. 그리하여 어둠은 이윽고 하나의 추상적인 형태를 갖기 시작했다. 그것은 마치, 환영(幻影) 같았다.

그러나 남자는 다시 고민했다. 과연 내가 잘한 것인가. 남자는 자신이 만든 어둠을 바라보았다. 아니, 그것은 '어둠'이라고 이름 붙일 수 없는 것이었다. 그것은 그저, 하나의 형이상학적 덩어리일 뿐이었다. 부족하다. 뭔가가 더 필요해. 하지만 뭘?

남자는 깨달았다. 그래서 남자는 빛을 만들었다. 그리고 빛을 다듬기 시작했다. 빛은 점차 형이상학적인 덩어리로 조각되어 갔다. 그 찬연함은 차라리 섬광(閃光)이라고 불러야 할지도 몰랐다. 그렇게 빛은 완성되었고, 그로 인해 어둠은 어둠이라는 이름을 갖게 되었다.

섬광은 남자의 왼팔이 되었고, 환영은 남자의 오른팔이 되었다. 한 인간의 몸속에 빛과 어둠이 공존하고 있었다. 빛이 있기에 어둠이 있었고, 어둠이 있기에 빛이 있었다.

수련은 멍하니 그 광경을 지켜보았다. 세상을 지키려 한 위대한 남자를 바라보았다. 그러나 그가 정말 그 세상을 지켰는지는 알 수 없는 일이었다. 환한 빛이 일그러지며, 이내 남자의 얼굴 윤곽이 뚜렷해지기 시작했다.

수련은 그 남자가 아버지일 것이라고 생각했다. 저건 아버지다. 아버지가 날 기다리고 있는 거야. 내 선택을 기다리고 있는 거야.

그러나 빛이 사라졌을 때, 수련은 깜짝 놀라고 말았다.

남자는 가면을 쓰고 있었다. 그리고 그 가면은 반절의 어둠과 반절의 빛으로 이루어져 있었다.

# EPISODE 026

## Mosaic

깊은 도시의 밤은 때로 날카롭게 빚어진 스테인리스를 연상시킨다. 차가운 칼날을 품은 어둠. 초월적인 어떤 존재가 지켜보고 있을 것만 같은 뾰족한 감각. 생기를 잃은 낙엽이 보도블록 위를 굴러다니는 그곳에는 주인 잃은 고양이 한 마리만이 외로운 거리를 지키듯 간간이 울음을 토해내고 있었다.

그러던 어느 순간, 고양이의 울음소리가 마법처럼 끊겼다. 그 침묵은 분명하게도 일정한 밀도의 타율(他律)을 품고 있었다. 금빛 눈을 빛내는 검은 고양이는 마치 밤의 주인을 숭배하듯 어둠 속을 올려다본다. 사람이 있었다. 대체 언제부터 그곳에 있었는지 알 수 없을 만치 은밀하고, 또 고요하게 나타난 인영.

남자는 고양이를 지나쳐 그 살풍경한 거리의 중심을 거침없이 걸어나갔다. 같은 인간이라고는 도저히 볼 수 없는, 압도적인 존재감이 온몸에서 흘러나온다.

은은한 수은등 아래를 지나는 남자는 새하얀 트렌치코트를 걸치고 있었다. 트렌치코트의 앞면은 눅진 피로 물들어 있다. 누군가 그 광경을 봤다면 당장에라도 비명을 지를 모습이었다.

게다가 남자는 두 자루의 검을 옆구리에 차고 있었다. 반월의 형태를 그리는 그 일본도는 도저히 장난감처럼 보이지는 않았다.

진령, 냉기의 아크룩스는 자리에 우뚝 멈춰 선다.

그의 눈앞에는 하얗고 거대한 건물이 있었다. 복도를 제외하고는 모조리 불이 꺼진 건물. 얼음장 같은 두 눈에 일순간 깊은 수심이 어린다. 그는 극도의 혼란을 느끼고 있었다.

스피카를 죽인 후, 그는 오래된 기억이 밀물처럼 밀려오는 것을 체감했다. 진령 시리우스와 함께, 그들의 「세계」를 수호하던 기억. 그들이 만든 영원 속에서, 자신들이 살던 「현실」을 지키기 위해 맞서 싸우던 기억.

마침내 시리우스가 죽고, 일곱 명의 진령이 뿔뿔이 흩어진 그 순간조차 남자는 아무것도 선택할 수 없었다. 베가, 리겔, 베텔기우스, 카펠라, 스피카, 프로키온.

정신적 지주가 사라지자, 그들의 영혼은 기댈 곳을 잃었다. 600년이라는 긴 시간을 살아왔음에도 거대한 영원 앞에서 그들의 작은 영혼은 어린아이에 불과했다. 그럼에도 그들은 그 영원을 이겨내고자 했다. 인간이라는 이름으로, 그들이 인간이라는 이유로.

그러나 이겨낼 수 없었다.

살고 싶어. 우리는, 살고 싶다. 「살고」 싶다.

'인간은 영원을 견뎌낼 수 없어.'

'우리는 무엇 때문에 그들의 「현실」을 지키는 거지?'

'정작 우리는 「현실」 속으로 돌아갈 수 없는데…….'

현실로 돌아간다. 그것은 그들의 꿈이었다. 다시 현실로 돌아갈 수 있다면, 그래서 현실의 공기를 다시 한 번 맛볼 수 있다면. 진령들은 하나둘씩 자아의 기반을 잃고 미쳐 가기 시작했다.

그때, 구원의 손길이 나타났다.


"너희들을, 현실로 돌려보내 주겠어."


그때까지 그들의 적이었던, 아크, 신민호였다.

가장 먼저 그의 말을 받은 것은 중력의 베텔기우스였다. 그는 오래전부터 신민호의 여러 가지 제안에 찬성했던 유일한 반동 분자였으며, 협력자였다.

그다음으로 협력한 것은 불꽃의 카펠라였다. 그는 단순히 재미있겠다는 이유로 그의 밑에 들어갔으나, 아크룩스는 그의 내면을 여실히 들여다볼 수 있었다. 오랜 세월에 의해 혼탁해진 그의 영혼은 이미 진정한 삶에 대한 욕망으로 가득 차 있었다.

마지막은 암흑의 프로키온이었다. 그의 변절은 예상치 못했다. 그러나 늘 현실의 가족들을 그리워하던 그의 모습을 떠올린 아크룩스는 그 결정을 심정적으로 이해하고 말았다.

반면 자존심 강한 뇌전의 리겔과 시리우스와 친했던 환영의 베가, 안개의 스피카는 그 제안을 단호히 거절했다.

그리고 냉기의 아크룩스가 남았다. 스스로 리메인더가 되기를 택한 세 명의 진령과 피스라는 이름을 내세운 세 명의 진령은 이제 마지막 진령의 선택을 기다리고 있었다.

　　'현실의 친구들을 다시 만나고 싶다.'

　　600년의 기억 밑에 잠재되어 있던 오래된 추억들이 조금씩 선명해지기 시작했다. 돌아갈 수 있다면. 다시 한 번, 그 세상의 공기를 내 폐를 통해 호흡할 수 있다면!

　　'시리우스의 죽음을 기려야 해. 지금까지 잘해왔잖아.'

　　시리우스의 마지막 모습이 떠올랐다. 600년간 진령 하나하나를 돌봐주었던, 마치 부모와도 같은 남자의 얼굴이 떠올랐다. 그는 현실을 구하고 싶어했다. 그들이 존재하는 현실이 아닌, 한때 그가 살았던 현실을 구하고자 했다.

　　너무나 숭고하고, 그래서 더 아름다웠던 그의 영혼을 생각하면…….

　　'시리우스, 미안합니다.'

　　그는 그렇게 리메인더가 되어, 청호(靑虎)가 되었다.

　　아크룩스는 병원의 문을 밀어젖혔다.

　　그는 병원 관계자들이 침입을 눈치 챌 수 없도록 조심스러운 움직임으로 표홀하게 이동해 나갔다. 머리는 여전히 과거의 기억들로 뒤덮여 있었다. 기억을 정리해 둔 상자를 잘못 건드린 모양이다. 아마 당분간은 진정되지 않을 것이다.

　　리메인더와 피스는 싸우기 시작했다. 아크룩스는 귀환을 희망했지만, 결코 자신의 동료들과 싸우는 것을 원치는 않았다.

아크룩스는 고뇌했다. 뭔가가 잘못되어 있다. 하지만 그것이 누구의 잘못인지는 명확하지 않다. 누구도 잘못하지 않았는데, 상황은 잘못되어 있었다. 모순이었다.

그리고 그 모순 속에서, 아크룩스가 정해둔 경계는 점차 그 선이 흐릿해져 갔다. 그는 한때의 동료, 친구들과 싸웠고, 친구들을 베었다. 싸우고, 싸우고, 또 싸우며 자신의 정의를 잊어갔다.

그리고 그것이, 그의 새로운 정의가 되어갔다. 그는 더 이상 친구를 베면서 죄책감을 느끼지 않았고, 타인의 존재를 소멸시키며 울지 않았다. 그는 파괴에 중독되었다.

그리고 그렇게 함으로써 그는 영원을 견딜 수 있었다. 아크룩스는 한 병실의 문 앞에 멈춰 섰다. 아마, 이 병실 안에 목표물이 있을 것이다. 그런데 그 순간, 파격적인 고통이 뇌리를 죄어왔다. 순간적으로 시야가 휘청거렸다.

어느 순간 강렬하게 뇌리를 울린 단절감. 그것은 한발 늦은, 제법 오래된 듯한 단절감이었다. 그것이 무엇일지는 너무나 명확했음에도, 기억의 파도 속에 파묻힌 이성은 쉽게 해답을 내놓지 못했다. 그는 그 단절감이 무엇인지 떠올리려 애쓰며 병실의 문을 열었다.

작은 병실 안에는 두 명의 환자가 누워 있었다. 핼쑥한 안색으로 숨을 쌕쌕 고르고 있는 작은 소녀는 눈을 다쳤는지 붕대를 감고 있었다. 아크룩스는 쥐 죽은 듯 잠든 소녀의 침대를 지나 목표물이 누워 있는 침대 앞에 멈춰 섰다.

배진곤이라는 이름이 스크랩된 카드가 링거의 끝에서 흔들렸다. 뭔가 악몽을 꾼 듯, 잠자리가 풀어헤쳐져 있다. 아크룩스는 천천히 이도류 쪽으로 손을 가져갔다. 잠든 채 조용히 죽을 수 있다면 그것도 그것 나름대로 행운이다. 아크룩스의 시선이 긴 링거의 선을 따라간 것은 우연이었다.

링거가, 뽑혀 있어?

그 순간, 시선에 반응하듯 진곤의 왼손이 빠르게 움직이더니 근처의 유리병을 건드려 바닥에 떨어뜨렸다. 유리 조각 특유의 날카로운 소리가 병실을 커다랗게 적셨다.

그것은 큰 위협은 되지 못했으나 그 행동에는 다른 의도가 스며들어 있었다. 소리가 울렸으니 분명 누군가 도우러 와줄 것이다. 기실 진곤의 의식은 아까 돌아와 있었다. 정신이 돌아오자마자 황급히 링거의 선을 뽑고 이곳에서 탈출하려 하는데, 하필이면 그때 아크룩스가 들어온 것이다.

"소용없어."

아크룩스는 언성을 낮췄다. 이미 아크룩스와 진곤을 둘러싼 공간은 투명한 빙한결계(氷寒結界)로 모든 소리가 차단되어 있었다. 진곤의 안색이 창백하게 물들었다.

'이건 사기잖아.'

진곤은 진심으로 투덜거렸다. 아크룩스를 보는 순간, 살아남을 수 없겠다는 생각쯤은 이미 했다. 그러나 이건 너무 무력하다. 그의 몸은 움직일 수 있는 상태도 아니었고, 이대로는 제대로 싸워보지도 못하고 비참하게 죽을 것이다.

진곤은 마지막 희망인 벨을 향해 손을 뻗었다. 그러나 다친 오른손은 쉽게 올라가지 않았다. 조금만, 조금만 더.

사아아.

싸늘한 냉기가 오른손 끝에서 느껴진 것은 다음 순간. 진곤은 꽁꽁 얼어붙어 있는 버튼을 발견했다. 완전한 절망이 뇌수 끝까지 차올랐다. 그는 긴장한 눈빛으로 아크룩스를 바라보았다. 찰나에 수십 개의 상념이 교차했다. 어떻게 하면 살아남을 수 있을까.

'말 못하는 척하면, 어쩌면 당장은 죽이지 않을지도 몰라.'

소설에도 간혹 그런 경우가 나오잖아. 물론 어느 소설에서 그런 구절을 읽었는지는 기억나지 않지만.

"여자는 어디에 있지?"

잠시 깊은 침묵이 내려앉았다. 아크룩스는 고단한 눈을 들었다.

"말을 못하나? 그럼 죽이겠다."

"잠깐, 그럴 땐 보통 납치해서 어디론가 데려간다거나 하는 게 보통이잖아!"

생명 연장의 꿈이 물 건너갔다는 것을 깨달은 진곤은 당황해서 외쳤다. 뭐, 이런······.

섬뜩한 일본도의 칼날이 드러나는 순간, 진곤은 삶에 대한 집념을 버렸다. 이건, 정말로 끝이구나. 빌어먹을.

천천히 눈을 감는다. 길었던 시간을 회상한다. 어차피 죽을 거라면 빨리 죽는 편이 좋겠지. 빨리 날 찔러, 이 멍청아!

그러나 시간이 지나도 칼날은 다가오지 않았다. 진곤은 혹시나 하는 생각에 슬그머니 눈을 떴다가 도로 눈꺼풀을 닫고 말았다. 일본도의 칼날이 그의 코앞에서 부르르 떨리고 있었던 것이다. 그런데 뜻밖의 대답이 날아왔다.

"생각이 바뀌었다. 죽이지 않겠다."

방금 전의 단절감이 뭐였는지 아크룩스는 그제야 이해하고 있었다. 세계의 단절, 마음의 단절, 그것은 절대적인 단절이었다.

그 순간, 진령 아크룩스는 깨달았다. 이제 그는 더 이상 냉기의 아크룩스가 아니라는 사실을. 그리고 이제 그는, 그 「세계」에 얽매일 필요가 없다는 사실을.

그는 이제 더 이상 리메인더가 될 필요가 없다는 사실을.

"왜지?"

진곤은 혼란스러운 눈으로 아크룩스를 올려다보았다. 마땅히 기뻐해야 할, 그래서 가슴이 벅차올라야 할 상황임에도 의문이 먼저 치솟았다. 조직에서 명령이 떨어진 건가? 아니면 그 검사가, 신혜영이란 여자가 뭔가를 한 건가?

일본도를 집어넣은 아크룩스는 조용히 고개를 숙이고 있었다. 한참이 지나도 대답이 없자 진곤은 끙끙거리며 침대에서 몸을 일으켰다. 그리고 믿을 수 없는 광경을 보고 말았다.

"당신…… 울고 있어?"

냉기의 아크룩스는 울고 있었다. 그 냉정하던 얼굴은 완전한 상실감에 휩싸여, 그리고 곤혹스러운 기쁨에 휩싸여 울고 있었다. 그것은 진곤에게 있어서 불가해한 울음이었다.

아크룩스는 눈물조차 닦지 않고 고개를 들었다. 그 침착한 인상에 눈물 자국이 번진 모습은 어쩐지 희극적이었으나 진곤은 조금도 웃을 수 없었다. 누구도 그 얼굴을 보고 웃을 수 없을 것이었다.

"오늘은 친구를 잃은 날이니…… 널 죽이지 않겠다."

친구? 진곤의 얼굴에 복잡함이 떠올랐다. 아크룩스의 눈빛은 진곤과 그 사이에 존재하는 허공을 황망히 응시하고 있었다. 죽은 스피카가 과연 이 말을 들으면 어떤 생각을 했을까.

그는 구속으로부터 풀려났다. 이제 그는 그 세계로 돌아갈 수 없게 되었다. 계약은 끝났고, 그 세계가 어떻게 되었든 이제 그가 할 수 있는 일은 아무것도 없었다.

그는, 자유가 된 것이다.

아크룩스는 눈앞의 인간을 어떻게 처리할 것인지에 대해 고민했다. 그는 이제 자유의 몸이 되었으나, 그렇다고 해서 평범한 인간이 된 것은 아니었다. 자신의 모습을 확인한 눈앞의 인간을 살려두어서는 안 된다. 하지만…….

마음이 내키지 않았다. 이제 와서 치졸한 정의를 되찾았다고 멸시해도 상관없었다. 정의란 것은 그토록 알량한 것이다. 순간적인 기분에 좌우되는, 시시하고 보잘것없는 것이다. 어쩌면 그것은 자신이 죽인 스피카, 정인수 때문인지도 몰랐다. 그 황폐하고 더러운 전쟁 속에서, 끝끝내 친구에게 검을 겨누지 않았던 정의로운 영혼. 나는, 그런 친구를 죽였어…….

"대신, 네 기억을 죽이겠다."

아크룩스는 천천히 오른손을 뻗어 진곤의 이마에 갖다 대었다. 그 광경을 똑똑히 지켜보면서도 진곤은 꼼짝도 할 수 없었다. 막대한 중압감이 그의 심장을 비롯한 온몸을 옭아매었던 것이다. 곧 손에서 희미한 빛이 떠오르더니, 진곤은 그대로 침대 위에 너부러졌다.

쓰러진 진곤의 몸을 가만히 응시하던 아크룩스는 천천히 몸을 돌려 들어왔던 그때처럼 조용히 그곳을 빠져나왔다. 억압이 사라진 밤하늘은 달라져 있었다.

가만히 대기를 빨아들여 본다. 폐 속으로 신선한, 이른 새벽의 공기가 상쾌히 스며든다.

후— 하.

그는, 진령의 아크룩스는…….

분명히, 그의 「현실」 속에서 살아 있었다. 이제 혼자가 된 고독한 진령은 천천히 도시를 걸어나갔다.

＊　　　＊　　　＊

늦은 밤, 휘황한 달이 떠오른 가운데 성채의 집무실에서는 때 아닌 고함 소리가 오가고 있었다. 아니, 정확히 그것은 일방적인 고함 소리였다.

"그래서 나보고 너희들 편에 가담하라는 말인가?"

카이저 소제는 격앙된 음색으로 씩씩거리며 외쳤다. 마왕강림 이벤트 이후, 일곱 길드를 다스리는 임시 수장이 된 그는 현 시점에서 론도 내 최강의 권력자 중의 하나였다.

그의 맞은편에는 알렉산더 임윤성과 마에스트로 마태준이 앉아 있었다. 임윤성은 담담히 고개를 끄덕였다.

"그래, 살고 싶으면 말이지."

"하, 살고 싶으면?"

어제의 친구는 오늘의 적이라더니, 꼭 그 꼴이다. 카이저 소제는 기막혀하며 눈을 부라렸다. 시리우스의 살생부에 그의 이름이 있었던 만큼, 그는 여당보다는 야당 쪽에 가담했던 인물이었다. 물론 야당 쪽의 협박이 있었다지만, 그렇다고 해서 이렇게 쉽게 적을 옮기는 것은 꺼림칙했다.

"뭘 믿고 너희들 쪽으로 붙으란 거지?"

임윤성은 답하지 않고 천천히 자리에서 일어섰다. 잔잔한 불빛이 새어 들어오는 창가에 기대어 선 임윤성은 가만히 창밖의 풍광을 지켜보았다. 그 긴 정적이 카이저 소제의 마음을 무겁게 짓눌렀다. 문득 눈이 마주친 마태준은 한심하다는 얼굴로 그를 바라보고 있었다. 너에겐 어차피 선택권이 없어. 그 눈은 그렇게 말하고 있다.

"너는 현실로 돌아갈 수 없다. 야당 측이, 너를 구해줄 것 같나?"

"…그건 두고 봐야 알 일이지."

"세계는 완전히 닫혔다. 아직도 정신을 못 차린 모양이군."

그 말에 카이저 소제의 얼굴이 눈에 띄게 굳어졌다.

"주군의 말씀이 있었다. 너도, 원래는 주군의 슬하에 있었다던데? 왜 야당 측에 가담한 거지?"

카이저 소제는 대답하지 않았다. 그 모양새를 옆에서 가만히 지켜보던 마태준의 얼굴에 비웃음이 떠올랐다.

"돈 때문이군."

카이저 소제의 얼굴에 굴욕감이 스친다. 사실 카이저 소제는 나훈영과 비슷한 케이스였다. 다만 나훈영이 가족 때문에 신민호를 배신하고 피스 쪽에 가담한 케이스라면, 카이저 소제는 돈 때문에 신민호를 배신하고 야당 측에 가담한 케이스였다.

"안됐군. 네 녀석이 바라던 그 돈은, 이제 휴지 조각에 불과하게 되어버렸으니까."

"상관없어. 나는…… 내겐 이 세계가 있으니까."

"이 세계라고?"

되묻는 마태준의 표정이 기이해 보였다. 그로서는 납득할 수 없다는 얼굴이었다. 이런 녀석이 정말 있을 줄이야, 라는 표정이다. 카이저 소제의 눈썹이 꿈틀댔다. 그러나 임윤성이 조금 더 빨랐다.

"그래서 우리와 손잡지 않겠다는 거로군."

"그렇다는 건 아니고, 조금 생각할 시간이……."

카이저 소제는 천성적으로 비겁한 인물이었다. '천성적으로 비겁하다'라는 말은 물론 어폐가 있을 수 있지만, 그가 자신의 삶에 몹시 집착하고 있다는 것만큼은 분명했다. 물론 살고자 하는 인간의 본능을 욕할 수는 없다. '존재한다'라는 것은 기본적으로 다른 모든 욕망의 기반이 되는 조건이기에.

"방금 전, 그게 마지막 제의였다."

그 차가운 목소리에 카이저 소제의 얼굴이 눈에 띄게 굳어졌다. 그는 빠르게 두 인물로부터 몇 걸음을 물러섰다.

"날 죽일 셈인가?"

"널 죽이고, 네 세력을 갖겠다."

임윤성의 그 단호한 말에 카이저 소제의 입꼬리가 꿈틀거리더니, 이내 대소로 번졌다. 그는 도저히 웃지 않고는 참지 못하겠다는 얼굴로 임윤성을 흘끔거렸다.

"너희들이 강한 건 알고 있다. 하지만 날 죽일 순 없어."

방 안에 또 다른 존재들의 기척이 감지되기 시작한 것은 대체 언제부터였을까. 어느새 카이저 소제의 전후좌우에는 열 명에 가까운 어쌔신들이 그를 비호하며 서 있었다. 좁은 방 안에 열 명이나 되는 인간들이 숨어 있었다니, 도저히 믿을 수 없는 일이다.

"이제야 말이 쉽게 통하는군."

마태준은 오히려 잘됐다는 듯 자리에서 벌떡 일어섰다. 그 모션만으로도 어쌔신들이 움찔하고 몸을 떨었다. 사실 임윤성과 마태준은 집무실로 들어온 그 순간부터 호위의 존재를 눈치 채고 있었다. 카이저 소제는 굴하지 않고 외쳤다.

"너희 둘이 강하다는 건 알고 있어! 하지만 이들 열을 상대로는 무리일걸?"

호위는 모두 사신 길드의 어쌔신들이었다. 하나하나가 풍기는 기운으로 보아 모두 마스터들.

아무리 슈페리어 마스터라고 해도, 마스터 열을 둘이서 상대할 수는 없다. 그것은 근본적인 실력 격차를 넘어선 문제였다. 한 손이 아무리 강하다고 해도 여러 손을 감당할 수는 없는 법이다.

"물론 우리가 예전과 같았다면 그랬겠지."

예전과 같았다면. 그 말이 남긴 여운이 방 안을 진하게 채웠다. 숨 쉬기가 버거워진다. 마치 딱딱한 응어리 같은 것이 굳어 폐를 막고 있는 것만 같았다. 공기의 밀도가 높아졌다.

마태준이 한 걸음을 내딛을 때마다 그들이 느끼는 압박 또한 가중되어 간다. 누군가 침 삼키는 소리가 들렸다.

"세계가 닫힌 지 얼마 되지도 않았는데, 용케도 호위들을 붙이셨군."

임윤성이 넌지시 말했다. 그 소리에 근본없는 자신감을 자극받은 카이저 소제가 뭔가를 말하려는 순간, 마태준이 입을 열었다.

"너희들, 그거 알고 있나?"

미소에 비릿함이 깃든다. 눈은 어쌔신들을 하나하나 훑고 있다. 누구도 그의 시선을 정면으로 받지 못한다.

"여기서 죽으면, 진짜로 죽어."

흠칫. 죽음이라는 단어가 먼빛처럼 득달같이 달려와 뇌리에 꽂혔다. 상황이 만들어낸 그 단어는, 어쩐지 그 단어의 본래 의미보다 더 잔인하고 참혹해 보였다. 그러나 어쌔신들은 쉽게 미동하지 않았다. 그것은 카이저 소제에 대한 강한 충성심 때문이 아니라, 자신의 감을 신용하지 못하는 인간의 근본적 의심 때문이었다.

"싸울 텐가?"

마치 선택권을 주는 듯한 목소리였지만, 그 찰나는 길지 않았다. 어쌔신들이 대답하기도 전에 다음 말이 떨어졌던 것이다.

"그럼, 모두 죽어라."

가슴을 에는 발검 소리가 들린다 싶더니, 제일 앞에 서 있던 어쌔신의 목이 날아갔다. 아무리 슈페리어 마스터라지만, 어떻게 마스터를 단 한 방에?

검은 보이지도 않았다. 죽음의 악사가 연주하는 선율처럼 울컥거리는 피가 쏟아져 나오는 가운데 음산한 피육 소리만이 울려 퍼진다. 어쌔신들은 손 한 번 못 써보고 전멸했다.

잠시 후, 피칠갑한 장내에는 제자리에 못 박혀 벌벌 떠는 카이저 소제만이 남아 있었다.

"어, 어떻게 사람을 죽일 수 있지? 너희들은 인간도 아니야."

기본적인 윤리의식이 박힌 현대인이라면, 결코 이런 식으로 사람을 죽여 없앨 수 없다. 이곳은 더 이상 게임이 아니다. 칼 하나에 목숨이 오가는 '진짜 현실'이다.

그 말에 마태준이 고개를 든다. 눈동자는 어쩐지 황폐해 보였다.

"그래, 난 인간이 아니야."

그리고 검이 움직였다.


원근이 없는 시계 소리가 들려왔다. 그것은 세계의 시간인 동시에 개인의 시간이었다. 잔에는 붉은 와인이 담겨 있다. 맛을 느끼지 못하는 자에게 와인은 사치다. 그럼에도 신민호는 천천히 손을 뻗어 그 와인을 음미했다.

죽지 않는 인간의 얼굴이 있다면 어쩌면 지금 그의 얼굴과 같을지도 모른다. 하지만 죽지 않는 인간이 어떤 얼굴을 하고 있는지 알고 있는 자는 아무도 없다. 죽지 않는 인간은 없기 때문이다.

달각.

유리잔과 테이블이 부딪치는 소리가 먼 메아리처럼 울렸다.

그 순간에 있어 그 소리의 가치는 절대적이었다. 그리고 그것은 신민호가 추구하는 것이기도 했다. 순간을 지속시켜 영원으로 만드는 것. 그것이 바로 그의 불가해한 절대였다.

그래서 그는 「론도」라는 가상현실을 하나의 현실로써 독립 시켰다. 수련에게 시리우스의 왼팔을 주어 봉인을 파괴하게 만 들었고, 그 단절의 공백을 틈타 두 개의 달 중 하나를 떨어뜨렸 다.

그리고 그 스스로가 세계의 신이 되었다.

현재 게임에 갇힌 추정 유저 숫자는 약 40만.

개중 이미 20만 이상의 유저가 그의 휘하에 들어왔다. 브룸바 르트를 비롯한 중부와 남부, 그리고 동부의 국가들은 모두 그에 게 복속되었고, 남은 서부도 현재 교섭 중에 있었다.

완전한 국가, 완전한 세계.

그가 원하던 세상은 수십 년간 준비해 왔던 원대한 계획은 이 제 완성 직전에 놓여 있었다. 그러나 신민호는 조금도 기쁨을 느낄 수 없었다. 완전한 인간에게는 감정이 없어야 한다. 인간 을 초월한 존재여야만 한다.

그러나 와인에 의해 잠시나마 해이해진 실타래의 일부가 풀 리고 말았다. 신민호는 그 절대의 최초를 회상했다.

무엇 때문에 그는 그 절대를 추구하게 되었던가. 대체 왜, 완 전한 세상을 꿈꾸게 되었던가.

작은 소녀의 이미지가 떠오르기까지는 그렇게 오랜 시간을 필요로 하지 않았다. 늘 자신을 3인칭으로 표현했던 소녀. 걸을 수 없었기에 그 걸음을 동경했던 소녀. 너무나 나약하지만 누구보다도 더 강했던, 그래서 타인을 이해할 수 있었던 소녀.

그래서 죽음으로 신민호를 이해해 준 소녀.

소년은 그 작은 소녀를 지키기로 결심했다. 그녀를 지키는 것만이 그의 임무다. 그는 그것을 위해 태어났다.

소년은 소녀를 위한 세상을 만들기로 결심했다. 세계를 바꾸고, 또 바꿔서……. 하지만 소년은 얼마 지나지 않아 작은 인간의 힘으로 그것을 이루는 것은 불가능한 일이라는 것을 깨달았다.

모두가 평등한 세계가 되기 위해선 통치자가 인간이 아니어야 한다. 그 통치자는 영속성을 포함한 신적인 존재여야만 한다. 그때부터 소년은 새로운 '자아'를 제조하기 시작했다. 절대를 추구하는, 오로지 절대를 위한 자아를 만들기 시작했다.

그 절대의 결과물 중 하나가 바로 론도였다. 론도는 소녀를 위해 만들어진 게임이었다. 소녀를 다시 걷게 만들기 위해, 소녀의 고귀한 영혼을 다시 웃을 수 있게 만들기 위해. 그러나 소녀가 가진 트라우마는 너무나 컸고, 론도도, 신민호도, 소녀를 치료해 줄 수는 없었다.

머리가 아파온다. 절대에 있어 자아의 질서란 필수적인 것이다. 혼란이 있어선 안 된다. 그 혼란조차 그 절대의 일부에 귀속된 것이어야만 한다.

현기증 속에서 방의 모습이 비친다. 새하얀 방이었다. 덕지덕지 부풀어 오른 페인트가 말라붙어 있다.

어릴 적, 아버지가 미쳐 버린 그날. 희경의 찢어지는 비명 소리가 들려오고, 소녀의 순결이 사라졌던 그날. 집 안의 물건들이 모조리 부서지고, 광기에 물든 암흑이 소년을 엄습했던 그날.

표정을 잃은 소년은 작은 골판지 상자 속에 숨어서 오들오들 떨고 있었다. 그 추악한 욕망과 집요한 악의 속에서 소년은 그 연약한 종이의 비호에 몸을 맡겼다.

소년을 감싼 골판지의 색깔은 순백의 하양이었다. 세상의 그 어떤 순수를 옆에 놓아도 비교할 수 없을 만큼 순결한 흰색이었다.

신민호는 천천히 눈을 감았다. 절규의 방. 완전무결한 백색의 공간. 그렇기에 더욱 인간적일 수밖에 없는 모순적인 공간.

그는 끝내 그 공간을 버리지 못했다.

짧은 순간 서희경의 얼굴이 스쳐 간다. 차마 그녀의 아픔을 건드릴 수 없었던 것은, 그녀를 이용할 수밖에 없었던 것은 모두 그녀를 위함이었다. 남의 관심을 동정으로 아는 여자. 그래서 더 아름답고 고고한 여자. 가장 그 여자를 위하는 길은 그 여자를 위하지 않는 것이다.

**균열은 점차 깊어져 간다.**

남자의 절규는 천천히, 누구도 눈치 채지 못할 만큼 조용히 차올랐다. 공기가 부르르 전율한다. 테이블의 유리컵이 흔들리더니 바닥으로 떨어져 차가운 비명으로 쪼개진다.

신민호는 헛구역질을 시작했다. 그는 관념(觀念)을 토해내고 있었다. 목표를 상실한 절대. 그런 절대가 스스로의 정당성을, 스스로의 의지를 갖기 위해서는 태초의 과거를 버려야만 했다.

인간은 완전해질 수 없다. 그릇은 절대를 담을 수 없다. 유한은 무한을 담을 수 없다. 그릇은 깨어질 운명을 가지고 태어난다.

신민호는 계속해서 묵은 감정들을 토해냈다. 지아에 대한 기억들을 버리고, 소녀를 사랑했던 감정을 버리고, 희경에 대한 동정을 버리고, 자신의 모든 인간적인 관념들을 털어냈다.

눈부신 빛의 토사물은 그대로 바닥에 고여들었다. 수십 년간 간신히 유지되어 왔던 내부의 인간과 비인간(非人間)은, 그렇게 예정된 수순처럼 갈라섰다.

그의 아버지가 그랬듯 그 또한 그 과정을 피할 수 없었다. 그러나 그가 아버지가 결정적으로 달랐던 점은, 그는 자아의 분열을 임의로 통제할 수 있다는 점이었다.

그는 스스로 자신의 '인간적인 자아'를 버렸다. 그리고 세상에서 가장 밝은, 그래서 더 하얀 어둠이 되었다. 다시 고개를 들었을 때, 그의 눈빛은 완전한 흑빛으로 물들어 있었다.

완전한 비인간.

단 한 점의 혼탁함도 찾을 수 없는 너무나 선명한 어둠. 모든 것을 빨아들이고, 모든 것을 재단할 절대가 그의 눈 안에 있었다.

그는 천천히 자리에서 일어나 벽을 향해 뚜벅뚜벅 걸어갔다. 치켜든 오른팔이 파랗게 빛나며 그대로 벽을 향해 내리꽂힌다.

하얀 벽은 괴성을 지르며 무너져 내렸다. 틈새에서 시커먼 어둠이 흘러나오는가 싶더니, 흰빛으로 둘러쳐져 있는 신전의 내부가 드러났다. 방은 신전과 연결되어 있었다.

신민호는 곧장 걸음을 옮겨 그 신전의 내부로 들어갔다. 시리우스의 두 번째 신전. 절대자의 걸음이 멈춘 곳에는 빙백(氷白)

의 거울이 있었다. 은빛으로 마감된 그 거대한 거울은 압도적인 존재감을 자랑하는 신민호 앞에서도 조금도 주눅 들지 않은 채 신묘한 자태를 자랑했다. 거울에는 아무것도 비치지 않았다. 분명 눈앞에 신민호가 있음에도 그 거울은 그를 비춰주지 않았다. 기묘한 광경이었다.

거울은 마치 그를 비웃고 있는 것 같았다. 반들반들한 겉면이 살짝 일렁거리더니, 뭔가를 보여주려는 듯 소용돌이치기 시작했다. 그런데 그때였다.

신민호가 천천히 자신의 오른팔을 뻗었다. 시린 월광의 그것이 새겨진 그의 오른팔은 희미한 빛을 내며 거울의 표면과 맞닿았다.

거울은 그의 오른팔에 세차게 공명하기 시작했다. 거울은 두려워하고 있다. 날 파괴하지 마. 난 파괴당하고 싶지 않다. 액체를 연상시키는 거울의 수면이 불안하게 떨렸다.

"안심해라. 난, 널 파괴하려는 것이 아니니까."

신민호는 그렇게 말하고는 그대로 손을 거울 속으로 집어넣었다. 그러자 마술처럼 그의 오른팔은 그대로 거울 안으로 빨려들어갔다.

완전해지기 위해서는, 결국 혼자가 되어야 한다.

신민호의 몸은 그대로 거울 속으로 잠겨 들어간다. 이윽고 신전 내부엔 아무것도 남지 않게 되었다. 거울은 삼키지 못할 먹이를 삼킨 뱀처럼 고통스러워하더니, 이내 쥐 죽은 듯 잠잠해졌다.

그때, 벽면의 한쪽에서 투명한 뭔가가 기어오기 시작했다. 빛으로 구성된 그 신성한 토사물은 인간의 형태를 취하고 있었다. 빛의 인간은 힘겹게 몸을 움직여 거울을 향해 몸을 꿈틀대더니, 끝내는 거울 속으로 기어들어 가고 말았다.


*　　　　*　　　　*


"세피로아."

"응?"

"전에 얘기했던 그 가면 말야."

늘 같은 날들. 그날도 베로스는 세피로아와 함께 돔의 언덕배기에 앉아 있었다.

"잘 생각해 봤는데…… 그래도 역시, 인간이 가면을 쓴다는 건 너무 슬픈 일이야."

"그래?"

세피로아가 심드렁한 목소리로 뇌까렸다. 문득 올려다본 하늘은 쨍쨍하다. 제1차 돔 증축 공사가 어느덧 완공 단계에 이르렀는지, 네임리스들의 들뜬 분위기가 솜털 끝에 닿는 것만 같았다. 유저보다 더 인간 같은 순박한 사람들.

그들이 인간이 아니라면, 대체 누구를 인간이라고 칭할 것인가.

"역시 그럴까."

뜻밖에도 세피로아는 순순히 긍정해 왔다. 베로스는 약간 의외라는 표정으로 그녀를 훔쳐보았으나, 좀처럼 생각을 읽어낼 수는 없었다. 베로스는 다시 가면에 대해 골몰하기 시작했다.

어떤 해답이 있을 것만 같은데, 문제 자체에 파고들면 파고들수록 자신이 원하는 해답과는 점점 더 괴리되어 가는 기분이었다.

인간은 감당할 수 없는 정신적 부하를 입으면 도피적 행동을 취한다고 하더니, 어쩌면 지금의 자신이 꼭 그런 꼴인지도 모른다.

"요즘 네르메스는 좀 어때?"

"좀 괜찮아졌어."

베로스는 반사적으로 대답했다. 확실히 네르메스가 악몽을 꾸는 빈도는 요즘 들어 부쩍 줄어들었다. 아마 그녀 또한 이 세계에 차츰 적응해 가고 있다는 증거가 되리라. 종종 '진곤'이라는 사람의 이름을 잠결에 중얼거리기도 했는데, 베로스는 굳이 그게 누구인지 물어보지 않았다. 물어봐선 안 될 것 같았다.

"베로스, 너 심리학도라고 했지?"

"응? 아, 그렇게 말할 정도는 아니고…… 심리학 전공인 건 맞아. 농땡이였긴 하지만."

그가 머쓱한 표정으로 머리를 긁적이거나 말거나, 세피로아는 말을 이어 붙였다.

"그럼 우울증 같은 것도 잘 알아?"

"왜, 너 우울증이야?"

베로스는 놀리는 어투로 물었다. 늘 생기발랄해 보이는 세피로아가 우울증이라니…… 지나가던 개도 믿지 않겠다.

"정말, 내가 생기발랄해 보여?"

"그럼?"

베로스는 그렇게 되묻고서 속으로 아차 싶었다. 어쩌면 세피로아의 그런 발랄함 또한 세계의 단절 이후에 나타나기 시작한 증세일지도 몰랐다. 그러나 곧 생각을 지워내고 만다. 세피로아의 그 성격은, 보다 훨씬 오래되고 안정된 것처럼 보였다.

"아니, 아무것도."

세피로아가 차분한 눈빛으로 도리질했다. 그러더니 고개를 재차 저으며 베로스를 정면으로 응시해 왔다.

"날 분석해 줄 수 있을까?"

어쩐지 그 말은 묘하게 들려서 베로스는 자기도 모르게 얼굴을 붉히고 말았다. 뭘 어떻게 분석해 주길 바라는데?

"그러니까 내가 지금 어떤 상태라던가, 심리적으로 불안하다던가……."

"너, 우울증 걸렸어?"

정곡을 찌르는 그 말에 세피로아의 움직임이 빳빳이 굳었다. 고개가 어색하게 움직였다.

"잘 모르겠지만, 아마도 그런 것 같아."

"왜?"

"그걸 모르겠어. 그러니까 분석해 달라는 거야."

"짐작 가는 거 없어?"

그 질문에 세피로아의 고운 미간이 살짝 찌푸려졌다. 뭔가를 말할까 말까 고민하는 표정 같기도 했고, 애초부터 말할 생각이 없는 표정 같기도 했다. 베로스가 못마땅한 얼굴로 덧붙였다.

"난 심리학을 배우는 대학생이지, 점 집 주인이 아니라고."

"그냥 우울해."

대답하기 싫다는 투다. 베로스가 푹 한숨을 내쉰다.

"우울한 건 우울한데, 전혀 우울해 보이지 않는 우울이라……."

잠시 뭔가를 생각하기 시작하던 베로스는 잠시 후 이채 띤 눈으로 말했다.

"네 발랄함은 일종의 억압(Repression) 같은 것 아닐까?"

억압. 세피로아가 그 단어를 속으로 되뇌는 동안 베로스의 폭포수 같은 말이 이어졌다.

"억압이란 건, 일종의 망각 같은 거야. 인간은 억압을 통해서 고통스러운 감정이나 기억과 맞서지 않을 수 있지. 억압을 겪는 환자 중에는 어떤 충격적인 사건을 겪은 후 특정 시간에 대한 기억이 급작스럽게 희미해지거나 완전히 사라져 버리는 케이스가 많아. 그것을 다시 기억하려는 의식적인 시도는 그다지 효과를 거두지 못하고……."

베로스는 의외로 자신이 그런 것까지 기억하고 있다는 것에 놀랐다. 그래, 이 정도는 되어야 그래도 수업을 들었다고 말할 수 있겠지. 그는 목소리에 자신감을 녹여 말을 맺었다.

"일종의 정신적 외상이랄까."

정신적 외상. 세피로아는 또 바보처럼 그 단어를 되뇌었다. 어쩐지 탐탁지 않은 모습이었다. 뭔가 그럴듯한 반응을 기대한 건 아니었지만, 그 시큰둥한 모습에 베로스는 조금 실망했다. 세피로아의 그런 모습은 마치 온몸으로 그의 이론을 부정하고 있는 것처럼 느껴졌던 것이다.

"뭐, 이건 그냥 내 생각이고. 네 이야기를 들었으면 하는데."

"내 이야기?"

뭔가 다른 생각을 하고 있었는지, 세피로아가 멍한 목소리로 되물었다. 그러더니 이내 또렷이 고개를 젓는다.

"아니, 지금은 그냥……."

"지금의 내 설명으로 충분하다는 거야?"

"……."

"말해봐. 혹시 도움이 될지도 모르잖아."

"말한다고 해결되는 것도 아닌데 뭐."

베로스의 미간에 주름이 생겼다. 마치 세상에서 자신의 정의만이 최고라고 믿고 있는 고등학생을 보는 선생님의 눈빛이다.

"말하는 것 자체에 의의가 있는 거야. 세상 사람들이 고민을 털어놓는 이유가 뭔데? 상대방이 그 고민에 대한 해답을 내놓기를 기대하고 이야기하는 걸까?"

세피로아는 대답하지 않았다.

"아니라고 생각해. 그건 말이지, 그저 자신의 어둠을 남들에게 털어놓음으로써 만족감을 얻는 행위인 거야. 나는 네게 완전한 해답은 줄 수 없겠지. 하지만 그런 나라도 최소한 네 문제를 다른 사람의 관점에서 볼 수 있는 기회는 마련해 줄 수 있지 않을까?"

세피로아는 어쩐지 설교를 듣기 싫어하는 얼굴이었다. 의표를 찌른 자 특유의 의기양양한 표정을 짓는 베로스를 향해, 세피로아는 즉각적으로 말을 돌렸다.

"그런데 베로스, 정말 그런 심리학 이론으로 모든 형태의 질병을 다 설명해 낼 수 있을까? 베로스, 넌 정말 그렇게 생각해?"

그 질문에 잠시 뭔가를 생각하던 베로스가 쓴웃음을 지었다.

"철학도다운 질문인데."

"난 철학도가 아니지만…… 뭐, 좋을 대로 생각해. 그리고 꼭 철학이라고 해서 형이상학적인 이야기만 하는 것은 아니라고."

세피로아는 약간 삐친 듯한 기색으로 답했다.

베로스는 철학에 대해선 잘 몰랐기 때문에 고개를 갸웃하는 것이 전부였다. 철학이래 봐야 유명한 철학자들의 이름을 들어본 게 고작이다. 데카르트라던가, 칸트라던가, 니체 같은 이름 말이다.

"음, 가능하다고 생각해. 분명 세상에 존재하는 모든 정신적 질병들은 어떻게든 해석이 가능할 거야."

"정말?"

"응."

베로스는 약간 자신없는 목소리로 확언했다. 그는 융보다는 프로이트를 좋아했다. 좀 전의 대화에서 스스로 절대적인 해답이 존재할 수 없다고 말한 것이나 다름없음에도, 그는 그런 것을 희구하고 있었다. 분명 치료법은 있다. 인간은 구원받을 수 있다. 베로스는 그렇게 믿었다.

세피로아는 그런 그를 가만히 바라보다가 말했다.

"좋아, 내 이야기 하나 해줄게."

그 말에 베로스의 눈빛에 기대감이 어렸다. 상대방을 가까스로 설득시켰다는 충족감으로부터 오는 득의만면한 기쁨이었다.

그러나 입을 여는 세피로아의 눈빛은 어쩐지 싸늘해 보였다.

"어렸을 때부터 말야, 내가 진심으로 원하는 건 하나도 이루어지지 않더라고."

흔한 이야기다. 생각보다 많은 사람들은 그런 착각 속에서 살아가고 있다. 내가 진심으로 원하는 건 아무것도 이루어지지 않아. 어째서지? 왜지? 실천 없는 질문들만이 허공을 맴돈다. 그리고 그 소용돌이는 끝내 개인을 잠식하고 만다. 그 와중에 인간은 깨닫는다. 자신의 한계를 깨닫는다. 세피로아도 그랬다. 하지만 그녀는, 일반적인 '흔한 케이스'와는 미묘하게 달랐다.

"그래서 난 진심으로 아무것도 원하지 않기로 했어. 우습지?"

"그건, 네가 그렇게 될 거라고 무의식중에 믿고……."

베로스는 반사적으로 답했다. 어느새 그의 태도는 상대방을 계도하기 위해 나타난 선교사의 그것과 다를 바가 없었다. 이래서 말을 하고 싶지 않았어. 세피로아는 그렇게 생각하며 베로스의 말꼬리를 날카롭게 잘랐다.

"알아, 그런 것쯤은. 누군가가 가르쳐 주기도 전에 이미 스스로 깨닫고 있었어. 그것도 아주 오래전에. 그런데도 난 그걸 고칠 수가 없었어. 왜 그럴까?"

베로스는 말문이 막히고 말았다. 순간 섬뜩할 정도로 절절한 그녀의 심정이 와 닿는다. 마치 그 또한 비슷한 경험을 겪었던 것처럼. 그녀의 말대로다. 분명, 세상에는 분명…….

"세상에는 분명, 그런 일도 있는 거 아닐까."

말로는 설명할 수 없는 일. 세피로아는 그 말을 끝으로 다시 루피온과 네르메스들을 바라보았다. 멀리서 유저들과 NPC들이 다투는 소리가 들려온다. 베로스는 뭔가를 말하려다가 그대로 입을 다물고 말았다.

지금은 어떤 언어를 말해도 그녀에게 가 닿을 수 없다는 사실을 깨달았던 것이다. 베로스는 착잡하게 하늘을 올려다보았다.

　밤은 조용히 대기 속에 스며들었다. 공기가 채색된 것인지, 아니면 그 공기가 존재하는 공간이 채색된 것인지를 알 수 없게 만드는 어둠. 세피로아는 유유히 그 어둠을 호흡하며 걸음을 옮겼다. 저녁 식사 후 살짝 마셨던 와인 때문인지 얼굴에 약간 취기가 올라 있었다. 간혹 어둠이 바닷물처럼 철렁였다.
　"나 왔어."
　그날도 수련은 담벼락 끝에 기대어 앉아 있었다. 여전히 동공은 텅 비어 있었으나, 세피로아는 어쩐지 그 모습이 어제까지의 수련과는 다르다고 느꼈다. 그녀는 약간 조바심을 내며 조심스레 그의 곁으로 다가가 앉았다.
　그가 여전하다는 것을 깨닫자, 미묘한 안도감과 절망감이 교차했다. 그리고 그런 자신에게 배신감이 들었다.
　'아직도 나는 너의 어떤 부분을 믿지 못하고 있는 것일까.'
　세피로아는 조심스레 입술을 깨물며 가져온 담요를 그의 몸에 덮어주었다. 오랫동안 씻지 않은 그의 몸에서는 퀴퀴한 냄새가 났다. 괜히 투덜거려 본다.
　"으휴, 더러워. 내일 꼭 씻으러 가자. 알았지?"
　대답은 돌아오지 않는다. 눈동자는 여전히 꿈을 꾸는 듯 멍하다. 세피로아는 피식하고 스스로에게 실소했다. 듣고 있다고 믿지만, 그래도 인형과 말하는 기분이야.
　그의 어깨에 기대어 눈을 깜빡여 본다. 어둠이 고이 접혔다가 다시 희미한 잔상과 함께 흩어진다. 들고 온 칸델라의 불빛은 점진적으로 약해져 간다.

"베로스가 그러는데, 내 이런 행동들이 모두 억압이래."

세피로아는 그렇게 말을 시작했다. 어쩐지 화난 목소리였다.

"인정하기는 싫지만 아마 그의 말이 맞을 거야. 내가 너를 찾아오는 것도 억압이고, 베로스에게 내 이야기를 털어놓기 싫어하는 것도 억압이고, 동생에 대한 기억을 망각하고 있는 것도 억압이고, 다, 다아— 억압이래. 어디서 이런 비슷한 말을 한 심리학자의 이야기를 들은 것 같은데……."

그럴듯한 이론에 대한 반발심이었을까. 괜히 과장해서 말해 본다. 그녀는 베로스가 언급한 심리학자의 이름을 떠올려 보려 애쓰다가 이내 포기하고 말았다. 아무래도 인문학 도서를 본 지 너무 오랜 시간이 지나 버린 것 같다. 이게 바로 게임의 병폐니까. 세피로아는 그런 생각을 하며 다른 말을 꺼냈다.

"그 애 말대로 누군가에게 어떤 고민 같은 걸 털어놓는 건 내면의 어둠을 게워내는 행위일지도 몰라. 지금 나도 그런 비슷한 짓거리를 하고 있으니까…… 이것도 어둠을 털어놓는 걸까? 지금 내 말 듣고 있지? 자, 내 어둠 받아!"

세피로아는 청산유수처럼 말들을 마구 쏟아냈다. 쏟아내지 않으면 큰일 나는 사람처럼 쏟아내고 또 쏟아냈다. 루피온과 네르메스는 여전해. 네르메스는 조금 슬퍼 보였어. 루피온은 여전히 같잖은 개그를 하고. 베로스는 네르메스를 좋아한대. 심리학을 전공한다는데, 정말인지는 잘 모르겠어. 가면에 대한 이야기를 했어. 가면. 인간은 모두 가면을 쓴다고. 너도 나도 슬픈 이야기였어. 가면… 가면…… 슬프지 않다고 생각하지만, 정말 그렇게 슬픈 단어가 또 있을까?

　조금씩 졸음이 밀려온다. 단어들은 어미를 잃은 병아리처럼 방황한다. 무엇을 말하고 싶은지, 무엇을 말해야 할지 알 수 없었다. 그래서 세피로아는 단지 그 행위 자체에 집중했다. 어둠을 털어놓는 행위는 털어놓는 그 자체로써 충분한 것이다.

　"인간이란 존재를 우주에서 지구를 바라보듯 볼 수 있다면, 어쩌면 우리는 얼룩덜룩 이어붙인 모자이크 판화 같아 보일지도 몰라……."

　가면으로 이어 붙인…….

　세피로아의 말꼬리가 점점 잦아들었다. 그녀는 그 말을 끝으로 완전한 잠에 빠져들었다. 곧 그의 어깨 언저리에서 규칙적인 숨소리가 이어지자, 수련의 왼팔은 마치 의지를 가진 것처럼 움직여 그녀의 어깨에 담요를 올려 덮어주었다.

　현실과 꿈의 경계에서 시선의 갈피를 잡지 못하는 눈동자에 순간적으로 빛이 들어왔다가 다시 사라졌다. 입술이 뭐라고 말한 것만 같았다. 그러나 그것은 그녀가, 어쩌면 수련 그 자신조차 들었다고 확신할 수 없는 말이었다.

　"아름다운 모자이크 판화도 있어……."

　그러나 어둠은 그 말을 분명히 들었고, 어둠은 그 순간의 스스로에게 흠집을 내어 그 언어를 새겨두었다. 그 순간은 그렇게 각인되었다.


　돔의 내부는 초조함으로 가득 차 있었다. 섞이지 못한 네임리스들과 유저들은 여전히 서로를 경계하며 멸시했고, 곧 찾아올 거대한 공황을 예고하듯 분위기는 암울하게 가라앉아 있었다.

"현재까지 약 20만 명의 유저들이 리메인더의 통치권 아래에 몸을 투신한 듯합니다."

제롬은 형식적인 목소리로 보고를 올렸다. 소극적인 울분이 담긴 표정에는 안타까움이 여실히 드러나 있다. 막을 방법은 없었다. 리메인더에 비해 피스는 현 상황에 대한 기초적인 대비가 부족했고, 돔이 수용할 수 있는 인구에는 한계가 명백했다.

베가는 착잡한 눈길로 제롬이 제출한 인구 조사 그래프를 살폈다.

"중립 유저들의 숫자는요?"

"약 17만 정도로 추정됩니다."

현재 피스가 보유한 유저들의 숫자는 약 3만. 그것도 단결이 전혀 되지 않는 인원으로 3만이었다. 일반적으로 생각했을 때 남은 17만의 중립 유저를 모두 받아들인다면 리메인더에 맞먹는 전력을 보강할 수 있다는 계산이 나온다. 하지만 현실적으로 그것은 불가능했다.

리메인더의 눈치를 보며 조금씩 세력을 확장해 온 피스는 그렇게 많은 인원을 통솔할 지휘력이 없었음은 물론이고, 중립 유저들이 그렇게 쉽게 자신의 몸을 투신해 올 리도 없었다.

세계의 단절은 개인의 내부에 불신을 낳았다. 세계의 단절이 곧, 개인의 단절로 이어졌던 것이다. 피스에 몸을 맡긴 유저들조차 피스를 완전히 믿지 않는데, 다른 중립 유저들은 오죽하랴. 그들은 오직 자신들이 믿을 수 있는 전우, 혹은 자기 자신만을 신뢰하며 현실적인 해결책이 나타날 때까지 기다릴 것임에 자명했다.

"이미 거대 길드 세력의 대부분이 리메인더 측에 흡수됐습니다."

세력 조사를 끝낸 나훈영의 목소리도 어두웠다. 의심이 많은 중립 유저들도 포용력 강한 리메인더의 이상과 포부 아래에 차츰 그 밑으로 흡수되어 갈 것이다. 언제까지 국가의 보호 없이 혼자서 살아갈 수는 없었고, 시간이 지날수록 더해져 가는 현실감 속에 그들은「진짜 현실」을 받아들이게 될 것이다.

"남은 중립 유저들을 움직일 수는 없겠죠?"

안 될 것을 알면서도 베가는 그렇게 물을 수밖에 없었다. 리메인더의 세력이 증강될수록, 피스의 수명도 줄어들 것이다. 눈엣가시인 피스를 리메인더 측에서 언제까지 수수방관하고 있을 리는 없을 테니까.

"힘듭니다."

베가는 나지막이 한숨을 내쉬었다. 문이 벌컥 열리고 누군가가 뛰어들어 온 것은 그 순간.

"왜 그래. 무슨 일 있어, 아스카?"

숨을 씨근거리며 문 안쪽으로 뛰어들어 온 성하늘을 본 베가가 깜짝 놀라 물었다. 뭔가 또 심각한 문제가 터진 거면 어쩌나 했는데, 뜻밖에도 성하늘의 표정은 밝았다.

"돌아왔어요."

누구도 그 말을 알아듣지 못했다. 그러나 모두가 알아듣고 있었다. 성하늘은 천천히 호흡을 고른 후, 그 미온적인 침묵을 다시 한 번 철저하게 깨뜨렸다.

"수련 씨가, 돌아왔다구요."

다음날 아침, 수련에게 줄 식사를 옮기던 세피로아는 돌담 옆에 도착하자마자 입술을 벌린 채 굳어버리고 말았다.

그곳에 누군가가 서 있었던 것이다.

떨림을 주체하지 못한 세피로아의 손에서 식사를 담은 도기가 굴러 떨어졌다. 투박한 소리와 함께 쏟아지는 음식들.

"아깝게."

이 목소리를 얼마나 오랫동안 기다렸던가. 세피로아는 그 벅차오름을 간신히 주체하며 눈물을 애써 참아 넘겼다. 희미한 미소를 머금은 수련이 그곳에서 웃고 있었다.

"미안, 오래 기다렸지?"

"…바보."

동공에는 더 이상 그늘이 없다. 지금의 수련은 현실을 똑바로 직시하고 있는 것이다. 그는 마침내 내면의 어둠을 몰아내는 것에 성공한 것이다.

세피로아는 그대로 그의 품으로 달려가 안겼다. 수련의 손이 어색하게 공중을 헤매다 그녀의 작은 등을 감싸주었다. 가냘픈 미성이 울렸다.

"정말 오래 기다렸어."

# EPISODE **027**
Humane

　세계는 급격하게 안정되어 갔다. 물론 일부 중립 도시나 아직 중심 세력이 등장하지 않은 도시들은 여전히 무법지대였고, 그곳에서는 주로 유저들로 구성된 도적들이 활동하며 약탈을 일삼았다. 세계에 적응하는 사람들이 나타나는 만큼, 미쳐 가는 사람들도 많았다. 물론 그것을 세계에 대한 광기로 볼 것인지, 아니면 또 다른 형태의 적응으로 볼 것인지는 의문이었지만.

　"돌아왔군."

　수련이 돌아온 날, 리타르단도는 처음으로 '시간의 방'에서 나와 그를 맞이했다. 그것은 한 인간의 시련에 대한 신의 예우 같은 것이었다.

　"몸은 좀 어떤가?"

　"괜찮습니다."

최근 리타르단도는 시간의 방에서 나와 수련과 함께 돔의 외곽을 종종 걷곤 했다. 다른 사람의 마음을 모두 읽는 그와 함께 이야기를 나누고 걸음을 맞추는 것은 껄끄러운 일이기도 했지만, 한편으로는 편리한 일이기도 했다.

　이 남자는 정말 자신을 이해해 주고 있다. 그런 기분이 들었기 때문이다. 하지만,

　"나라고 모든 걸 다 이해하는 건 아닐세."

　뜻밖에도 리타르단도는 그렇게 말했다. 그의 말투에서는 중후한 균형감이 느껴졌다. 생각을 알 수 있다고 해서 정말 그 사람에 대한 모든 걸 이해할 수 있는 걸까? 누구도 입을 열지 않았지만, 둘은 같은 생각을 공유하고 있었다.

　"이곳에서 '달'이 되기 전에는 그런 생각을 했었지. 난 나이가 많으니 뭐든 다 안다, 라고 착각하곤 했어. 지금에 비하면 찰나라고 해도 과언이 아닐 시간을 살았던 내가 말이지. 난 분명 그대보다 훨씬 오랜 시간을 살아왔지만, 그대를 완전히 이해할 수는 없네. 그대의 고통을 모두 알 수 없어."

　말끝에 깊은 배려가 스며 있다. 수련은 묵묵히 고개를 숙였다.

　"괜찮은가, 그대는?"

　"모르겠습니다."

　괜찮다. 혹은 안 괜찮다. 때로는 그렇게 분명히 말할 수 없는 상황에 처한다. 수련은 지금 그런 상황이었다. 그 둘 중의 하나를 취사선택해서 말한다고 해도, 정말 자신이 그렇다고는 도저히 확신할 수 없을 것 같은 그런 상황이었다.

"신민호를, 막아야 하겠죠?"

수련은 넌지시 그렇게 물었다. 해답이 정해진 이야기라고 생각했으나 그것 이외에는 마땅히 꺼낼 말이 생각나지 않았다. 어둠은 극복되었으나 문제는 하나도 정리되어 있지 않았다.

"글쎄."

리타르단도의 대답은 계속해서 수련의 예상을 빗나간다. 모호했다. 바닥이 보이지 않는 깊은 우물과 마주하고 있는 기분이었다. 의아한 눈길로 쏘아 보낸 시선은 닿지 않았다. 리타르단도는 말없이 하늘을 올려다보았다.

시선을 피했어?

수련은 당혹감과 동시에 놀라움을 느꼈다. 전혀 예상하지 못했다. 그에게서 이토록 '인간적인' 모습을 발견할 수 있으리라곤.

순간 특유의 반골 기질이 꿈틀거렸다.

"혹시 당신은, 그가 정당하다고 생각하는 건가요?"

그런데 의외의 대답이 돌아온다.

"너는, 그 녀석이 정당하다고 생각하나?"

당연히 아니라고 답할 생각이었다. 그런데, 그런데 입이 쉽게 떨어지질 않는다. 수련은 스스로에 대한 당혹감을 느꼈다. 마지막으로 신민호와 겨뤘던 순간이 떠올랐다. 그는 신민호의 사상에 본능적으로 저항했다. 그러나 그건 말 그대로 본능이었다. 그의 본능이 그의 생각에 저항한 이유는, 어쩌면…….

"그대의 이성은 무의식적으로 그것에 순응하고 있기 때문에?"

리타르단도는 수련의 생각을 이어 말했다. 곤혹스러움에 얼굴이 불콰해졌다. 잘못되어 있다고 생각하지만, 이성적으로 받아칠 수가 없었다. 구체적으로 무엇이, 어떻게 잘못되었는가.

한 소녀를 구하기 위해 세계를 바꾸려 한 남자는, 그러나 결국 바꾸지 못하여 하나의 세계를 '창조' 하게 된 남자는 대체 무엇이, 어디서부터 잘못되어 있었던 것일까.

"모르겠습니다."

자신이 한심하다고 생각했다. 그러나 그것은 틀렸다. 틀림없이 틀려 있다. 그것은 긍정되어서는 안 된다. 수련은 생각을 조금도 굽히지 않았다. 그것을 긍정해 버리는 순간, 그 자신을 잃어버릴 것이라는 사실을 수련은 잘 알고 있었다. 타협은 없다.

"그건, 정당합니까?"

그럼에도 그렇게 물어야만 했다. 리타르단도의 눈빛이 순간적으로 깊어졌다. 수련은 그 새카만 동공 속에서 거대한 우주를 본 것 같다고 생각했다.

"녀석의 이상론(理想論) 말인가?"

수련이 고개를 끄덕이자마자 대답이 이어졌다.

"불가능해, 모두가 평등한 세계 같은 건. 소수의 행복과 평등이라면 또 모를까……. 토머스 모어의 유토피아에 관한 모의실험은 이미 충분히 이루어졌었고, 성공 사례는 없었지."

어쩐지 말을 돌리고 있다는 느낌이다. 그는 일반론을 말하고 있었다. 수련이 듣고 싶은 것은 그런 것이 아니었다.

"그 녀석이 틀렸다는 말을 듣고 싶은 거로군."

"그렇습니다."

수련은 쭈뼛거리며 대답했다.

"만약 내가 보증해 주면, 그대는 그것이 틀린 것이라고 확신할 수 있겠나? 그것을 「절대」로 받아들일 수 있겠나?"

또다시 이성은 혼란에 빠져든다. 수련은 어물거리다가 입을 다물고 말았다. 뭐라고 답해야 할지 알 수 없었다.

"그대는 착하군. 날 배려하기 위해 그렇다고 대답할 생각이라면 그건 차라리 실례에 가깝다고 말해두겠네."

"절대적인 것으로 받아들일 수는 없을 것 같습니다."

리타르단도는 침묵했다. 수련은 그 적막의 향연을 받아들였다. 돔 바깥쪽에서 날아든 새들이 초록빛 잔디 위에서 먹이를 쪼아대고 있다. 집중하지 않고는 그곳에 그들이 있다는 사실도 알 수 없을 만큼 조용한 몸짓으로 새들은 먹이를 사냥한다.

리타르단도가 한 손을 내밀자, 비둘기 한 마리가 날아와 앉았다. 하얀 새의 털을 쓰다듬는 그의 부드러운 손길은 마치 성자의 그것처럼 신성해 보였다.

"그대에게 하나 묻겠네. 만약 그런 세상이 온다면 정말 모두가 행복할까?"

호흡이 천천히 잦아들었다.

몽환적인 광경이었다. 투명한 돔의 벽을 뚫고 들어온 별의 입자들이 달의 위로 쏟아져 내리고 있었다. 태양빛을 받아 반짝이는 달. 수련은 진짜 달을 보고 있었다. 달은 혼자서 발광하지 못한다. 달빛이라는 것은 반사된 태양의 빛에 지나지 않는다.

그럼에도 리타르단도는 혼자서 빛을 내고 있는 것처럼 보였다.

"녀석의 「절대」는 엉망이야. 자기 멋대로 재단하여 이리저리 오려 붙인, 이리저리 땜질된 조잡한 관념이지. 한 개인에 의해 재단된 절대라는 정의의 탈을 쓴 폭력."

다시 리타르단도가 손을 내밀자, 새는 돔의 빈 틈새로 조용히 빠져나간다. 저 새에겐 영혼이 있을까. 수련은 뜬금없이 그런 생각을 했다. 새는 행복을 찾아 날아간다.

"영원의 절대라는…… 녀석이 선택한 「모두」만이 평등과 영원을 누릴 수 있는 악질적인 세계. 인간은 모두가 절대를 좇지만, 결국 누구도 그 절대에 도달하지는 못하지."

리타르단도는 천천히 고개를 돌려 수련을 바라보았다. 인간은 달을 본다. 그러자 달도 인간을 보았다.

"그 녀석이 옳다, 혹은 틀렸다고 말해줄 수는 없네. 그건 자네가 판단해야 할 일이야. 다만 나는 자네가 어떤 판단을 내리던 그것을 도와줄 수는 있어."

그 달빛의 이름은 미련일지도 모른다. 수련은 그렇게 생각했다.

깊게 내려앉았던 권태와 무력감은 리타르단도와의 대화 이후 급속도로 희석되어 갔다. 수련은 매일 아침마다 환영검과 섬광검을 번갈아 훈련했고, 남는 시간은 세피로나 베로스들과 함께 잡담을 나누거나 성하늘로부터 앞으로의 계획에 대한 이야기를 들었다. 미래는 너무 막연하다.

"아직 리메인더 측의 태도가 명확하지 않아요. 이 상태로 고착된다면 우리 입장에서는 차라리 다행이겠지만, 아무래도 이

고요는, 폭풍 전의 고요 같은 느낌이 짙어서……."

성하늘은 걱정스러워 보였다. 어느 것도 정해지지 않았다는 것만큼 희망적이면서 동시에 두려운 것은 없다. 그런 선택 속에서 영원을 살아간다는 것은 대체 어떤 의미일까.

"하나 물어보고 싶은 게 있어요."

수련은 돌연 그렇게 말했다. 그와 같은 하늘색 머리카락의 성하늘. 그녀는 어디서부터 자신을 알게 되었던 것일까. 그리고 그녀는 대체 왜, 이 일에 연루되어 있는 것일까.

성하늘은 수련에게 차근차근 자신의 과거를 설명해 주었다. 아트홀에서 수련을 처음 만났을 때, 그리고 수련에게 CD를 전해줬을 때, 그리고…….

"잠깐만요."

수련은 그녀의 이야기를 제지했다. 물론 그녀의 이야기는 놀라웠고, 한편으로는 감격적이기도 했으나 정작 그가 듣고 싶어 하는 이야기는 그런 것은 아니었다.

"그것보다는 당신의 이야기가 듣고 싶어요."

수련이 연결되지 않은, 성하늘의 이야기. 그 말을 들은 성하늘의 눈빛이 순간적으로 서글퍼졌다가 맑아지기 시작했다.

"당신은 이상해요. 보통 사람들은 자신과 관계없는 이야기는 듣고 싶어하지 않는데……."

남들은 우리가 생각하는 것만큼 상대방에게 관심이 없다. 자신의 일들을 생각하는 것만도 바쁘고, 그것만으로도 벅차다. 인간은 남을 보는 순간조차 그 속에서 자신을 찾는다. 인간이란 그렇게 이기적으로 만들어진 동물인 것이다.

"궁금해서 그래요. 만약 실례가 되는 거라면……."

수련이 물러서자 성하늘이 손사래를 쳤다.

"괜찮아요. 그리 대단한 일도 아니니까. 뭐랄까, 제 이야기를 들으시면 실망하실 것 같은데, 괜찮겠어요?"

"실망하다뇨?"

"저는 그다지 굉장한 이유라던가 사연 때문에 피스를 돕게 된 것이 아니거든요."

성하늘은 천천히 이야기를 시작했다. 그것은 너무나 평범했으나 평범하지 않은 이야기였고, 그래서 더욱 평범한 이야기였다.

"저는 말이죠. 리겔님이나 베가님처럼 선대의 시리우스와 모종의 관계가 있는 것도 아니고, 나훈영 씨처럼 가족이 인질로 붙잡혀 어쩔 수 없는 선택을 한 것도 아닌 데다가, 제롬 씨처럼 분할된 영혼의 거대한 덩어리 같은 것도 아니에요."

그녀는 한 호흡을 들여 말을 고르더니 다시 주변 인물의 예를 들어갔다.

"네르메스 분들처럼 피치 못할 음모에 휘말린 것도 아니고, 더군다나 수련 씨처럼……."

"제가 듣고 싶은 것은."

수련은 흐려지는 말꼬리를 깨끗이 잘라냈다. 그리고 단호하게 덧붙였다.

"제가 듣고 싶은 것은, 당신의 이야기예요."

그 박력에 성하늘은 살짝 입술을 벌렸다가 다시 입을 다물었다. 그리고 이야기가 시작되었다. 그것은 정말 다른 이들에 비교했을 때 너무나 평범한 이야기였다.

프로게이머 활동 중 우연히 나훈영을 알게 되고, 비밀 사이트를 통해 제롬과 접촉해 피스에 관한 이야기를 듣게 되고, 정계와 론도를 둘러싼 모종의 음모를 알게 된 그녀. 누구도 권하지 않았고, 누구의 강압도 없었음에도 단지 스스로의 판단으로, 스스로의 결정으로 인해 피스를 돕게 된 그녀.

"정말이에요?"

수련은 실례라는 것을 알면서도 불신 가득한 눈빛으로 물었다. 그것은 도저히 있을 수 없는 이야기였다. 인간은 그렇게 착한 존재가 아니다. 아무런 대가도, 아무런 압력도 없이 스스로의 동정심과 판단력만으로 그런 일에 뛰어들 만큼 정의로운 사람은 없다. 결단코 없다. 없을 것이다.

"싱겁죠?"

성하늘은 그렇게 물을 줄 알았다는 듯이 되물었다. 수련은 그 투명한 눈망울에 비치는 자신의 모습을 바라보며 넋을 놓았다.

하지만 어쩌면 그런 인간도 분명 존재한다. 세상이 만든 정의에 휘둘리지 않고, 자신의 목숨과 같은 저울에 자신의 정의를 올려놓는 인간도 분명 존재한다. 아니, 기실 많은 인간은 그런지도 모른다. 수련 자신도, 신민호도, 그리고 성하늘도…….

그러나 성하늘은 수련과도, 신민호와도 다르다. 그녀는 어엿한 제삼자였다. 그러나 그녀는 스스로 그 거대한 소용돌이의 일부가 되기를 원했고, 실제로 일부가 되었다.

"실은 가장 결정적인 이유는 다른 것이었지만……."

수련은 생각했다. 다른 이들처럼 심각한 사태에 놓여 어쩔 수 없는 상황 속에서 이 선택을 한 것이 아니라면, 그녀에게 이 선택을 강요한 것은 아무것도 없을지도 모른다.

만약 자신이, 누구도 강요하지 않는 이 길을 누군가에게 걸어갈 것을 권유받았다면, 과연 걸어갈 수 있었을까?

그럴 수 없었을 것이다.

"종종 억울하기도 했어요. 왜 하필 내게 이런 일이 일어났을까, 왜 하필 그게 나였을까, 하는 생각을 할 때면."

그러나 착한 그녀에게 있어서는 그 부탁 자체가 이미 하나의 압력이었다. 언제부터 그녀가 불의를 외면하지 못하게 되었는지, 위험을 무릅쓸 만큼 강인한 정신을 가지게 되었는지…….

어쩌면 인간이란 존재는 그 거대한 구조(構造)의 힘에 이리저리 끌려 다니는 초라한 생물일지도 몰랐다. 모든 선택은 기실 상황이 자초한 것이며, 인간이란 그 구조에게 좌지우지당하는…….

"그런데 그런 생각을 한다고 해서 뭔가를 바꿀 수 있는 건 아니잖아요. 억울해서 마구 분통을 터뜨리고, 내가 살아 있는 현실에 화를 내도 들어주는 사람은 아무도 없어요. 분통만 더 터지고, 화만 더 날 뿐이죠. 그래서 그런 생각을 하는 대신 좀 더 생산적인 생각들을 하기로 했어요. 어떻게 하면 이 상황을 이겨나갈 수 있을까, 어떻게 하면 이 문제를 해결할 수 있을까 같은 것 말이죠…….'

수련은 멍하니 눈을 깜빡였다. 나긋나긋한 목소리임에도 그것에서 감각되는 강함은 전율적이다. 순간 눈동자가 마주치자 성하늘 쪽에서 살짝 시선을 피했다. 함께 맞춰 걷는 보폭이 일정해진다. 그 침묵이 빚어낸 어색함은 어쩐지 두근거렸다.

"뭐 해?"

무감각하면서도 미묘한 목소리가 그 공백 사이로 끼어들었다. 수련은 어깨를 움찔 떨며 뒤를 바라보았다. 세피로아가 있었다. 셋의 걸음이 동시에 멈춘다. 성하늘과 세피로아의 시선이 정면으로 부딪침과 동시에 기묘한 분위기가 감돌았다.

수련은 난데없는 삼류 드라마틱한 상황에 엉거주춤 서 있었다. 동아줄을 내려준 것은 성하늘이었다.

"그냥 간단한 이야기를 하고 있었어요."

"간단한 이야기?"

"네, 간단한 이야기."

싱긋. 그리고 덩달아 싱긋.

그리고 간단한 이야기. 수련은 자신이 괜한 상상을 하는 것이리라고 생각하면서도 원인 모를 떨떠름함을 감출 수 없었다. 성하늘은 그 무시무시한 침묵에 가벼운 목례를 표하며 자리에서 사라져 갔다. 세피로아도 수련을 일별하고는,

"그냥, 난 베가가 부른다는 말을 전해주러 온 건데."

하는 말을 남기고는 반대편으로 사라져 버렸다. 분명 아무 일도 일어나지 않았는데 수련은 마치 폭풍을 정면으로 견뎌낸 지상 최초의 사나이가 된 듯한 심정에 사로잡혔다.

"엣헴, 헴."

멀리서 그 광경을 보고 있던 루피온이 헛기침을 하며 다가온 것은 그때였다. 옆에 베로스도 함께 있었는데, 그는 어쩐지 따라오기 싫은 표정이었다.

수련이 슬쩍 비켜서자 루피온은 재빨리 수련의 정면을 향해 쪼르르 다가가서 그를 마주 보고 섰다. 그리고는 부리부리한 눈빛을 빛낸다. 베로스도 엉거주춤 따라가서는, 어쩐지 처량한 눈빛을 빛내며 수련을 함께 바라보았다.

왜? 하고 질문을 던지려는데, 루피온이 마치 성경이라도 읽는 양 엄숙한 말을 꺼냈다.

"당신의 양다리가."

"…한 사람의 솔로를 만듭니다."

베로스가 한숨 쉬듯 말을 받아 맺었다. 예의 침묵을 능가하는 무지막지한 적막이 세 남자 사이에 들어차서 괴상망측한 파멸의 윤무를 연주하려던 찰나, 조용히 다가온 네르메스가 둘의 머리에 동시에 꿀밤을 먹였다.

"아무튼 조금만 풀어줘도 고삐 풀린 망아지처럼 나댄다니까."

"네르메스, 난 루피온이 억지로 시켰다고!"

"그걸 시킨다고 하는 놈은 더 바보야."

머리를 감싸 쥐고 낑낑대는 루피온을 흘끗 바라본 네르메스는, 이어 수련을 향해 시선을 주었다. 그 날카로운 시선에 수련은 법정에 선 피고가 된 것만 같았다.

그러고 보니 네르메스가 현실에서 검사라고 했던가?

"수련, 너도 마찬가지야. 언제까지 나이브한 소년 흉내만 내고 있을 거야?"

나이브하다의 뜻을 곰곰이 생각해 보고 있는데, 루피온이 눈을 반짝이며 고개를 쳐들었다. 왼손에는 수첩, 오른손에는 펜촉

을 쥔 채 말똥말똥한 목소리로,

"네르메스, 나이브가 뭐야?"

"천진하다, 순진하다, 뭐 그런 뜻일걸."

베로스가 끼어들었다. 덕분에 대화의 논지가 완전히 흐려져 버렸다. 대답할 타이밍을 완전히 놓쳐 버린 수련은 대신 다른 이야기를 꺼내기로 했다.

"네르메스, 처음 봤을 때랑은 많이 달라졌구나."

그 말에 네르메스가 살짝 얼굴을 붉혔다.

"그래? 얘들도 그렇게 말하던데……."

전부터 들어왔던 말이다. 네르메스는 주변의 그런 평가에 큰 혼란을 느끼고 있었다. 분명 이곳에서의 자신과 현실에서의 자신 간에는 어떤 커다란 갭 같은 것이 있었다. 그런 형태의 변화에 대해 베로스의 이야기를 들었지만, 그래도 꺼림칙한 느낌을 떨칠 수는 없었다.

"많이 변했어? 이상해?"

"아니, 오히려 보기 좋아."

뜻밖의 평가에 놀란 네르메스는 살짝 입술을 벌린 채 수련을 바라보았다. 그리고는 고마움의 표시로 미소를 지어주었다. 옆에서 실눈을 뜬 채 네르메스와 수련을 번갈아 보던 루피온이 이번에도 놓치지 않고 끼어들었다.

"당신의 삼다리가 베로스의 사랑ㅇ……."

루피온의 입을 틀어막은 베로스가 어색하게 웃으며 덧붙였다.

"그치? 신기하지? 이건 마치 초등학생이었던 여동생이 고등학생이 된다는 것만큼이나 신기한 일이라니까."

그 말에 동의한 것은 수련뿐이었다.


그 즈음, 베가는 수련에게 한 가지 제안을 건넸다.

"내 계통 능력을 배워보지 않을래?"

수련은 그 말을 흔쾌히 받아들였다. 마치 운명에 순응하게 된 인간처럼 자연스러운 승낙이었다. 그날 이후, 수련은 아침마다 베가와 함께 환영의 계통 능력을 훈련하기 시작했다.

"내 환영의 본질은 어둠에서 파생된 거야. 원형은 프로키온 이 사용하는 암흑과 같지만, 프로키온의 암흑이 파괴력에 중점 을 두었다면 내 환영은 변화에 초점을 두고 있어."

환영의 기본은 상대방에게 자신의 실체를 숨기는 것에 있다. 베 가는 수련에게 자신의 분신을 생성하는 아바타 오브 팬텀(Avatar of phantom)의 기본을 보여주며 말했다. 두 명의 베가가 동시에 다 른 이야기를 했다.

"예를 들면 이런 분신을 만드는 거라던가."

"분신이야말로 환영의 기본이라고 할 수 있지."

그 말에 수련이 고개를 갸웃했다.

"훈영 아저씨가 분신은 환영의 오의(五儀)라고 말했는데, 아 니었군요."

"오의는 곧 기본과 일맥상통하니까."

"뭐, 그런 거지."

기본이 튼튼한 자만이 오의를 사용할 수 있다. 베가는 싱긋 웃어 보였다. 옆에서 으음, 하고 작은 신음 소리가 들려왔다. 수

런은 가벼운 우월감을 느끼며 환영검을 연습하는 실반을 바라보았다.

"어때 실반, 좀 알겠어?"

"아직은 잘 모르겠습니다만……."

실반은 수련과 함께 베가로부터 계통 능력을 전수받고 있었다. 물론 직접적으로 전수를 받는 것은 아니고, 어깨너머로 수련의 행동을 따라하면 베가가 간간이 자세를 봐주는 형식이었다. 헨델과 슈왈츠에 이어 하르발트까지 잃은 그는 그 깊은 실의를 이겨내기 위해 수련과 함께 훈련을 시작했다.

실반은 높은 손재주 때문인지 보우 이외에도 단검이나 대검, 이도류에 관한 조예를 금방 습득했다. 그는 이해력은 수련에 비해 떨어지는 편이었지만, 기술에 대한 응용력에 있어서는 수련보다도 훨씬 뛰어났다.

"좋아, 그렇게 하면 돼. 제법인데?"

실반의 팬텀 블레이드가 유려한 분영을 남기며 제자리로 돌아오는 것을 본 수련이 박수를 쳤다. 실반이 머쓱하게 고개를 숙인다. 서로 주거니 받거니 하는 두 제자의 모습을 바라보던 베가가 흐뭇하게 웃더니, 수련을 향해 입을 열었다.

"그런데 리겔은 만나봤니?"

"아직……."

마음이 내키질 않았다. 아직 그는 지아의 죽음을 잊지 못했다. 신민호를 막으려면 그의 계통 능력을 배워야 한다는 것을 잘 알고 있지만, 그의 얼굴을 볼 때마다 지아의 마지막 모습이 떠오르는 것을 막을 수는 없었다. 그는 리겔을 저주했다.

"오늘 가보겠습니다."

하지만 만나야만 한다. 자신의 사적인 감정 때문에 일에 차질을 빚을 수는 없다. 수련은 마음을 다시 한 번 다잡으며 고개를 끄덕였다.


리젤은 특유의 무표정한 얼굴로 잔디 언덕의 한쪽 끝에 걸터앉아 있었다. 그가 앉은 바위를 에워싸고 촘촘히 박혀 있는 인조 잔디는 모두 네임리스들이 옮겨다 심은 것이었다.

돔의 틈새로 흘러들어 오는 바람에 빈 오른팔 소매가 간간이 나부꼈다. 허전했지만, 그 한 점의 빈틈도 없는 표정에서는 일말의 허무도 찾아볼 수 없었다.

아니다. 그것은 어쩌면 허무라는 관념 자체가 그의 얼굴 전체를 뒤덮고 있기 때문일지도 몰랐다. 허무가 허무처럼 보이는 이유는, 허무하지 않은 부분이 존재하기 때문이다.

"그런 얼굴을 하고 있다고 해서."

이질적인 목소리가 끼어든 것은 그때다. 리젤은 그 목소리의 주인공을 알고 있었고, 목소리의 주인 또한 리젤을 알고 있었다.

"그렇게 허무를 마구 눌러 압축시켜서, 빽빽하게 채워 넣은 것 같은 얼굴을 하고 있다고 해서 용서받을 수 있는 건 아니야."

발검 소리가 나는가 싶더니, 어느새 리젤의 몸은 바위에서 사라져 있었다. 수련은 입술을 깨물며 반사적으로 배후를 향해 검을 휘둘렀다. 예정된 파찰음이 번개처럼 튀겼다.

"무엇을 용서받아야 하지?"

칼날의 끝은 리겔의 왼팔에 막혀 있었다. 굵은 힘줄이 돋아난 그의 왼팔은 황금빛 전류로 뒤덮여 있다. 리겔의 계통 능력인 뇌전이 발휘된 것이다.

"지아를 죽인 죄!"

침잠했던 감정의 조각은 그 이름 한마디에 커다란 파문을 일으키며 다시 떠오른다. 수련은 진심으로 분노하고 있었다. 아니, 그것은 분노를 넘어선 격노였다.

"내가 죽이지 않았다."

"당신이 죽인 거나 마찬가지야!"

거대한 외부에 의해 강제로 짜부라지고, 짓눌려졌던 그의 분노는 고삐 풀린 망아지처럼 날뛰기 시작했다. 이드가 자아를 압도하고, 검극에서 뻗어 나온 섬광이 쾌속하게 리겔의 전신을 압박해 갔다.

그러나 리겔은 물 흐르듯 유유히 그의 공격을 피해낸다. 최소한의 동작으로 최대한의 효과를 보는 흘리기.

"아직 어설퍼. 네 아버지는 이렇지 않았다."

수련은 대답하지 않고 계속해서 검을 내질렀다. 섬광영! 섬광포! 빈틈을 노리고 발포된 빛줄기들이 전후좌우에서 리겔을 포박해 간다. 그러나 하나의 공격도 리겔의 몸을 스치지 못했다.

당연한 일이었다.

수백 년을 살아온 진령 리겔과 이제 겨우 이 세계의 주민이 된 수련 사이에는 압도적인 세월의 격차가 존재했다. 그것은 아무리 천재라 할지라도 혼자의 힘으로는 넘을 수 없는 벽이었다.

"슬픔은 충분히 맛봤을 텐데."

어쩐지 고단한 어조였다. 수련의 좌수검과 그의 왼팔이 부딪치는 횟수가 늘어날 때마다 리겔의 표정에는 차가운 모멸감이 차오르고 있었다.

"네가 그 사실을 깨닫고 있다는 것조차 너는 부정하려 하는 군. 너는 자신의 분노를 밖으로 쏟아냄으로써 그 소녀를 잊어가려 하고 있을 뿐이야."

"…시끄러워!"

검극이 세차게 울었다. 레퀴엠의 빛살무늬가 눈부신 광채를 발산하며 새로운 섬광의 다발을 뽑아냈다. 리겔도 본격적인 뇌전의 방출을 시작했다.

"소녀를 위하는 척하지만, 결국 네 자신이 편하고 싶을 뿐이지. 너는 소녀를 위할 자격이 없다."

빛과 뇌전이 만나는 순간, 소규모의 폭발이 발생했다. 그것은 물질이되 물질이 아니었고, 그렇기에 물질을 초월하고 있었다. 수련의 섬광은 리겔의 뇌전에 차츰 먹혀들어 가기 시작했다.

"…난 인간이니까."

수련은 그렇게 입을 열었다.

"인간이니까 이렇게 기억할 수밖에 없어."

인간은 이기적이다. 그렇게 이기적이지 않고는 도저히 자신을 구제할 방법이 없다. 언젠가 소녀는 수련의 마음속에서 잊혀질지도 모른다. 그는 소녀를 잊고 싶지 않았다.

그러나 이미 잊고 있었다.

한 번의 검을 휘두를 때마다 한 톨의 분노가 사라졌다. 분노가 사라진 만큼 허무가 차오르고, 그만큼의 소녀가 사라진다.

또 한 번 검을 휘두른다. 휘두르고, 또 휘두른다.

까앙!

수련은 강한 반동과 동시에 가슴팍에 지독한 통증을 느꼈다.
뇌전력이 가슴팍을 때리고 지나친 것이다.

"제길……."

하지만 그렇게라도 해야만 했다. 그는 검을 휘둘러야만 한다.
자신의 소녀를 정당화시켜야만 한다. 자신의 상처가 하나 늘어
날수록 그만큼의 소녀가 그의 가슴속에 새겨질 것이다.

자신을 소모시켜서 소녀를 기억할 수 있다면…… 그렇게 해
서라도 그녀에게 「영원」을 가져다줄 수 있다면!

"아직도 네가 인간이라고 생각하나 보군."

리겔은 여유롭게 수련을 향해 다가왔다. 수련은 간신히 레퀴
엠의 그립을 움켜쥔 채 숨을 헐떡거렸다. 세상이 더 이상 게임
이 아니라는 사실이 확연하게 느껴진다.

현실에서는 단 한 번도 느껴보지 못했던 통증에 속이 메스껍
다. 세상이 온통 노랗게 물들어가고 있다. 이대로 정말 죽어버
릴지도 모른다. 정말 죽어버릴지도 몰라.

"넌 이미 인간이 아닌데 말이지."

왜냐하면 인간은 영원을 가질 수 없으니까.

"난 아직 영원을 가지지 못했어."

인간은 영원을 가질 수 없다. 어떤 기억도 영원히 존속될 수
없다. 어떤 존재도 영원히 살아갈 수 없다.

인간은, 인간은 언젠가는 죽는다.

"단 하나의 영원도……!"

수련은 바닥에 박힌 검을 다시 뽑아 들었다. 먼지와 땀으로 엉망이 된 그 꼴을 지켜보던 리겔의 눈빛이 순간 의아함으로 물든다. 그의 시선은 정확히 그의 왼쪽 허리에 꽂혀 있었다. 암흑을 터뜨리지 못하는 인퀴지터가 낑낑거리며 주인을 기다리고 있다.

"오른손은 왜 쓰지 않지?"

어차피 섬광검만으로는 상대가 되지 않는다. 시리우스의 계통 능력인 섬광을 확장시키고, 더 발전시킨 것이 바로 뇌전이기에.

물론 수련이 환영과 섬광을 동시에 쓴다고 해서 리겔을 이길 수 있는 것은 아니었지만, 그렇게라도 한다면 조금 더 나은 상황이 만들어질 법도 했는데…….

"당신도 왼손밖에 쓰질 않으니까."

당연하다는 듯한 그 말에, 리겔은 머리를 세게 얻어맞은 사람처럼 멍해지고 말았다. 당연하다. 그러나 너무나 당연하지 않다.

수련은 리겔을 뛰어넘고 싶었다. 환영을 쓰지 않고, 순수하게 아버지가 남긴 그 기술로 리겔을 뛰어넘고 싶었다. 아예 인퀴지터를 허리춤에서 빼내어 바닥에 던져 버린 수련은 레퀴엠의 검세(劍勢)를 가다듬으며 다시 리겔의 빈틈을 찾기 시작했다.

"정말, 바보 같은 놈이로군."

리겔은 실소하며 다시 왼팔에 뇌전을 불어넣었다. 그리고 두 번째 전투가 시작되었다.

그 작은 전쟁은 매일 저녁마다, 무려 일주일 동안이나 지속되었다. 수련은 매일 황혼이 질 무렵 그 언덕에 올라 미친 사람처럼 리겔에게 달려들어 검을 휘둘렀고, 패했다.

그 일주일 사이 수련의 전신에는 작은 생채기들이 수도 없이 생겼고, 리겔의 뇌전에 맞아 여기저기가 검게 그을려 있었다. 그럼에도 수련은 포기하지 않았다. 베고, 베고, 또 베고.

허공을 베는 그의 칼날이 마침내 리겔의 피육을 벨 수 있게 될 때까지 그의 검은 조금도 쉬지 않고 움직였다.

그리고 일주일 후의 깊은 밤, 수련은 다음과 같이 말했다.

"이제 됐어."

리겔의 왼팔에 첫 번째 생채기가 생긴 순간이었다. 그 말과 함께 수련은 레퀴엠을 바닥에 던져 버리고 바닥에 대 자로 누워 버렸다.

"뭐가 됐다는 거지?"

"더 이상 털어낼 분노가 없어."

갈 곳 없는 분노는 그만큼 빨리 식는다. 지아는 더 이상 이 세상에 없다. 그리고 수련의 가슴속에는, 이제 그녀를 기억할 만큼의 상처가 남았다. 평생 동안 조금씩 그 상처를 아물게 만들어도, 결코 아물지 않을 거대한 흉터가 남아버렸다.

리겔은 터벅터벅 수련의 곁으로 걸어와서는, 늘 그가 앉아 있던 바위 위에 걸터앉았다. 머리 위로 가만가만 별이 반짝였다. 저 별은 누가 만든 걸까. 가상현실인 이곳에도 별의 존재가 필요한 걸까.

"정말로, 이젠……."

수련은 나지막하게 덧붙였다. 언젠가 이런 상황을 겪어본 것도 같다. 정확히 언제 적의 일이었는지, 그가 몇 살 때의 일이었는지 그것까지는 잘 기억이 나지 않았다.

하지만 분명 그 순간은 존재했었다. 어린 수련은 그 남자의 뒤를 열심히 쫓아 그와 함께 산에 올라, 지금과 같은 밤하늘을 바라보았었다. 그리고 소년은 시리우스라는 별의 이름을 알게 되었다.

"인간의 분노란 그렇게 하찮은 거지."

리겔은 그렇게 들릴 듯 말 듯한 목소리로 중얼거리더니, 수련의 시선을 함께 쫓았다. 새까만 흑색의 비단 위에 작은 보석 같은 별들이 곱게 매달려 있다.

"넌 정말, 젊었을 때의 네 아버지를 꼭 빼닮았다."

그 말은 꼭 한숨 같았다.

"젊었을 때의 그는 너처럼 저돌적인 사람이었지. 자신이 믿는 것에는 한 치의 의심도 품지 않고 달려들었고, 그러다 좌절당하면 그 좌절당한 시간조차 충실하려 했어."

충실하게 좌절하는 인간. 좌절할 때, 그리고 절망할 때는 그 좌절과 절망에 온 힘을 다하는 것이 그 순간을 위한 최선책이다. 인간의 감정이란 그렇게 호락호락하지 않아서, 일정량의 어둠을 다 털어내기 전까지는 정상적인 기능을 수행하지 못한다.

수련은 자신의 감정에 충실했고, 그 감정을 모두 소모시켰다. 그리고 냉철한 이성을 다시 되찾았다.

"우리 아버지를 좋아했나요?"

리겔에게 존댓말을 한 것은 그게 처음이었을 것이다. 그러나 수련 자신도, 리껠도 그 사실을 전혀 깨닫지 못했다. 하지만 그것은 애초부터 그렇게 되어 있었고, 그래서 그렇게 되어갔다.

"글쎄."

섭섭함과 동시에 유쾌함이 치밀었다. 황금빛 머리카락이 밤의 하늘을 배경으로 나른하게 흔들렸다. 오랜 세월 동안 축적된 남자의 자긍심과, 그 자긍심이 인정하지 않으려 하는 어떤 감정이 절절하게 와 닿는다. 그래서 부지중에 웃음을 흘리고 말았다.

"왜 웃지?"

"당신, 굉장히 어려운 사람인 것 같아서."

"어처구니없군."

"자존심이 강한 것 같기도 하고, 정이 많은 것 같기도 하고, 또 어떻게 보면 아주 차가운 사람 같기도 하고…… 어떻게 한 단어로 표현할 수가 없네요."

시원한 밤바람이 땀과 함께 피부 속으로 스며든다. 상쾌함이 죄악감을 날려 버린다. 이기적이다. 어떻게 행동해도 이기적이다. 그래, 나는 이기적이야.

"…한 단어로 요약할 수 있는 사람은 세상에 없어."

리껠은 그렇게 중얼거리더니, 잠시 후 다음과 같이 덧붙였다.

"지금까지 살아온 600여 년이 그런 한 단어로 요약되어 버린다면 그건 그것 나름대로 꽤나 억울한 일이기도 하고."

그리고 그날부터 리껠은 수련에게 자신의 계통 능력을 전수하기 시작했다.

아침에는 베가, 그리고 저녁에는 리겔. 여명이 뜰 때 환영을 배우고, 황혼이 질 때 뇌전을 훈련한다. 그리고 그런 수련의 곁에는 늘 실반이 함께했다.

비록 직전제자가 아니었기에 수련처럼 베가나 리겔로부터 영력 주입은 받지 못했지만, 구체적인 기술의 원리나 투로를 배우는 것만으로도 실반의 실력은 부쩍부쩍 향상되었다.

"실반, 제법 빨리 배우는데?"

어느새 팬텀 블레이드의 최종기를 사용하게 된 실반을 보며, 수련은 감탄사를 터뜨렸다. 역시 뜨개질을 할 때 알아봤어야 했어.

"감사합니다, 마스터."

실반은 절제된 미소로 감사를 표했다. 그는 이제 수련만큼은 아니었지만 베가의 환영과 리겔의 뇌전도 얼추 사용할 수 있게 되었다. 그가 영혼의 분할체인 네임리스라는 것을 감안하면 그것은 진실로 장족의 발전이었다.

리겔은 수련에게 섬광검에 자신의 뇌전력을 덧입혀 사용하는 법을 가르쳐 주었다. 그 결과 만들어진 것이 뇌전검(雷電劍)이었다. 기술 자체가 변했다기보다는 뇌전 특유의 막대한 폭발력과 파괴력을 섬광검에 응용하는 것이었기 때문에 딱히 기술의 이름을 바꾸지는 않았다.

"소울 블레이드는 함부로 사용해선 안 돼. 그건 영혼의 힘을 절삭력으로 바꾸는 계통 기술이거든. 소울 블레이드는 네 영혼 그 자체야. 네 영혼이 날카로운 단면을 절단하는 검으로 바뀌는 거지."

베가는 환영검의 오의인 소울 블레이드에 대해서도 충고해 주었다. 영력을 강력한 절삭력을 가진 검으로 바꿔내는 소울 블레이드. 그것은 비단 환영뿐만 아니라, 다른 계통 능력을 통해서도 구현이 가능한 궁극의 기술이었다.

자신의 영혼 자체를 깎아먹는 기술. 수련은 이미 자신이 소울 블레이드를 사용한 적이 있다는 것을 떠올리고 식은땀을 흘렸다.

"리겔이랑은 좀 친해졌어?"

"글쎄요."

수련은 태연함을 가장하며 그렇게 말했다. 베가는 은근히 리겔과 자신이 친해지는 것을 신경 쓰는 눈치였다. 그녀의 세심한 배려는 고마웠지만, 그래도 너무 깊게 간섭하는 것은 달갑지 않다.

"미안. 억지로 친해지길 강요하는 것 같네."

"아니에요."

공터의 한쪽 구석에서는 여전히 실반이 검을 휘두르고 있었다. 최고의 재능은 노력이라는 명언을 새삼스레 되새기게 만드는 광경이다.

베가는 착잡한 얼굴이었다. 아니, 그것은 비단 베가뿐만이 아니었다. 돔 내부에서 살아가는 대부분의 사람들은 그녀와 같은 얼굴을 하고 있었다.

아직 다가오지 않은 미래에 대한 걱정으로 늘 그늘진 얼굴들. 영원을 살아가는 그녀조차 아직 다가오지 않은 미래를 걱정하고 있는 것일까.

영원에게 있어 과거와 현재, 그리고 미래란 과연 존재할 수 있는 것일까. 그녀의 얼굴을 가만히 들여다보던 수련은 어느새 그녀 또한 자신을 바라보고 있다는 것을 알고 왠지 모를 민망함에 고개를 돌렸다.

"왜?"

"아뇨, 아무것도."

과연 진령들은 어떻게 영원이란 요연함을 짊어진 채 살아온 것일까. 만약 자신이 진령들과 같은 상황이었다면 그 또한 그 영원에 당당히 맞설 수 있었을 것인가.

문득 여린 웃음소리가 들려왔다.

"왜 웃어요, 베가?"

"아니, 아무것도."

베가는 장난스럽게 손사래 치며 자신의 얼굴을 숨겼다. 그러나 수련은 그녀가 슬며시 눈을 가리는 것을 똑똑히 보고 말았다.

"그냥, 너…… 네 아버지를 많이 닮았다는 생각이 들어서."

엷게 눈물까지 맺힌 채 흐릿한 미소를 짓는 그녀는 리겔과 같은 이야기를 하고 있었다. 그리고 수련은 그때서야 그녀가 어떻게 영원을 견뎌왔는지 깨달았다.


"진령들이 영원을 버텨낸 힘?"

리타르단도와의 두 번째 조우에서 수련은 그에 관한 질문을 던졌다. 늙은 용인은 초연한 미소를 지어 보였다.

리타르단도가 웃는 것은 매우 드문 일이다. 인간을 초월한 존재가 인간의 웃음을 가진, 그래서 더 인간적으로 보이는 이 비정상적인 상황을 대체 어떻게 설명할 수 있을까.

"정말, 아직 모르겠나?"

"짐작은 하고 있습니다."

용인은 수련을 가만히 들여다보았다. 자신 안에 맺힌 응어리가 산산이 까발려지는 것을 느낀다. 절대적인 관조자의 눈빛 앞에서 수련은 베가와의 기억이 들춰지는 것을 눈치 챘다.

"베가는 시리우스를 좋아했지."

확신하고 있던 대답이 나오자, 수련은 의미 모를 안도를 느꼈다.

"그게 그 애가 영원을 견뎌내는 방법이었어."

문득 뇌의 일부분이 활짝 만개하는 것 같았다. 그의 목소리는 마치 환한 빛을 연상시켰다. 세상에서 가장 느린, 그러나 분명히 움직이고 있는 그런 안도감을 주는 목소리였다.

"모두가 영원을 견뎌낸 방법은 달랐지. 베가는 추억으로, 카펠라는 광기로, 리겔은 목적으로, 스피카는 복수심으로, 아크룩스는 전투로, 프로키온은 자해로, 베텔기우스는 충성심으로……."

그리고 그것이 진령들이 갈라설 수밖에 없는 이유가 되었지.

수련은 자신의 뇌리 속으로 흘러들어 온 고대의 기억들을 보았다. 진령들 간에 시작된 불화. 시리우스를 그리워하며, 끊임없이 추억을 되새겨 억겁의 시간을 버텨낸 베가. 영원을 견디지 못해 이성을 놓아버린 카펠라. 시리우스의 이상을 대신 이어가려 한 리겔. 시리우스의 복수를 하려 한 스피카. 전투로 공포를 잊어내려 한 아크룩스. 스스로를 학대하여 영원 속에서 존재감을 확립한 프로키온. 시리우스를 대신할 누군가가 필요했던 베텔기우스…….

그 끔찍한 기억의 산란 속에서 수련은 간신히 정신을 차린다. 이 기억에는 정작 가장 중요한 기억이 빠져 있다.

"당신은 뭐죠?"

목소리가 흘러나온다. 리타르단도는 피하듯이 수련에게서 등을 돌린다. 그 모습이 수련의 확신을 더욱 짙어지게 만들었다.

"당신이 영원을 견뎌낸 방법은, 뭐죠?"

늙은 용인은 끝내 자신에 대해서만큼은 이야기를 털어놓지 않았다. 그럼에도 수련은 이미 그것을 알고 있는 것 같은 감각에 휩싸였다.

일주일, 이 주일이 지나고, 또다시 한 달이 지났다. 리겔과 함께 본 황혼이 몇 번째인지 정확히 기억이 나질 않았다. 늘 훈련이 끝나면 실반은 조용히 수련과 리겔이 함께 있을 수 있도록 자리를 피해주곤 했다.

리겔은 자주 시리우스에 대한 이야기를 해주었다. 개중에는 시리우스, 그리고 베가에 관한 이야기가 특히 많았고, 스피카에 관한 이야기도 있었다. 다른 진령들에 관한 이야기는 의식적으로 말하기를 꺼려하는 듯했다. 증오하고 있는 것일까.

말이 없는 그가 그 과거를 털어놓는 순간만큼은 유독 많은 말을 늘어놓는다. 수련은 그것이 신기하기도 하고 또 어쩐지 슬프기도 해서 어느 날 다음과 같이 묻고 말았다.

"리겔. 저, 아버지 많이 닮았어요?"

말을 꺼내놓고 아차, 싶었다. 괜히 꺼낸 이 말이 리겔의 기억의 상자를 잘못 건드려서 괜한 아픈 상처를 상기시킬지도 모른다는 생각이 들었다. 그러나 괜한 걱정이었다.

애초부터 리겔의 정신은 수련이 생각하는 그것을 훨씬 초월해 있었다. 영원을 가진 인간은, 인간이 아니다.

"그래."

리겔은 미소도 짓지 않고 말했으나 말투에는 온기가 묻어 있었다. 마이크로미터로도 측정할 수 없을 만큼 긴밀한 변화였지만 수련은 이제 그것을 알 수 있었다.

"사실 저, 이젠 아버지에 대한 기억이 많이 남아 있지 않아요."

문득 그런 이야기가 하고 싶어졌다. 분노가 깊게 희석되고, 자신이 모르는 아버지에 관한 이야기를 들을수록, 수련은 자기 자신과의 괴리를 느꼈다. 세상에는 그가 모르는 아버지가 너무나 많았다. 한심하고 또 한심하다.

"한심한 일이죠. 자식이란 놈이……."

수련은 고개를 숙였다. 그는 아버지가 살아 있는 동안 아버지가 무슨 일을 하는지조차 알지 못했다. 그런데 이제 와서, 그것도 그가 죽은 뒤에야 살아 있던 시절의 그를 알아가고 있다. 대체 지금껏 자신은 뭘 했단 말인가.

문득 머리에 닿는 텁텁한 감촉에 수련은 놀라 고개를 들었다.

"당연한 거다. 그건, 인간이니까."

리겔의 커다란 왼손이 그의 머리를 덮고 있었다. 문득 뭉클함이 가슴을 가득 메웠다.

"축복받은 거지."

인간이 뭔가를 망각한다는 것은, 살아가기 위해 필수적인 것이다. 인간에겐 평생 그 순간의 상처를 짊어지고 살아갈 수 있을 만큼 강인한 정신이 존재하지 않는다.

수련은 리겔의 눈을 들여다보고 있었다. 그 창백한 동공은 수백 년의 시간 동안 침잠하고 또 침잠하여 스스로를 갈무리할 수 있게 되었다.

"제가 보기엔……."

아무것도 잊지 못하는 진령. 아무것도 잊지 않기에 기억 속에서 끊임없이 과거의 순간을 생생하게 불러올 수 있는 진령.

가상생명체로서의 자아를 가장 먼저 확립했던 리겔. 리메인더의 다른 진령들이 현실로 돌아가기를 원할 때, 홀로 이 세계에 남기를 택한 남자. 살아 있는 대신 존재하는 것을 택한 자…….

"오히려 당신이 제 아버지를 닮았어요."

그래서 세상에서 가장 고귀한 진령인 리겔.

"그래서 당신이랑 있으면 꼭… 아버지랑 있는 것 같아요."

리겔은 흠칫 어깨를 떨었다. 수련에게 속마음을 읽혔다는 것을 인정하고 싶지 않은 떨림인지, 아니면 그 말이 리겔이 애써 감추고 있던 자신의 이성(理性)에게 들키지 않기 위해 교묘하게 감춰두었던 기억의 자락을 건드렸기 때문인지는 알 수 없었다. 아마 그때도, 지금과 같은 밤하늘이었을 것이다. 수련은 어둠이 몰려오는 하늘을 바라보며 그렇게 생각했다. 드문드문 별이 떠 있고, 아버지와 아들은 가만히 고개를 들어 고독한 늑대별을 찾는다. 기억은 윤색된다. 하지만 윤색되어도 상관없다고 생각했다.

인간이 인간을 기억하는 방식은 애초에 그럴 수밖에 없다.

"그래?"

복잡함이 담긴 음색이다. 수련의 말속에서 진심을 느꼈기 때문일까. 짓궂게 자리에서 일어나 리겔의 얼굴을 훔쳐볼 수도 있었지만, 그것은 예의가 아니라는 생각이 들었다.

리겔은 자신의 아버지를 닮았다. 그게 정말 자신의 아버지인지, 아니면 자신이 아버지라고 믿고 있는 어떤 다른 관념인지는 알 수 없었으나, 분명 리겔은 자신의 아버지를 닮았다.

그 근원을 알 수 없는 외로움도, 그 고고한 눈빛도. 어떤 공포 앞에서도 조금도 움츠러들지 않는 기상도.

"난 네 아버지를 동경했었지."

씁쓸함과 기쁨이 공존하는 그 문장 속에서 수련은 기이하게 가슴이 벅차올라 숨이 막혔다. 과연 자신의 말은 이 존재에게 칭찬이었을까, 아니면…….

"리겔."

아니면, 저주였을까.

"베가를, 좋아하죠?"

수련은 결국 그 질문을 꺼내고 말았다.

리타르단도는 리겔이 '목적'을 위해 영원을 건너왔다고 했다. 하지만 다른 이들에 비해 리겔의 그것은 너무나 나약해 보인다. 과연 인간으로 태어나 인간으로 존재하여, 인간을 초월한 자가 그런 유약한 버팀목을 통해 영원을 견뎌낼 수 있었을까?

수련은 그럴 수 없다고 생각했다.

리겔은 주춤거렸다. 피할 수 없는 궁지에 몰린 고양이처럼 부르르 몸을 떨었다. 수련은 가만히 그의 손을 쥐어주었다.

"나는······."

분명 다른 이유가 있었을 것이라고 생각했다. 리타르단도도, 베가도, 다른 진령들도 알지 못했던 리겔만의 이유가. 스스로를 깊이 침잠시켜 그 스스로조차 숨겨왔던 그만의 이유가.

전혀 다른 사람인 리겔이 시리우스를 닮아야만 했던 이유가.

"조만간 베가한테 말해요. 그녀를 좋아한다고."

수련은 손에 힘을 주며 또박또박 말했다.

"당신은 시리우스가 아니라고."

커다란 짐 하나가 어깨에서 사라진다. 하나의 절대가 무너지고, 그 자리를 신념이 메운다. 리겔은 수련의 손을 뿌리치며 자리에서 일어났다.

그리고 조금의 흔들림도 없는 평소의 냉엄한 목소리로 말했다.

"그 건방짐도 네 아버지를 닮았다."

황혼이 완전히 사그라진 밤하늘은 깊고, 깨끗하고, 또 맑았다. 수련은 희미하게 미소 지었다.

# EPISODE 028

## Blindness

　폐쇄 공간이라 이름 붙여야 적절할 법한, 그런 협소한 방이었다. 오로지 어둠으로 가득 찬 공간. 빛이 존재하지 않기에 어둠이라고도 부를 수 없을 그 이물(異物)은 그 작은 방 속에서 규칙적으로 숨소리를 내고 있었다.

　삐걱거리며 문의 틈새로 옅은 불빛이 흘러들었다. 흑진주 같은 시커먼 눈동자가 칠흑 사이로 떠오른다. 그 눈동자는 마치 블랙홀처럼 모든 빛을 빨아들이고 있다.

　이윽고 그 눈동자가 감당할 수 없을 만큼 강한 빛무리가 방안을 채워 나갔다. 어둠의 채도가 옅어져 가며 남자의 윤곽이 그대로 드러났다. 남자는 하체에 수건 한 장만을 두른 채 어둠 속에서 십자 형태의 검을 움켜쥐고 있었다.

　"프로키온."

타오르는 붉은빛의 머리카락. 문밖에 등장한 사람은 불꽃의 카펠라였다. 그는 오른손으로 작은 불꽃을 만들어 프로키온의 어둠을 은은히 밝히고 있었다.

프로키온의 온몸에는 자해로 인한 상처만이 그득했다. 허벅지와 등을 길게 가로지르는 상흔. 깊게 파고들어 흉터로 남은 자잘한 생채기들이 암흑 계통 능력을 사용한다고는 믿을 수 없을 만큼 하얀 피부 위에 각인처럼 수놓아져 있었다.

"아직도 버릇을 못 고친 모양인데…… 그래 봐야 상처 입는 건 네 영혼뿐이다."

그 말에 프로키온이 천천히 눈을 들었다. 그 깊은 동공과 마주친 카펠라는 자신이 무력에서 상대를 앞서 있다는 사실을 알면서도 순간 움찔했다. 프로키온의 눈동자에는 홍채가 존재하지 않았다.

'언제 봐도 익숙해지지 않는 눈이야.'

카펠라는 불쾌한 표정으로 미간을 찌푸렸다.

가만히 카펠라를 올려다보는 프로키온의 그 서슴없는 시선은 마치 이렇게 말하고 있는 것 같았다. 우리에게, 영혼이란 게 존재하기는 하는가?

"무슨 일이지."

물음표가 붙어야 할 부분에, 물음표가 붙어 있지 않았다. 고저없는 목소리의 표본 같은 음성이다. 때로 시각은 청각마저 현혹시킨다. 완전한 어둠에 동화된 사내를 정신없이 바라보던 카펠라는 잠시 후에야 정신을 차렸다.

"베텔기우스의 호출이다."

카펠라는 그렇게 말하고 바로 돌아섰다. 프로키온과는 그다지 친하지 않다. 아니, 프로키온과 친한 진령이 있기나 할까?

그 생각을 떠올린 순간, 머릿속을 스쳐 가는 이름이 있었다. 프로키온의 목소리가 들려온다.

"언제부터 베텔기우스가 우리들의 대장이 됐지?"

대장. 그래, 녀석이 있었지.

"우리들의 대장?"

카펠라는 유쾌한 농담이라도 들은 것처럼 피식거렸다. 그리고는 한껏 비웃음을 담아 다음과 같이 말했다.

"우리들의 대장은 이미 오래전에 죽었지."


테이블의 좌중은 침묵하고 있었다. 좌중이라 해봐야 사실 세 명밖에 안 되었지만, 그 세 명의 기도는 충분히 수만의 그것을 능가하고도 남을 법했다.

"계약은 끝났다."

침묵을 깬 것은 카펠라였다.

신민호를 보지 못한 지도 벌써 한 달이 지났다. 베텔기우스를 통해 명령은 꾸준히 전달받고 있지만, 그에 응해줄 기분도 아니었다. 처음 세계가 단절됐을 때는 일시적인 것이리라 생각했다.

신민호는 분명히 세계를 지배하겠다고 말했다. 세계를 지배하려는 녀석이, 그래서 평등한 세계를 만들겠다는 녀석이 단절된 세계 속에 갇혀 있을 리가 없다. 그러나 그것은 오산이었다.

신민호가 지배하려는 그 세계가 설마 론도일 줄이야…….

"우리가 계속 녀석을 도와야 할 이유는 없어."

"그게 너희들을 이 자리에 부른 이유다."

베텔기우스는 테이블의 초에 약한 불을 붙이며 말했다. 밝은 빛을 싫어하는 프로키온을 위한 배려였다.

"날 도와다오."

'주군을 도와다오'가 아니었다. 주어가 바뀌어 있었다. 베텔기우스는 주군이 아닌 '자신'을 도와달라고 부탁했다. 카펠라는 오랜 친구의 부탁 앞에서 한참이나 침묵을 지켰다.

프로키온은 공허하지만 흔들림없는 시선으로 테이블 위를 바라보고 있었다. 촛불의 불빛이 미세하게 흔들렸다.

"전부터 네놈 새끼는 이해가 가질 않았다."

카펠라의 한숨 같은 목소리가 다시금 정적을 부순다. 뒤틀린 조소가 입가에 박혀 있다. 광기가 꿈틀거리는 눈동자. 그래서 더욱 정상적으로 보이는, 그렇기에 더욱 비정상적인……

"지금 우리의 대장은 누구지?"

카펠라의 분노를 제지한 것은 프로키온이었다. 대장은 누구지? 그 짧은 질문은 카펠라의 폭주를 막고, 베텔기우스의 심장을 찌른다.

"대장."

카펠라는 가라앉은 심장으로 그렇게 말했다. 대장, 그들의 대장은 누구인가? 공허를 공허라 이름 붙이는 것은 잘못되었다. 지금 그들은 그 공허가 지칭하는 공허 이상의 공허를 느끼고 있었다.

"우리의 대장은 주군이다."

베텔기우스는 또렷한 음색으로 말했다. 스스로에게 확신을 가져다주는, 그래서 다른 진령들에게도 확신을 가져다줄 거라고 착각한 목소리였다.

"너의 주군이겠지."

프로키온이 말했다. 그 말에 베텔기우스의 눈동자에서 동요가 피어오른다. 뜻밖의 기습에 이어 카펠라가 못을 박는다.

"대장은 죽었다. 정신 차려, 베텔기우스."

외면하고 있는 무의식의 바다에서 잊혀진 얼굴이 차츰 떠오른다.

"아크룩스 녀석만 좋게 됐군."

카펠라의 투덜거림이 방 안을 맴돌았다. 누구도 말을 꺼내지 않았으나, 모두가 같은 사람을 떠올리고 있다. 베텔기우스는 입술을 깨물며 짓씹듯 말했다.

"이제 내 대장은 주군이다. 그리고 우리의 대장도……."

"병신 같은 놈."

분노가 다시 공기에 스며든다. 팽팽하게 당겨진 분위기는 당장이라도 발화해 버릴 것처럼 아찔하다.

"네놈은 그저 대장을 대체할 사람이 필요한 것뿐이야."

말하지 않아도 잘 알고 있었다.

베텔기우스는 8인의 진령 중에서도 가장 시리우스를 충실하게 따르던 인물 중의 하나였다. 누구도 그의 변절을 예상하지 못했다. 그런 그가 신민호의 가장 충실한 심복이 될 것이라고는…….

영원을 가진 인간은 자신을 대신해 그 두려움을 감당해 줄 신이 필요했다. 절대를 가진 신이. 절대를 가져야만 하는 신이.

"그래서 날 돕지 않겠다는 말인가?"

베텔기우스는 고개를 숙인 채 중얼거리듯 물었다. 대답은 이미 정해진 것처럼 보였다. 침묵이 긍정하고, 대기가 긍정하고, 모든 상황이 긍정한다. 그러나 카펠라는 긍정하지 않았다.

"아니, 돕겠다."

인간이 영원을 견디기 위해서는, 인간이 아니어야 한다. 카펠라는 그 끔찍한 세월 동안 끊임없이 자문해 왔다. 그래서 나는 인간이 아닌가? 나는 인간인가? 아니면…… 인간이고 싶은가?

"난, 우아하게 미친놈이거든."

그 말에 베텔기우스는 피식 웃고 말았다. 전부터 카펠라는 그랬다. 아니, 정확히는 '그때부터', 지금까지 쭉 그랬다. 인간도 신도 되지 못한 그 '존재'는 광기로서 그 대답을 회피했다.

"너는 어떡할 거냐, 프로키온?"

카펠라는 약간은 측은한 시선으로 프로키온을 바라보았다. 8인의 진령 중 가장 말이 없는 진령을 꼽으라면, 그것은 단연 프로키온일 것이다. 그는 스스로의 존재를 자각하기 위해 자해를 하는 것이라 말했지만, 카펠라는 그렇게 생각하지 않았다. 그의 자해는 분명 시리우스에 대한 죄책감에 기인하고 있을 것이다.

"누구도 너에게 강요하진 않는다."

프로키온은 묵묵히 촛불의 흔들림을 관찰하고 있었다. 당장이라도 꺼져 버릴 것만 같은 그것은 마치 자신은 영혼을 가진 생명체라고 주장하기라도 하려는 듯이 온몸을 다해 불타 오른다.

그러나 촛농이 흐르고, 암흑의 밀도가 짙어갈수록 촛불의 생명력은 그 빛을 잃어간다. 이윽고 촛불은 꺼진다.

색조 없는 암흑이 내려앉은 가운데, 프로키온의 저음이 들려왔다.

"돕겠다."

＊　　　＊　　　＊

이른 아침, 병원의 공기는 어쩐지 눅눅했다. 마치 단체로 가습기를 세게 틀어놓기라도 한 것처럼…… 새벽에 비가 온 탓일까.

"나 왔어."

희경은 대답하지 않는 소녀의 손을 가만히 쥐어주며 말했다. 수연은 여전히 잠들어 있었다. 뇌에 이상이 있는 것은 아니라는데도 이렇게 오래 잠들어 있는 것을 보면, 어쩌면 정신적인 문제일지도 모른다는 생각이 들었다.

아니면 영적인 문제일까? 무당이라도 불러와야 하나?

희경은 실없는 생각을 하며 보스턴백에서 문고본을 꺼내 들었다. 그가 사라진 지는 이제 겨우 이틀째인데 오랜 시간이 지난 것만 같은 심경이 되었다.

경첩 소리가 들려온 곳에서 남자가 절뚝거리며 걸어 들어왔다. 맞은편 침대의 주인이었다. 벌써 돌아다니는 것을 보면 많이 나아진 모양이었다. 남자의 이름이 희미하게 머릿속에 떠올랐다. 진곤…… 배진곤이었나?

누군가가 그의 병원비를 대줬다는 것을 보면 분명 인근 친척은 있는 모양이었다. 그러나 희경은 그 '가상의 친척'과 단 한 번도 조우하지 못했다. 가족들과 사이가 나쁜 것일까? 알 수 없다.

버릇처럼 리모컨의 전원을 누르자 기다리고 있었다는 듯이 론도 관련 방송이 나왔다. 수만에 이르는 게이머들이 단체로 의식을 잃은 사고가 벌어진 후, 일부 공영방송과 케이블에서는 매 시간마다 피해자의 명단과 프로필, 사진 등을 브라운관에 내보내고 있었다.

문득 익숙한 이름과 사진이 나타난 것은 그때였다.

"성하늘?"

프로게이머 성하늘이 틀림없다. 희경은 화면에 몇 초간 나타난 여인의 사진을 보며 확신했다. 이름과 나이가 뜨는 순간 확신은 사실로 굳어진다. 성하늘도 론도를 하고 있었던 건가.

이상하게도 배신감 같은 것이 고였다. 아무런 이유도 근거도 없는, 그런 여자의 육감.

수련의 이름은 아직 나타나지 않았으나 지금까지 그에게서 아무런 연락도 없는 것으로 미루어봐서는 아마 수련 또한 의식 불명 상태일 것이다. 게임 속에서 무슨 일인가가 벌어지고 있고, 그 중심에 수련이 있는 것이다. 희경은 그렇게 생각했다.

최후의 두려움이 그녀의 발목을 잡았기에, 차마 수련의 생사를 확인할 수는 없었다. 그녀가 할 수 있었던 일은 수련의 집에 119를 불러주는 것이었고, 그다음에 할 수 있는 일은 그가 무사히 돌아오기를 간절히 기도하는 일이었다.

"아!"

불현듯 단말마의 신음 소리가 흘러나왔다. 희경이 아니라, 진곤이라는 남자의 입에서 나온 음성이었다.

남자는 멍하니 입을 벌린 채 브라운관 화면을 바라보고 있었다. 남자가 입을 연 것을 처음 본 희경은 남자를 일별하고는 브라운관 쪽을 흘끗 바라보았다.

선명한 아름다움을 가진 여자의 얼굴이 투영되고 있었다. 여자의 이름인 듯, 신혜영이라는 세 글자가 그녀의 사진 밑을 따라다녔다.

"아⋯⋯."

남자는 화면이 바뀐 뒤에도 멍하니 입을 벌린 채 정신을 차리지 못했다. 희경은 처음으로 용기를 냈다.

"아는 사람이에요?"

남자는 듣지 못한 듯 넋이 나간 사람처럼 침대 위에 걸터앉아 있었다. 입술이 파르르 떨리고 있다. 간호사를 부를까, 하고 생각하다가 다시 한 번 질문을 던졌다.

"아는 사람이에요?"

"네, 아뇨⋯⋯."

남자는 화들짝 놀라며 대답했다. 굉장히 당황한 것 같았다. 희경은 괜한 미안함을 느끼며 쓴웃음을 지었다. 괜히 말했나. 시선을 다시 문고본으로 옮긴다.

희경이 시선을 돌린 뒤에도 진곤은 한참 동안이나 브라운관을 바라보고 있었다. 그리고는 들릴 듯 말 듯한 소리로, 다음과 같이 중얼거렸다.

"⋯이유는 모르겠지만, 몹시 그리운 듯한 느낌이 들었어요."

　　　　　*　　　　　*　　　　　*

"녀석들의 준동이 심상치 않아."

베가의 표정은 좋지 않았다.

카이저 소제의 길드 연합이 리메인더 측으로 흡수되었다는 소식이 전해진 후, 얼마 지나지 않아 브룸바르트의 리메인더들이 점차 기존의 영토를 확장시켜 가고 있다는 보고가 들어왔다.

일부는 이모탈 랜드 쪽으로, 일부는 서부로. 베가의 심기를 거스른 것은 이모탈 랜드 쪽으로 움직이고 있는 병력들이었다. 물론 괜한 망상일 수도 있다.

"물밑 작업이 끝났다는 건가."

테이블의 반대쪽에서는 리겔이 침음하고 있었다. 최근 리타르단도는 몸이 부쩍 약해져서 그는 좀처럼 시간의 방에서 나오지 못하고 있었다. 리타르단도와의 협의 없이 결정해야 한다.

"도움을 요청해야겠어."

피스 혼자의 힘으로 리메인더의 세력에 대항하는 것은 무리다. 꾸준히 새로운 인구가 유입되고 있지만, 언제인가부터 리메인더와 피스가 적대 관계라는 소문이 나돌면서 이탈자들도 생겨났다.

누구도 죽음과 대면해 싸우고 싶은 생각은 없다. 피스에 몸을 투신한 유저들은 모두 살기 위해 찾아왔다.

그러나 피스가 할 수 있는 일은 그들을 죽음으로 내모는 것뿐. 베가는 미간을 짚은 채 골똘히 생각에 잠겼다.

사실 이미 지원 요청에 대한 협의는 끝나 있었다. 어차피 도움을 요청할 곳도 극히 한정되어 있었으니까. 문제는 그들이 그 요청을 승낙할 것인가, 그리고 누가 갈 것인가였다.

"내가 가지."

"아니. 넌 안 돼, 리겔."

베가가 단호히 고개를 저었다. 이제 피스에 남은 진령은 둘뿐이고, 그중의 하나는 외팔이다. 이 중요한 상황에서 더 이상의 중요 전력이 흩어져서는 안 된다.

그렇다고 해서 제롬, 성하늘, 나훈영 같은 옵서버들을 보낼 수도 없었다. 그들을 파견한다면 분명 성공률은 높을지도 모른다. 하지만 옵서버들은 네임리스들을 통솔하는 데에 있어서 매우 능숙하고 불미스러운 일이 발생할 시에 진령들 다음으로 큰 전력이 되는 자들이었다.

"그들을 보내는 건 어떻겠습니까?"

이야기를 꺼낸 것은 제롬이었다. 아무런 설명도 붙어 있지 않은 불특정 대명사. 그러나 그 말이 나오는 순간, 그곳에 있는 모두는 같은 생각을 떠올리고 말았다.

성하늘이 반론을 펼쳤다.

"안 돼요. 그들은……."

"그들도 이제 강해졌습니다."

그렇다고 해서 이런 일에 어중간한 수준의 네임리스를 보낼 수는 없다. 네임리스들 이상의 전투력을 가지고 있어야 하고, 옵서버 수준의 역할을 수행할 수 있는 자여야 한다.

"그동안 병정들과도 많이 친해졌고, 이제 웬만한 네임리스들과 대결해서 승리할 수도 있게 되었습니다. 그들이라면……."

도움을 청하러 가는 쪽은 유저의 집단. 그렇다면 같은 처지에 놓인 유저가 부탁하면 더 호소력이 짙을지도 모른다. 베가는 그 불균일한 흐름 속에서 어렵사리 고개를 끄덕였다.

"부탁해 보자."


"네? 사절단이 되어달라고요?"

베로스는 어쩐지 기겁한 목소리로 되물었다. 그러나 그 문장에 어떤 감정을 싣든 그 상황이 조금이라도 변하는 것은 아니었다.

"그래."

베가가 미안한 표정으로 대답했다. 베로스의 옆에 서 있던 네르메스도 당혹스러운 표정이었다.

마치 베가의 진의를 확인하려는 것처럼 그녀의 눈동자를 가만히 들여다보던 베로스는 날카로운 눈빛으로 물었다.

"호위 병력은 얼마나 되죠?"

"네임리스 넷."

초라한 숫자다. 네임리스 넷의 전투력이 결코 약하다고는 할 수 없고, 여기에서 지칭하는 네임리스는 전투로 단련된 네임리스를 말하는 것이겠지만, 그럼에도 이 일은 너무나 위험했다.

"가겠어요."

이번에도 먼저 대답한 것은 네르메스였다. 그 죽일 놈의 죄책감. 베로스가 골을 짚는 동안 베가는 네르메스의 손을 꼭 붙잡고 감사의 인사를 표했다. 네르메스가 가면 베로스도 갈 수밖에 없다는 것은 기정사실이다.

"잠깐만요, 네임리스들을 제외하면 우리만 가는 건가요?"

다시 고개를 든 베로스는, 뭔가를 놓친 듯한 얼굴로 말했다. 중요한 것이 빠진 듯한 기분이 든다. 베가는 당연하게도 고개를 저었다. 고개를 저었어? 그렇다면?

베가는 천천히 손가락을 들어 한쪽을 가리켰다. 그리고 혹시나 했던 희망이 당연한 절망으로 뒤바뀌었다.

"…루피온."

그곳에는 나훈영의 설명을 열심히 듣고 있는 루피온이 있었다.


"그렇게 된 거야."

베로스는 머쓱한 얼굴로 그렇게 말했다. 그의 뒤에는 루피온과 네르메스, 그리고 네 명의 네임리스들이 서 있었다. 그리고 그의 정면에는,

"괜찮겠어?"

수련과 세피로아가 걱정스러운 얼굴로 서 있었다. 베로스들은 자신의 의사와는 관계없이 이 일에 말려든 케이스다. 그런데 그런 그들이 피스를 돕기 위해 움직인다…….

"꼭 피스를 위해서는 아니야."

베로스는 고개를 저으며 말했다. 세피로아가 짓궂게 물었다.

"그럼, 네르메스를 위해서?"

졸지에 얼굴이 새빨개진 베로스는 네르메스의 눈치를 보며 어색하게 웃더니, 다음과 같이 덧붙였다.

"정확히는 우리가 살기 위해서지."

네 명의 네임리스와 세 명의 유저. 피스의 운명을 안고 떠나는 7인의 사절단. 수련은 출발 직전, 루피온을 붙잡았다.

"루피온, 잠깐만."

의아한 얼굴로 고개를 돌리는 루피온을 향해 수련은 자신의 목에 걸려 있던 뭔가를 풀어서 쥐어주었다.

"가지고 가면 도움이 될 거야."

얼떨결에 목걸이를 건네받은 루피온이 어리둥절하여 입술을 삐죽거리는 사이, 세피로아가 입을 열었다.

"뭘 건네준 거야?"

"그냥, 도움이 될 만한 거."

순간 세피로아의 얼굴에 발끈한 뭔가가 스친다.

"루피온, 내가 가르쳐 준 건 다 적었지?"

"응."

그 말에 루피온이 고개를 번쩍 치켜들며 충실한 학생 같은 눈빛을 빛냈다.

"그럼 됐어."

이번에는 수련이 물었다.

"무슨 소리야?"

세피로아는 악동처럼 웃으며 다음과 같이 말했다.

"그냥, 도움이 될 만한 거."

\*　　　\*　　　\*

사절단이 떠난 후, 수련은 오로지 훈련에만 모든 정신을 집중시켰다. 그에겐 힘이 필요했다. 신민호를 꺾을 힘이 필요했다.

그러나 그 힘에는 정작 목적성이 결여되어 있었다. 그 때문에 수련은 자주 난처한 상황에 처했다. 그는 자신의 정당성을 주장할 수 없었다.

이 세상은 어쩌면 신민호가 바라는 대로 흘러가는 것이 더 나을지도 모른다는, 그런 생각마저 가끔씩 뇌리를 스치곤 했다.

"뭘 그렇게 생각해?"

혼자서 쓸쓸히 모포를 덮고 나무둥치에 앉아 있으면 그렇게 세피로아가 슬며시 접근해서 옆에 기대어 앉곤 했다. 언제부터 이렇게 가까워진 것일까. 이럴 때면 늘 이지너스와 지아의 얼굴이 잔상처럼 스쳐 지나간다. 뒤늦은 죄책감이 밀려온다. 이 상황은 어딘가 공정하지 않다.

"내가 어떻게 피스에 들어오게 됐는지 아직 안 말해줬지?"

세피로아는 넌지시 말문을 열었다. 수련의 대답이 들어갈 틈도 없이 그녀의 말이 바로 이어졌다.

"처음, 그 애의 죽음을 뒤로하고……."

"잠깐만."

수련은 간결한 어휘로 그녀의 말을 끊고는 재빨리 물었다.

"너, 괜찮아?"

"바보, 이럴 때는 묻지 말고 그냥 들어주는 거야."

세피로아가 희미하게 웃으며 덧붙였다.

"그런 세심한 부분이 네 매력이기도 하지만."

"뭐?"

"아니, 못 들었으면 됐어."

세피로아는 어색한 정적이 들어차기 전에, 재빨리 말을 이어갔다. 돔의 틈새로 흘러들어 온 싱그러운 밤바람이 세피로아의 머리카락을 나부꼈다. 깊은 체취가 코를 자극하자, 괜히 들뜬 기분이 된다.

"그 애가 죽고 나서 멍하니 거리를 쏘다녔어. 정말 압도적인 슬픔과 직면하면 전혀 슬픔이 느껴지지 않는다더니…… 꼭 그 꼴이었지. 그렇게 이리저리 쏘다니다가 내가 마침내 도착한 곳은……."

큐브 방.

세피로아는 거침없이 그 안으로 들어갔다. 그리고 아무 자리나 후불을 예약하고, 정신없이 게임을 시작했다. 바깥에서 강제 호출이 들어오든 말든, 세피로아는 그 요구에 응하지 않고 계속해서 게임을 즐겼다. 큐브는 구조상 사용자의 의식이 깨어 있는 한 바깥에서 강제로 사용자를 사출할 수 없게 제조되어 있었다. 물론 레볼루셔니스트 자사의 직원이 직접 파견된다면 이야기는 달라진다.

—어서 밖으로 나와요! 아니면 회사직원을 부를 거야!

말하지 마. 부르지 마. 날 꺼내지 마…….

세피로아는 끊임없이 내부로 도망쳤다. 이제 현실은 그녀에게 있어 그다지 중요하지 않았다. 도망치고, 또 도망치고…….

직원이 오기 전에 어떻게든 승부를 봐야 한다. 세피로아는 필사적으로 제롬을 찾았다. 제롬은 분명 그녀가 이 세계 속에 남아 있을 수 있도록 도와줄 수 있을 것이다. 그때의 세피로아는 제롬의 정체를 이미 알고 있었다.

그러나 마침내 마주친 제롬은 대뜸 화부터 냈다.

"바보 같은! 무슨 생각이야!"

미친 사람을 보는 눈길. 세피로아는 그 눈빛을 강하게 부정하며 마음으로 호소했다. 나를 당신과 똑같이 만들어줘. 난 당신이 유저가 아니라는 사실을 알고 있어. 더 이상 현실에서 살아가고 싶지 않아. 제발……!

―게임 시간으로 10분 드리겠습니다. 그 안에 나오지 않으면 강제종료시키겠습니다.

결국 직원이 나타났다. 그녀는 이제 끝났다는 것을 깨달았다.

세상에 도피처는 없다. 어디로도 도망칠 수 없다. 달리고, 달리고, 그렇게 달려도 현실은 집요한 그림자처럼 뒤를 쫓아온다. 그리고 마침내는 그녀를 삼켜 버릴 것이다.

그때, 금발의 남자가 나타났다. 황금빛의 삐죽삐죽한 번개 머리를 한 그 남자는 무심한 눈길에 걸맞은 무심한 말을 던졌다.

"곧 죽을 사람의 얼굴을 하고 있군."

이제 5분밖에 안 남았어. 세피로아는 입술을 깨물며 말했다.

"그래, 죽고 싶어. 그걸로 속죄할 수 있다면."

"속죄?"

남자의 표정에 순간적으로 야릇한 조소 같은 것이 떠올랐다

가 이내 흔적도 없이 사라진다. 4분, 3분, 2분, 1분…… 절망감
이 최고조에 이르렀을 때, 마침내 리겔이 입을 열었다.

"속죄라면 그것보다 더한 게 있는데."

"더한 것?"

"죽지도 살지도 못하게 되는 것은 어때?"

"뭐?"

"그거라면, 만족하겠나?"

고개를 끄덕임과 동시에 그녀는, 세피로아는 이 세계의 주민
이 되었다. 그리고 피스의 일원이 되었다.


"수련, 영혼을 믿어?"

"……."

"…졸고 있지?"

그녀의 이야기에 몽롱해져 있던 의식이 한순간 맑게 개었다.
수련은 조는 학생을 노려보는 세피로아의 시선을 맞아 빙그레
웃어주었다.

"영혼으로 이어져 있다, 같은 말?"

세피로아가 애환 섞인 미소를 지었다. 제법 낭만적인 소리를
하는데? 세피로아는 조용히 말을 이어갔다.

"문득 그런 생각이 들었어. 우리에게 영혼이 없다면 어떨까,
하고. 난 사실 어릴 적부터 영혼을 믿었거든. 세상 어딘가에는
초월적인 존재가 있고, 영혼이 있고……."

수련은 자신의 어린 시절을 떠올렸다. 그는 늘 밤이 무서웠
다. 한순간이라도 눈을 감으면 그 새카만 어둠 속에서 무엇인가

가 자신을 노려보고 있을 것만 같은 생각이 들곤 했다. 세피로아의 나긋나긋한 목소리가 들려온다.

"귀신이나 무당 같은 걸 볼 때면 괜히 그런…… 혹시나 하는 희망 같은 것이 샘솟곤 했어. 귀신이 있다는 건, 어쩌면 우리 영혼이 존재한다는 것의 반증인지도 모르잖아. 그럼 우리는 맘 놓고 편하게 죽을 수 있는 거고."

분명 내가 자는 동안 뭔가가 나를 습격해 올 거야. 어릴 적의 수련은 그런 식의 망상에 자주 시달리곤 했다. 그래서 속으로 열심히 주문을 외웠다. 내 주변에는 절대적인 방어막이 있어. 절대적인 방어막, 절대적인 방어막. 이것은 내 의식이 없는 동안에도 나를 지켜줄 거야…….

"리젤의 설명을 듣고 나서 너무 허무했어. 이런 건…… 우리 영혼이 고작 데이터라니. 영혼의 무게가 7그램이니 11그램이니 어쩌니 하는 말들도 모두 소용없게 되어버렸잖아. 듣고 있어?"

"아, 응."

수련은 겸연쩍게 웃었다.

"그렇게 웃지 말고."

"아, 응."

"아, 응. 그것밖에 몰라?"

"음."

수련은 씁쓸히 머리를 긁적였다. 하지만 그것 외에 달리 무슨 말을 할 수 있단 말인가? 생각하면 생각할수록 머리만 아파올 뿐이다. 수련은 지금 이 세상에 존재하는 자신이 정말 자신인지 알 수 없었다. 사실은 누군가가 교묘하게 '수련'이라는 존재를 만들었고, 그 외부에서 자신의 존재를 조작하고 있을지도 모른다는 생각도 들었다. 그가 이 세상에 존재하고 있다는 사실을 대체 누가 증명해 줄 수 있다는 말인가.

나는 정말 나인가?

"잘 모르겠어, 나는."

"바보, 생각 좀 하고 살아."

그저 싱긋 웃어 보인다. 세피로아는 그 미소가 얄미웠는지 대뜸 얼굴을 내밀고 수련의 눈을 노려보았다. 한 치의 흔들림도 없는, 깊게 가라앉은 호수 같은 눈동자.

별들이 담겨 있었다. 마치 유성혼처럼 희미하게 떠오른 그 아름다움은 세상 어떤 것도 감히 비유하지 못할 만큼 신비했다.

분명 아무것도 변하지 않았는데, 가슴이 둔탁하게 흔들렸다. 누군가가 심장을 쥐어짜고 있는 것처럼 호흡이 가빠졌다.

그리고 다음 순간, 수련은 자신의 입술에 느껴지는 따뜻하고 부드러운 감촉에 한순간 정신을 놓았다가 기겁하고 말았다. 어슴푸레한 달빛 속에 세피로아의 얼굴이 언뜻언뜻 비쳤다. 볼이 발그레한 것 같기도 하고, 아무 변화 없이 새하얀 것 같기도 하다. 대체, 어떻게……

"바보, 너…… 처음이지?"

수련은 얼굴을 붉힌 채 고개를 홱 돌렸다. 그리고는 작은 목소리로 물었다.

"…왜 키스했어?"

"왜 넌 피하지 않았는데?"

수련은 몇 번이나 입술을 우물거리다가 한숨 쉬듯 중얼거렸다.

"임자가 있는 여자가 그런 말을 해봤자……."

"임자 없다면?"

"…무슨 의미야?"

그 물음을 꺼내자마자 심장이 차갑게 가라앉았다. 본능적으로 깨닫는다. 이것은 역린(逆鱗)이다. 이지는 이미 죽지 않았던가. 수련은 자신의 입을 저주하며 세피로아의 옆모습을 흘끗거렸다.

종종 부엉이 울음소리가 들렸다. 이 상황에서 도망치고 싶었던 것인지 이성이 제멋대로 쓸데없는 상상을 시작한다. 저 동물들은 인간의 영혼으로 만들어진 것일까? 아니면…….

"그 언덕의 대답, 기억하니?"

그 언덕. 언덕이라는 단어는 수련에게 있어서 늘 페르비오노의 그곳을 상징했다. 지아와 헤어진 언덕, 세피로아와 헤어진 언덕, 제롬과 만난 언덕, 언덕, 언덕…….

그 언덕을 넘는 순간 이별이 태어났고, 또 다른 만남이 싹튼다. 익숙한 잔상이 스쳐 갔다. 세피로아와의 지난 이별. 세찬 바람 소리에 묻혀 듣지 못했던 그녀의 대답. 그때 자신은 대체 무슨 생각으로 그런 질문을 했던 것일까.

"이지보다 널 먼저 만났든 그렇지 않든 난 널 사랑했을 거야."

얼굴이 뜨거워서 미칠 것 같았다. 가슴속 깊은 곳에 묻혀 있던 죄악감이 물과 양분을 순식간에 빨아들여 자라나기 시작했다. 뿌리는 심장에 박혀 있다. 식물이 한 번 꿈틀거릴 때마다 심장이 부서질 것처럼 아파왔다. 작은 소녀가 망막을 스친다.

세상은 그에게 사랑을 허락하지 않는다.

세피로아는 천천히 수련의 어깨에 기댄 채, 모포를 바싹 끌어당겨 덮었다. 목만 빠끔히 내민 채 이야기를 시작한다. 방금 전까지 미칠 듯이 뛰던 심장이 그 나른한 음성 속에서 꿈결처럼 잦아들기 시작한다.

"나도 말이지, 가끔은 그런 꿈을 꾼다구. 남편의 품에 찰싹 안겨서 포근히 잠든 후 아침에 일어나서 식사를 준비하고, 아이들을 학교에 보내고, 오후 시간을 집에서 빈둥거리며 책을 읽고, 음악을 듣고, 목욕을 한 후 한숨 늘어지게 자는 거지. 일어나면 저녁. 장을 보고 저녁거리를 준비하고, 돌아온 남편을 맞이하고…… 그런 평범한 생활 말야."

"상상이 안 가는데."

"실은 나도 상상이 안 가."

세피로아는 배시시 웃어 보였다.

슬프다. 그런데 무엇이 슬픈지 알 수 없었다. 세상에는 그렇게, 알 수 없는 일들이 있다. 이 상황이 슬퍼서 슬픈 것인지, 슬프기 때문에 이 상황이 슬픈 것인지. 도무지 알 수 없을 때가 있다.

그럴 때는 그냥 슬퍼하면 된다. 그냥, 아무 생각 말고 그 슬픔에 집중하면 된다. 미친 듯이 울어버리면 된다.

수련은 간신히 입을 열었다.

"나도 가끔은 평범한 대학생이고 싶다는 생각을 했어. 게임을 하지 않고, 공부를 계속 했었다면…… 하지만 그랬다면⋯⋯."

"나를 만나지 못했겠지."

"그래."

수련은 웃고 있었으나, 실은 울고 있었다. 우리는 너무나 닮았다. 하지만 그렇게 닮았기에, 어쩌면 서로를 사랑할 수 없을지도 모른다. 그렇지만, 그래도⋯⋯.

"있지, 실은 아무것도 이어져 있지 않은데도, 단지 서로가 그렇게 믿는 것만으로 이어져 있다고 느낄 때가 있어."

눈물이 날 것 같다. 그러나 억지로 삼킨다. 밤의 포근함이 슬며시 둘 사이로 스며들어 깊은 졸음을 찬미한다. 수련은 깊이 물든 어둠 속에서 세피로아의 목소리를 들으며 조용히 눈을 감았다.

"⋯지금, 왠지 그런 것 같아."

*      *      *

사절단이 로드 플레인의 기슭에 도착한 것은 피스 지부를 떠난 지 정확히 일주일이 되는 새벽이었다.

"⋯정말 미칠 것 같은 거리인데."

"이럴 때는 차라리 감각이 없는 게 편할 것 같아."

네르메스의 푸념을 받은 베로스는 헉헉대며 옹기종기 깔려 있는 바윗돌 위에 쓰러지듯 주저앉았다. 평소에는 생각지도 않던 강행군이 7일 동안 계속되니 아주 죽을 맛이었다.

게임이 현실이 되었다. 한없이 추상적이던 그 문장이 그제야 현실감을 띤 채 온몸으로 스며든다. 흘러내린 땀방울을 훔친 베로스는 아직도 팔팔한 루피온의 모습을 바라보았다.

"으으, 졸려."

루피온은 늘어지게 하품을 하며 수첩을 펼쳤다. 그러더니 뭔가를 열심히 외우기 시작했다. 최근 들어 루피온은 자주 그런 모습을 보였다. 대체 뭘 적어둔 걸까?

베로스는 슬그머니 루피온의 뒤로 접근해서 수첩을 훔쳐보려 했다. 그러나 루피온의 머리 크기가 크기인지라 수첩의 내용은 좀처럼 보이질 않았다. 그의 인기척을 느낀 루피온이 팩 뒤돌아보며 수첩을 덮었다.

"어, 왜?"

"그건 뭐야?"

"비밀."

루피온이 개구쟁이처럼 웃으며 수첩을 뒤로 숨겼다. 비밀을 감춘 사람 특유의 제스처가 베로스의 호기심을 자극했으나, 눈을 반짝이는 루피온을 보자 괜히 궁금함을 드러내는 것은 왠지 지는 짓 같은 기분이 들어서 그냥 속으로 꾹 눌러 참고 말았다.

베로스가 관심을 끊자 루피온은 다시 수첩을 꺼내 들어 뭔가를 중얼거리기 시작했다. 개그 대본 같은 걸까? 아직 오디션도 안 본 녀석이 너무 앞서 가는군.

곁에는 네르메스가 침통한 표정으로 턱을 괴고 앉아 있었다. 지금 말을 거는 건 별로 좋지 못한 선택 같다. 그는 대신 옆에 앉아 쉬고 있는 네임리스들에게 말을 걸어보기로 했다.

"안 지루해요?"

호위로 따라온 네 명의 네임리스들 중 대장 격으로 보이는 한 남자가 천천히 베로스에게 시선을 맞추었다. 그러나 정작 눈이 마주치자 베로스는 그를 뭐라고 불러야 할지 몰라 당황하고 말았다.

　네임리스(Nameless). 그들은 이름이 없는 자들이다.

　"이곳에서는 나를 「병정」이라고 부르지."

　병정은 베로스를 도와주려는 듯 친절하게도 자신을 먼저 소개했다. 여기저기 흉측한 상처가 박혀 있는 얼굴과는 달리 따뜻한 목소리였다.

　"병정……."

　"당대의 시리우스는 나를 일호라고 부르더군."

　병정은 수련과 함께 마왕 이벤트에 참전하여 수련의 복수를 도왔던 일호였다.

　"뭐라고 부르든 그건 별로 중요하지 않아. 중요한 건 누군가가 나라는 존재를 찾고 있다는 거니까."

　누군가가 나라는 존재를 찾고 있다. 누군가가 나라는 존재를 필요로 한다. 마음이 울적하게 가라앉았다. 이들에게 있어서 삶의 목표는 대체 무엇일까. 이들은 무엇을 위해 피스를 돕는 것일까.

　"당신들은 무섭지 않나요?"

　뜻밖에도 그 말을 꺼낸 것은 네르메스였다. 그녀는 아직 자신의 공포를 완전히 몰아내지 못한 것처럼 보였다. 네르메스는 입술을 매만지며 자신없는 목소리로 말했다.

　"저는 사실, 일이 이렇게 커질 줄은 몰랐어요."

항상 드라마를 보면 그런 철없는 여검사가 등장하곤 한다. 강력계 사건을 맡고 싶어하고, 사소한 것 하나하나에 발끈하여 여성 차별이라 주장하고…… 네르메스는 마치 그런 드라마의 주연 배우라도 된 것 같은 기분이었다. 사춘기 시절로 돌아간 것만 같았다. 어른이 되고 싶어하고, 어른의 대우를 받기를 원하지만, 정작 어른의 책임은 짊어지기 싫어하고, 회피하려 하는…….

호기심의 대가는 그만큼 컸다.

"사실 의연한 척하고 있지만, 두려워요. 제가 이곳에 정말 존재하고 있는지에 대한 확신도 없고, 이곳에서 죽으면 정말로 죽는다는 사실도 받아들이기가 힘들어요. 그런데 당신들은……."

당신들은 어떻게 그동안 그런 공포 속에서 견뎌온 것이죠?

네르메스는 그렇게 묻고 있었다. 베로스는 할 수만 있다면 그녀의 말을 제지하고 싶었으나 안타깝게도 타이밍을 놓치고 말았다. 체념하는 순간 내부에서 묘한 자괴감이 솟아난다. 그 또한 그 답변을 듣고 싶어했던 것이다.

저 네임리스들의 상처를 헤집고, 또 헤집어서라도…… 베로스는 스스로의 이기심에 신물이 났다.

그녀의 이야기를 가만히 듣고 있던 병정이 천천히, 아주 천천히 입술을 뗐다. 모두의 시선이 그의 입술로 집중되었다.

"사실은 말이지."

단어 하나하나에서 진실이 묻어 나온다. 세상에 그 이상의 진실은 존재하지 않는다는 것처럼 절절함이 느껴진다.

"죽을 만큼 무서워."

죽을 만큼 무섭다. 재미있는 말이다. 죽기 때문에 무서운 것인데, 그 무서움 때문에 도리어 죽을 것 같은 기분을 느낀다니. 그러나 베로스는 그걸 이해할 수 있을 것 같았다.

베로스 또한 죽을 만큼 강렬한 공포를 느껴본 적이 있었던 것이다. 네르메스를 도와 피스를 만나기 직전, 그들과 조우했었던 암흑의 진령. 베로스는 암흑의 프로키온을 떠올리며 치를 떨었다.

다시는 조우하고 싶지 않은 상황이다.

"그런데 어떻게 그렇게 싸울 수 있는 건가요?"

네르메스는 피스를 지키기 위해 온몸을 던져 싸우는 네임리스들의 모습을 자주 봐왔다. 그리고 그럴 때마다 이들이 지키려는 것은 대체 무엇일까, 하는 생각했다. 피스를 지키기 위해서? 이상하게 그런 것은 아니라는 느낌이 든다. 이것은 단순한 충성심에서 비롯된 것이 아니다.

"우리 네임리스도 모두 같은 것은 아니야."

뜬금없게도 병정은 뜻밖의 말을 꺼냈다. 그리고는 손가락으로 다른 네임리스를 가리켰다.

"예를 들어서 저 녀석 같은 경우는."

피스 내부의 네임리스는 크게 두 종류로 나뉘어졌다. 세계의 단절 이후 '원래 현실에서의 기억'의 일부를 되찾아 원래의 현실로 돌아가고자 하는 네임리스와 이 세계를 자신의 세계로 받아들이는 네임리스.

병정이 가리킨 네임리스는 손끝을 파르르 떨고 있었다. 누가 봐도 그것은 닥쳐온 죽음에 대한 두려움을 느끼는 자의 경련이었다. 이곳이 원래의 자신이 있을 곳이 아니라는 사실을 깨달은 깊은 암담함이 서린 떨림이었다.

"저 녀석 같은 경우는 이걸 사용하지."

병정은 속주머니 속에서 작은 알약 하나를 꺼내 들었다. 액체 같은 것이 고도로 농축된 연질 캡슐형 알약이었다.

"그건……."

"인드림(Indream)."

그는 캡슐을 가볍게 흔들어 보였다. 투명한 껍질 안쪽으로 무채색의 액체가 그대로 찰랑거리는 것이 보였다.

"마약이지. 저런 녀석들은 이걸 하고 있어."

그것은 단순히 마약이라는 단어의 어감 때문이었을까. 섬뜩하고 차가운 뭔가가 뒷목 언저리를 스쳤다.

인드림. 그것은 순간적으로 온몸의 통증과 고통을 잊게 만들어주는 마약이었다. 즉, 그 약을 먹으면…….

"마치 게임을 하고 있는 것처럼 느끼게 되지."

이곳이 현실이라는 것을 직시하지 않아도 된다. 막대한 고통이 주는 두려움을 의식하지 않아도 된다. 하지만,

"그렇다고 죽음을 피할 수 있는 것은 아니지만."

그 약을 먹는다고 해서 죽지 않는 것은 아니다. 베로스는 떨리는 손으로 그의 손에서 알약을 건네받았다. 꿈을 꾸게 만드는 약. 고작 이런 알약 하나를 먹는다고 해서 공포를 잊을 수 있을까.

죽음이 주는 공포란 단순히 통증에서 비롯된 것이 아니다. 그것은 좀 더 본질적인 것이다. 자신의 존재가 지워진다는 것, 완

전한 이성의 소멸…… 우리는 살아 있기에 죽음을 두려워한다. 그러나 죽어버리면, 그런 「두려움」조차도 느끼지 못하게 된다. 두려움조차 느끼지 못한다는 그 가정(假定)이 너무나 두렵다.

"당신도…… 이 약을 먹나요?"

"왜 내가 그 약을 먹어야 하지?"

베로스의 말에 대뜸 고개를 치켜든 병정은 정말 의아한 듯한 목소리로 물었다. 곤혹스러운 물음이었다. 병정은 죽음이 두렵지 않다는 말인가?

그러나 다음 순간 베로스는 그 말의 의미를 깨닫고 말았다. 병정과 베로스 자신은 근본적으로 다르다.

"너희들에겐 이 세계가 게임일지 몰라도, 우리에게는……."

병정은 그 말을 하며 허리춤에서 단검을 뽑아 들어 수풀 사이로 던졌다. 유려한 직선을 그리며 날아간 단검은 이내 피육이 꿰뚫리는 음향과 함께 정지했다. 하얀 토끼 하나가 몸을 부르르 떨며 누워 있었다.

"…우리에게 이 세계는, 우리들의 전부다."

이 순간의 공포가, 이 순간의 두려움이 주는 공포조차 그들에게 있어서는 소중하다. 돌아갈 곳이 없다. 향수병에 시달리지도 않는다. 쪼개진 영혼인 네임리스들에게 있어서 살아가야 할 세계란 단 하나뿐이었다.

론도(Rondo).

이름 없는 병정은 스스로 자신의 존재를 증명하기 위해 싸우고 있었다. 자신의 세계를 지키기 위해 싸우고 있었다. 그가 있는 이 세계가 실재라는 것을 증명하기 위해, 그리고 그 자신이 그 실재 위에 존재하고 있다는 것을 말하기 위해.

"이번엔 내가 하나 물어봐도 되나?"

설마 네임리스 쪽에서 먼저 질문해 올 줄은 몰랐다. 베로스는 얼떨결에 고개를 끄덕였다. 일주일치의 놀람과 당황을 오늘 모두 몰아 겪는 기분이었다.

"바깥세상이란 곳에도 「신」이란 것이 존재하나?"

"존재할지도 모른다고, 믿는 사람들은 있어요."

왜 그런 질문을 하는지는 몰랐지만 베로스는 가능한 신중하게 답하고자 했다. 철저한 이성론자인 베로스는 신의 존재를 믿지 않았지만 그렇다고 신, 혹은 신령적인 어떤 것을 아예 무시하는 것은 아니었다. 심리학자 중에는 융처럼 신령적인 것을 믿는 사람도 있었으니까.

"그곳에도 천국과 지옥을 믿는 자들이 있나?"

천국과 지옥. 그리고 내세(來世). 사람들은 그것에 기대어 죽음에 대한 공포를 이겨내고자 한다. 죽음은 진짜 죽음이 아니야. 죽어도, 또 다른 세상이 있어…… 그런 식으로 영원을 갈구하고자 한다.

"베가님이 말씀하시길, 우리는 기억의 집합에 불과하다더군. 나라는 존재는…… 누군가의 기억이 쪼개진 덩어리라고. 0과 1로 이루어진 한낱 데이터에 불과하다고."

조금씩 말하고자 하는 것의 윤곽이 잡히기 시작한다. 그의 차갑고 무심한 목소리가 어떤 형태의 구조를 형성해 갈수록 모골이 송연해지기 시작했다.

"사람이 죽으면, 영혼은 천국 혹은 지옥으로 간다고 하지."

알고 있다. 하지만 인정하고 싶지 않았다. 의식적이든 무의식적이든, 자신은 이 네임리스들과는 다른 존재라고 믿고 싶었다. 하지만 대체 뭐가 다른 것인가. 만약 이 세상에서 나가지 못한다면 그들도, 자신도 같은 '존재'일 뿐이다. 그렇다면……

"그렇다면 기억이, 데이터가 소거된다면 대체 어디로 가는 것인가?"

베로스는 아무런 말도 해줄 수 없었다. 세계는 암흑이었다. 영혼은 없었다. 그리고 지금 이 세계의 신은…… 인간이었다.


며칠 사이 루피온은 네임리스들과 제법 친해져 있었다. 특유의 혁 3단 콤보나 느낌표 러쉬 따위의 저질 개그를 잘도 써먹고 있는 것을 보면, 본인은 아직도 그런 게 재밌다고 믿는 모양이다.

그리고 그런 광경을 볼 때마다, 그런 것에 웃는 네임리스들을 볼 때마다 베로스는 자신의 유머감각에 대한 미묘한 불신과 함께 자신의 치료법에 대한 절대적인 잣대가 흔들리는 것을 느꼈다.

어쩌면 자신의 치료는 잘못된 것일는지도 모른다.

루피온은 사실 치료할 필요가 없는 사람인지도 모른다.

따스한 모닥불이 만들어낸 음영 아래에서 루피온은 조잘조잘 잘도 이야기를 만들어내고 있었다.

네르메스는 모포를 깊게 뒤집어쓰고 잠들어 있다. 베로스는 흐트러진 모포를 가지런히 정리해 주었다.

"그래서 말이지, 사실은……"

헤실헤실 웃으며 또다시 개그를 끄집어낸다. 베로스는 그의 소중한 친구를 바라보며 처연하게 고개를 숙였다.

아니, 루피온은 치료받아야만 해.

지금 이 순간에도, 루피온의 인격은 점점 더 갈라져 가고 있을 것이다. 밝은 면이 밖으로 드러날수록 상대적으로 어두운 면은 집적되어 깊게 침잠한다. 혼재되어 있던 회색은 흑과 백으로 갈라지고, 흑은 백이 잠드는 순간을 조용히 노리다가 의식이 방심한 사이 인격을 뒤집고 뛰쳐나올 것이다.

베로스는 그게 두려웠다. 현실로 다시 돌아가게 된다면, 루피온은 과연 그의 '현실'에 적응할 수 있을까? 현실에서의 조용하고 말없던 루피온을 떠올린 그는 고개를 저었다.

적응할 수 있을 리 없다.

종종 그런 생각을 했다. 만약 루피온의 인격이 갈라지면, '그의 친구 루피온'은 과연 어느 쪽일까, 하고. 인격이라는 것 또한 하나의 가면에 불과하다면 그 수많은 가면 중 '진짜 루피온'은 대체 어느 쪽일까, 하고.

부잣집의 막내 양자로 입양되어 음지에서 성장한 그 소년은 개그맨이 되기를 원한다. 어둠 속에서 빛을 갈망하듯 그 자신이 빛이 되어 남을 즐겁게 만들어주기를 원한다. 베로스는 그런 루피온을 생각할 때마다 가슴이 찢어질 듯 아파왔다.

"무슨 생각해?"

"어?"

정신을 차렸을 때, 이미 루피온이 코앞에 다가와 있었다. 베로스는 깜짝 놀라 뒤로 물러났다.

"뭘 그렇게 넋 놓고 있어? 너, 우리가 얼마나 중요한 일을 하고 있는지에 대해 자각이 없는 거지? 나처럼 좀 진지해지라고."

여기 조금도 신빙성이 없는 소리를 하는 인간이 있습니다. 루피온은 방금 전까지 3류 개그를 지껄였던 주제에 잘도 그런 말을 했다. 그런 것이, 이 녀석의 매력일까. 베로스는 피식 웃었다.

"가면에 대해서 생각하고 있었어."

베로스는 속으로 생각하고 있던 것을 루피온에게 털어놓아 보기로 했다. 문득 반응이 궁금했다. 과연 본인은 이에 대해 어떻게 생각하고 있을지 야릇한 쾌감과 불안이 동시에 차올랐다.

베로스는 세피로아와 이야기를 나눴던 '가면'에 대한 이야기를 꺼냈다.

"오로지 가면으로 구성된 인간에게, 가치가 있을까?"

"가치?"

루피온은 알 듯 모를 듯한 표정으로 고개를 갸웃거렸다. 아, 역시 이런 이야기는 루피온에게 너무 어려웠나? 베로스는 선생님의 말을 이해하려 애쓰는 귀여운 꼬마 소년을 보듯 미소 지었다.

"어…… 방금 날 무시하는 시선으로 봤지?"

"아니, 아냐."

쓸데없이 날카롭긴. 베로스는 속으로 투덜거리며 추가 설명을 시작했다.

"인간은 늘 가면을 쓰잖아? 내가 널 대할 때나, 네가 날 대할 때나, 네르메스를 대할 때나, 혹은 어떤 상황에 처했을 때나……."

"그게 왜 가면이야?"

"어? 그러니까…… 그냥, 대체할 만한 용어가 없어서 그렇게 부르는 거야."

"다른 좋은 말들도 많은데."

루피온은 어쩐지 그 단어 자체가 가진 어감에 불만이 많은 모양이었다. 어딘가 모르게 세피로아와 비슷하군. 베로스는 그렇게 생각하며 이번에는 다른 말을 꺼냈다.

"전에, 내가 널 치료해 준다는 말을 했던 거, 기억나?"

"아."

루피온은 잠시 생각하는 듯하더니, 진지한 얼굴로 고개를 움직거렸다.

"응."

"그냥, 문득 그런 생각을 했어. 만약 내가 이대로 널 치료하지 못해서, 혹시나 그럴 리 없겠지만…… 그래도 만약 네 인격이 두 개로 갈라져 버린다면…… 그 두 개의 인격 중에서 대체 어느 쪽이 내 친구 루피온일까, 하고."

베로스는 그 말을 꺼내놓고선 후회했다. 세상에는 꼭 필요한 말과 필요하지 않은 말이 있다. 그의 생각에 방금 자신이 꺼낸 그 말은 하지 말아야 할 말이었던 것 같았다.

그래도 할 수 없어. 이미 꺼냈으니까.

베로스는 조심스레 시선을 들어 루피온 쪽을 훔쳐보았다. 반응을 확인하기 전의 설레임과 죄악감이 동시에 고개를 쳐든다. 루피온의 얼굴은 밝았다.

"뭐야, 간단한 이야기였잖아."

"뭐?"

"베로스, 너 정말 바보구나."

루피온은 과장되게 웃었다. 기쁨이 가득 담긴 웃음이었다. 친구가 진심으로 자신을 걱정해 준다는 것을 알고 있는 따뜻함이 담긴 웃음이었다. 그럼에도 베로스는 왠지 승부에서 진 듯한 느낌이 들었다. 왜냐하면…… 상대가 루피온이었으니까.

"둘 다 네 친구이되, 둘 다 네 친구가 아니야."

"무슨 말이야?"

베로스는 약간 짜증스럽게 되물었다. 이 녀석, 정말 내 이야기를 진지하게 들은 걸까? 생각없이 헬렐레거리기만 한다고 믿었던 루피온이 뭔가 있어 보이는 말을 꺼내자 괜스레 거부감이 든다.

"가면은, 왜 가면이라고 부르지?"

문장은 아주 천천히, 천천히 머릿속으로 스며들었다.

가면(假面). 청량한 감각이 머리끝에서 발끝까지 한 번에 관통한다. 베로스는 자기도 모르게 중얼거렸다. 가면이 가면이라 불리는 이유, 그것은…….

"가면 뒤에… 진면(眞面)이 있기 때문에."

이상했다. 정말 이상했다. 루피온에게 이런 역습을 당할 줄은 몰랐지만, 그럼에도 전혀 기분이 나쁘지 않았다. 난생처음 느껴보는 감각에 베로스는 어쩔 줄 몰라 자리에 멍하니 서 있었다.

"그래. 무의식중이든 의식 중이든, 그런 건 상관없어. 어찌됐든 그 배후에는 그 '가면'을 선택하는 '나'가 있다고."

루피온이 언제부터 이렇게 생각이 깊어졌던 걸까.

"그게 바로, 너의 친구 루피온이야."

오른손 검지를 들어 베로스의 이마를 짚은 루피온은 또박또박한 목소리로 그렇게 말했다.

서늘한 숲의 바람이 불어오는 가운데 흔들리는 그의 미려한 금발은 마치 순정만화에 나오는 남주인공의 그것처럼 아름다워 보였다…… 라고 한순간 생각할 뻔한 베로스는 허겁지겁 놓았던 정신줄을 다시 잡았다.

"너 약 먹었냐?"

베로스는 눈을 가늘게 뜨며 루피온의 오른손을 가볍게 쳐냈다. 방금 전까지 기세등등하던 루피온이 어깨를 움츠리며 뒤로 물러선다. 왼손에 어설프게 숨기고 있는 수첩이 왠지 신경 쓰인다.

베로스는 게슴츠레하게 눈을 뜨더니, 순식간에 루피온의 뒤를 선점하여 수첩을 빼앗아 들었다.

"앗!"

방심했다! 루피온은 덜컥한 얼굴로 베로스가 수첩을 펴보지 못하게 막았다. 그러나 이미 베로스는 수첩의 페이지를 넘겨보고 있었다.

"돌려줘! 돌려줘!"

"이게 뭐야……."


모든 진리는 「믿음」에서 출발한다.

　　　　　　　　　　　　　　　　　　—루드비히 비트겐슈타인.

진리란 없다. 「진리의지」만이 있을 뿐.

—프리드리히 니체.

수첩에는 시대에 따른 철학자들의 말이 삐뚤삐뚤한 글씨로 빼곡하게 기입되어 있었다. 페이지를 후루룩 넘겨보니 그 외의 메모도 있었다.

분명 베로스는 가면에 대해 물을 거야. 그럼 이렇게 말해. 가면 뒤에는 진면이 있고…….

"어?"

방금 루피온이 했던 말들이 그 수첩에 적혀 있었다. 의심의 눈초리를 보내자, 루피온이 헤헤 웃었다.

"실은, 나 세피로아한테 철학을 배우고 있었어."

그랬군. 돔 내부에서 루피온이 세피로아와 자주 같이 있었던 이유가, 바로 그 때문이었나. 베로스는 조금 억울한 심정이 되었다. 그럼 그렇지, 루피온이 그렇게 엄청난 대사를 갑자기 꺼냈다는 것부터가 에러였다.

"실은 세피로아가 너랑 대화했던 내용도 가르쳐 줬었거든. 가면의 철학이나 뭐, 그런 것…….."

루피온의 얼버무림에 베로스는 미묘한 안도의 한숨을 내쉬며 수통의 마개를 열었다.

"그런데 철학은 갑자기 왜?"

"철학이 담긴 개그를 해보려고."

푸흡! 베로스는 마시던 물을 그대로 뿜고 말았다. 그리고는 잠시 뭔가를 생각하더니, 미심쩍은 목소리로 물었다.

"방금 그거 개그지?"

"응."

"넌 역시, 치료받아야 할 필요가 있어."

일행은 산맥의 중심부를 건너고 있었다. 몬스터와 인적을 피해서 길을 가는 탓에 아무래도 지루한 여행일 수밖에 없었다. 얼마 전의 대화 이후 루피온은 자주 고민에 빠져 있는 것 같았다.

'그러게, 괜히 순진한 애한테 이상한 걸 가르쳐서.'

베로스는 세피로아를 떠올리며 배신감 같은 것을 느꼈다. 그러나 그 배신감은 이내 부끄러움으로 번져 간다.

어쩌면 자신은, 루피온은 평생 자신의 사유 아래에 있어야 한다고 착각하고 있었던 것은 아닐까. 루피온은 정말 자신의 친구인가?

"베로스, 과연 '진짜 세계'라는 게 뭘까?"

루피온은 어느 날 그렇게 물어왔다.

"글쎄. 아무래도 '현실'을 말하는 거겠지?"

사실 네임리스와의 대화 이후, 베로스는 줄곧 그런 화제를 기피하고 있었다. 그것은 누구와도 타협할 수 없는, 베로스에게 남은 최소한의 「절대」였다. 왜냐하면 그에게 있어서 현실은 게임이 아닌 진정한 의미의 '현실'이어야만 했다.

"베로스, 우리는 정말 이곳에 존재하고 있는 걸까?"

실체가 없는 엷은 안개 같은 말이었다. 잡힐 듯 잡히지 않고, 목소리는 멀게만 느껴진다. 막연했다. 피하고 싶었다.

"그럼, 존재하지 않는다고 생각해?"

"넌 정말 네가 이곳에 존재한다고 믿어? 네가 누군가의 무의식이라거나, 다른 인격이라거나, 혹은 그런 다른 것이 아닌 순수한 의미의 '네 자신'이라고 말할 수 있어?"

"갑자기 무슨 소리야?"

되물으면서도 생각하고 말았다. 그런 생각을 하고 있었던 것은 나 혼자만이 아니었구나.

"우리는 정말, 현실세계에서 이 세계로 넘어온 게 맞을까? 사실은 복제된 데이터, 조작된 데이터의 집합체가 아닐까? 이런 말 하기는 뭐하지만, 저 네임리스 아저씨들처럼 말이지."

진지해지고 싶지 않다. 그것을 인정해 버리면 지금 우리의 행동은 대체 어떤 가치를 가지는지, 알고 있는 거야? 당장이라도 그렇게 묻고 싶었으나, 베로스는 이내 털어내 버렸다.

지금의 루피온에게는 자신이 어떤 말을 늘어놓아도 변명으로밖에는 들리지 않을 것이라는 사실을 알았기 때문이다. 대신 베로스는 이렇게 말해주었다.

"좋아, 난 사실 너의 무의식이야."

"에?"

"넌 지금 꿈을 꾸고 있는 거야."

간만에 건수 하나 잡았군. 베로스는 간신히 태연한 척 표정관리를 하며 속으로는 파안대소를 터뜨렸다.

"난 네가 의도하는 대로 움직여."

베로스는 경직된 자세로 팔을 흔들어 보였다. 꿈이다. 우리는 가끔 꿈속에서 자기가 원하는 대로 살아갈 수 있는 권능을 얻는다. 루피온은 곧 베로스가 뭘 원하는지 눈치 챘다. 입술이 장난스럽게 오물거렸다.

"방금 네가 베로스 바보, 라고 말할 거라고 생각했어."

"루피온 바보."

"뭐야!"

"꿈이 늘 의식의 표면만을 따르는 것은 아니야. 자각몽(自覺夢)에서도 자기 맘대로 꿈이 안 풀릴 때도 있잖아?"

그럴듯한 설명이었다. 루피온은 우우, 하고 입술을 비죽 내밀더니 이내 씩 웃으며 다음과 같이 말했다.

"방금 네가 루피온 바보, 라고 말할 거라고 생각했어."

거꾸로 말했으니, 이번에는…….

"루피온 바보."

"뭐야, 또!"

"지금 네 의식이 그렇게 명령했어."

"……으으."

"……으으."

"따라 하지 맛!"

"따라 하지 맛!"

"결국 네 맘대로잖아!"

"결국 네 맘대로잖아!"

꼬박꼬박 자기 말을 따라 하는 베로스를 얄밉다는 표정으로 노려보던 루피온은 이내 한숨을 쉬며 두 손을 들어 보였다. 그 광경을 지켜보던 네르메스가 깔깔거리며 다가왔다.

"뭐 하는 거야? 어린애들처럼."

처음부터 대화를 지켜보지 못했던 네르메스는 그들의 실없는 장난이 어떤 의미를 가지는지 이해할 수 없었다. 그러나 루피온은, 베로스가 그 짓궂은 장난을 통해 무엇을 말하려 했는지 어렴풋이 알 것 같았다.

"어때, 아직도 네가 누군가의 무의식 같아?"

루피온은 천천히 고개를 저었다. 이상하게 안정이 된다. 이런 이야기를 털어놓을 상대가 있다는 것만으로도, 그리고 친구라 부를 수 있는 존재가 옆에 존재한다는 것만으로도.

"난, 적어도 믿고 싶어. 내가 살고 있는 현실을. 내가 돌아가야 할 현실을. 지금의 내가 할 수 있는 건 그게 전부야."

어쩌면 그들이 현실이라 믿었던 공간도 고도의 데이터 조작으로 구성된 세상에 지나지 않을지도 모른다. 그러나 그렇지 않을 거라고 믿었다.

만약 이 세상의 주민이 되어 살아가야만 한다면, 과연 자신은 그 모든 사실을 알면서도 그 현실을 받아들일 수 있을까. 베로스는 부지중에 고개를 저었다. 루피온 녀석, 잘도 이런 화제를 꺼냈군······.

한순간 심장이 멎는 듯했다. 베로스는 황급히 루피온을 바라보았다.

"루피온, 이건 그냥 혹시나 해서 말하는 건데."

베로스는 그 말을 꺼내고 오랫동안 망설였다. 일시적으로 시간의 흐름이 끊어져 버린 것만 같다. 그 낭떠러지 끝에 매달려 떨어지고, 또 떨어지고…… 그리고 마침내 정신을 차렸을 때, 문장의 끝을 잡고 간신히 이어간다.

"너, 혹시 이곳에……."

루피온의 맑은 눈동자를 마주하는 순간, 뒤에 이어져야 할 단어들이 상실되고 말았다. 아무 말도 하지 마. 루피온의 눈은 그렇게 말하고 있는 것만 같았다.

"…아니, 아무것도 아니야."

베로스는 머쓱하니 고개를 돌렸다. 아닐 거라고 믿고 싶었다. 아니어야만 했다. 그러나 그 미증유의 불안은 작은 압핀처럼 가슴에 박혀 남았다.

네임리스들의 걸음이 멈춘 것은 그때였다. 한 타이밍 늦게 감각된 불온한 침묵이 경종을 울렸다. 왜 좀 더 꼼꼼하지 못했을까!

"이 안개."

안개. 언제부터일까, 메스꺼운 안개가 발밑을 적시고 있었다. 전에도 겪은 적이 있다. 베로스는 얼마 전의 기억을 떠올리며 이를 갈았다.

"녀석들이야."

베로스가 조용히 중얼거렸다. 대체 어떻게 사절단의 움직임을 파악한 것일까. 추리는 뻗어나가자마자 목적지에 도달한다.

'벌써 녀석들의 주둔군이 이곳에 와 있단 말인가?

솜털이 빳빳하게 선다. 그렇다면 이미 피스 본진도 습격당하고 있을지 모른다. 하지만 이미 돌아가서 알리기는 늦었다. 그들이 할 수 있는 것은 가능한 한 빨리 지원군을 불러오는 것이다.

숲속에서 뭔가가 빠르게 움직인다. 언뜻언뜻 검은 야행복의 옷자락이 비쳤다. 네 명의 네임리스들은 사각의 진을 만들어 일행을 호위하고, 속도를 높이기 시작했다. 이런 숲을 끼고 싸웠다가는 순식간에 전멸이다. 등 뒤로 식은땀이 맺혔다.

"얼마나 더 가야 도착이죠?"

가쁜 숨을 몰아쉬며 베로스는 간신히 질문을 던졌다. 병정은 숨을 아끼는 듯 돌아보지도 않고 손가락으로 숫자를 표시했다.

"2분이요?"

대답이 들려오지 않는다. 희망이 조금 가라앉았다.

"2시간이요?"

그래도 2시간이면 버틸 만하다고 생각했다. 그러나 이번에도 대답은 들려오지 않았다. 희망은 물먹은 솜처럼 깊게 가라앉는다.

"…이틀인가요?"

이번에 물은 것은 네르메스였다. 병정의 고개가 살짝 까딱인 것 같은 기분이 들었다. 희망의 가면을 쓰고 있던 것은 절망이었다.

"빌어먹을!"

스스로도 모르게 욕지거리가 튀어나왔다. 베로스는 있는 대로 인상을 다 쓰며 타개책을 궁리했으나, 역시나 도망치는 것 이외에는 방법이 없었다. 녀석들은 분명 단단히 준비를 하고 왔을 것이고, 안개를 보아하니 운이 나쁘면 진령도 한둘쯤 끼어 있을지 모른다. 그럼 끝장이다.

수풀의 격랑이 심해졌다. 따라잡히고 있다.

병정의 중후한 음성이 울렸다.

"삼호와 사호."

그는 투박한 손가락으로 루피온을 가리키며 말했다.

"이분을 호위하도록 한다."

그 말이 떨어지자마자 삼호와 사호는 루피온을 중심으로 대형을 다시 짰다. 그리고 운명처럼 갈림길이 나타났다. 베로스와 네르메스, 그리고 루피온은 서로 다른 길 위에 섰다.

"…지금 이게 뭐죠?"

분위기가 이상했다. 베로스가 불신의 눈길로 병정을 바라보았다. 왜, 팀을 나누는 거지? 함께 뭉쳐 다녀도 모자랄 판에!

"걱정 마, 미끼가 되는 건 아니니까."

루피온이 빙긋 웃었다. 아직 소년의 그림자가 남아 있는 그의 얼굴은 때때로 급작스럽게 어른이 되어버린다. 베로스는 황망한 표정을 지었다. 네르메스가 기어이 입을 열었다.

"루피온, 같이 안 가는 거야?"

루피온이 고개를 끄덕인다.

"실은, 내 임무는 조금 다르거든."

지금 루피온의 말은 결코 거짓이 아니다. 이 녀석은 진실을 말하고 있다. 베로스는 자신의 직감을 믿었다. 그리고 자신의 친구를 믿었다. 인사는 최대한 간결하게.

왜냐하면 이것은, 결코 마지막 인사가 되어서는 안 되니까.

"꼭, 살아서 만나자."

수풀이 움찔거리더니, 수십의 흑포인들이 튀어나온다. 두 편 대로 나눠진 사절단은 뒤도 돌아보지 않고 달리기 시작했다.

*　　　*　　　*

수련은 사절단이 떠난 후에도 한시도 훈련을 게을리 하지 않았다. 실반은 이제 예전의 수련 이상으로 계통 능력을 다룰 수 있게 되었고, 수련 또한 상당한 수준으로 능력을 구사할 수 있게 되었다.

그럼에도 부족했다.

"만약 나와 같은 진령을 만나게 된다면, 반드시 피해라."

축적된 세월은 그렇게 쉽게 뛰어넘을 수 없다. 리겔은 그렇게 말했다. 전투의 천재인 리겔이 그렇게 말한다면, 그것은 옳다. 신민호때와는 다르다. 요행은 두 번 일어나지 않는다.

수련은 인정하고 싶지 않았다. 그러나 인정해야만 했다.

"진령들과 싸우려면 얼마나 더 훈련을 받아야 하죠?"

리겔은 대답하지 않았다. 그러나 그 침묵 속에서 수련은 형언할 수 없는 공포를 느꼈다. 어쩌면 이 훈련들은 모두 무의미한 것일는지도 모른다.

진령들은 압도적으로 강하다. 그리고 자신은 이제 겨우…….

그때서야 수련은 깨달았다. 남은 시간은 이제 찰나일지도 모른다. 그리고…… 어쩌면, 자신은 그들과 제대로 싸워보기도 전에 죽어버릴지도 모른다.

수련은 연무장의 구석에서 열심히 검을 휘두르는 실반을 보며 간신히 착잡함을 가라앉혔다. 지금의 그들이 가질 수 있는 최대의 무기는 꾸준함과 성실함, 그리고 노력뿐이다.

제롬과 나훈영은 많이 바쁜 모양인지 얼굴을 볼 기회가 거의 없었다. 벨라로메의 경우는 한 달 전부터 아예 얼굴도 비추지 않았다. 척후대를 맡아 정찰을 나갔다는데, 아직 연락이 없는 것을 보면 좋지 않은 예감이 들었다. 늘 벨라로메와 함께 다니던 꼬마 로쉬크는 심심하면 수련의 주변을 얼쩡거리곤 했다.

"세피로아 누나, 벨라로메 형은 언제 와요?"

"곧 올 거야."

세피로아는 안심시키듯 로쉬크를 달랬다.

"루피온 형은 어디 갔어요?"

벨라로메를 대신하여 루피온이 로쉬크와 자주 놀아줬던 모양이다. 세피로아는 말없이 소년의 머리를 쓰다듬어 주었다. 그 따스한 감촉에 가슴이 벅차올랐는지, 소년의 눈에 눈물이 맺히기 시작한다.

수련은 가만히 그 광경을 지켜보다가 자리에서 일어났다. 그때, 멀리서 익숙한 인영이 다가오는 것이 보였다.

"제롬?"

제롬과 나훈영이 함께 걸어오고 있었다. 무슨 일이 생긴 건가 싶었으나, 다행히 별일이 있는 것 같지는 않았다. 제롬은 밋밋하게 고개를 끄덕이며 입을 열었다.

"잠깐 시간 되겠나?"

"자네와 이렇게 함께 있는 것도 오랜만이군."

생각해 보면 언젠가 헤어진 그날 이후, 나훈영이나 제롬과 변변찮은 대화를 나눠본 기억이 없었다. 눈에서 멀어지면 마음에서도 멀어진다. 슬픈 말이지만, 그건 정말이다. 이것도 웃기 때문에 우습고, 울기 때문에 슬픈 것과 같은 맥락일지도 모른다.

"정말, 그렇습니다."

제롬은 주머니에 손을 꽂고 아슬아슬한 탑의 끝 자락에 서 있었다. 그 모습을 가만히 지켜보던 나훈영은 품에 안은 아이를 조용히 내려놓았다.

"당신의 아이인가요?"

반사적으로 묻고 말았다. 나훈영에 대한 이야기는 들은 적이 있었다. 피스와 리메인더 사이에서 갈등하고, 가족을 버리는 대신 복수를 선택한 남자.

"왠지 부끄러운데, 잘못 알고 있어. 그것과는 조금 달라."

그 말을 꺼냈더니 나훈영은 싱겁게 손사래를 쳤다.

"사실 이건 내가 선택한 게 아니라, 선택을 강요당한 것이지."

리메인더에 투신한다고 해서 그들이 나훈영의 가족을 가만히 놓아둘 리는 없었다. 먼저 납치당한 것은 아내였다.

"다음번에는 아들을 데려가겠다."

리메인더는 나훈영이 암암리에 피스를 돕고 있다는 사실을 알고 있었다. 그리고 첫 번째 명령이 내려왔다. 그리고 잘 알다시피, 바로 그 명령이 '수련에게 환검을 가르치라' 라는 것이었다. 그런데 아이러니하게도 피스에서도 동일한 명령이 떨어진 것이다.

"실은 자네를 가르칠 때까지, 나는 비겁하게도 피스와 리메인더에 동시에 적을 두고 있었네. 리메인더 녀석들의 배신이 거의 확정된 후에야 피스에 완전히 몸을 맡겼지."

리메인더는 임무를 완수한 나훈영을 죽였다. 아니, 죽였다고 생각했다.

"자네와 헤어진 뒤 나는 습격을 받았었네."

나훈영은 흑포인과의 기억을 떠올리며 이를 부드득 갈았다. 분신을 사용해 간신히 그 자리를 벗어난 나훈영은 곧바로 피스에 도움을 요청했다.

거기까지 들은 수련은 깜짝 놀라 꼬마 쪽을 바라보았다. 나훈영의 아이는 해맑은 얼굴로 갈라진 대리석의 틈새에 자라난 잡초를 살피고 있었다.

"설마, 저 아이는……."

"아마 자네가 생각하는 게 맞겠지."

방법이 없었다. 그에게는 힘이 없었고, 현실에서 그와 그의 아들을 도울 단체는 존재하지 않았다. 그런 그가 선택할 수 있는 것은, 단 하나뿐.

"나와 내 아들은 게임 속에 갇혔네."

가족을 버렸다는 것은 아내를 버렸다는 의미였다. 그는 자신의 아내를 돌려받는 것을 포기했다. 그리고 그의 아들은 죽지 않는 대신 '살아 있지 못하게' 되어버렸다. 게임 속에 갇혀 버린 것이다.

"난 그놈들을 용서할 수 없어."

아이를 안은 나훈영이 상아탑을 내려가자, 탑의 옥상에는 제롬과 수련만이 남게 되었다. 가만히 둘의 이야기를 듣던 제롬은 한참의 정적 끝에 수련을 돌아보았다.

"자넨 괜찮은가?"

무엇이 괜찮으냐고 묻는 것인지는 알 수 없으나 일단 고개를 끄덕인다. 괜찮다. 모르지만 아마도 괜찮을 것이다.

"자네의 정당성에는 아무런 이상이 없나?"

아직은 꺼낼 수 없기에, 심장 깊숙이 묻어둔 작은 조각이 움찔하고 몸을 떨었다. 그와 함께 알싸한 고통이 퍼진다. 제롬의 얼굴은 피곤에 절어 있었다. 어딘가 초점을 잃은 그의 눈동자에서 수련은 깨닫고 말았다. 예전에는 보이지 않았던 것이 이제야 보이기 시작했다.

이 남자는 오랜 세월 동안 자신의 정당성과 싸워왔구나.

"걱정 말게. 어떻게든 될 테니."

수련이 아무 대답도 하지 않자 제롬은 그렇게 말했다. 여전히 낮고 안정감이 있는 목소리였다.

살아간다는 것은 그렇게 끊임없는 자기모순과 싸우고, 또 싸워서 만신창이가 되어가는 것일까.

생각을 정리할 시간을 주려는 듯 침묵이 깊게 내려앉는다. 이 남자는 언제나 그랬다. 가장 깊은 곳에서 상대방을 배려할 줄 안다. 수련은 뭔가를 곰곰이 생각하더니 입을 열었다.

"당신도…… 현실로 돌아가고 싶습니까?"

고상한 침묵의 힘일까. 이상한 질문을 던지고 말았다.

성하늘에게 그런 이야기를 들었었다. 제롬은 네임리스라고. 그는 진령이 아님에도 불구하고 쪼개진 영혼의 덩어리가 제법 큰 축에 속하여 혼자서 자신의 존재를 각성한 존재라고.

"사실 돌아갈 수 있을 것이라는 생각은 거의 하지 않고 있어. 지금쯤 현실에서의 내 육체는 돌이킬 수 없을 만큼 망가져 있을지도 모르니까. 만약 그렇다고 한다면, 다시 돌아가 봐야 나를 기다리고 있는 것은 죽음뿐이지."

"그렇지만."

"물론 그럼에도, 나는 돌아가고 싶다."

뜻밖에도 원하는 대답이 나왔다. 기묘한 감각이 순간적으로 와 닿았다가 멀어진다.

"리메인더들의 이야기는 들었겠지?"

리메인더(Remainder). 남겨진 자들. 그래서 밖으로 뛰쳐나가고 싶어하는 존재들. 자신의 현실을 받아들이지 못하고, 자신이 원하는 현실을 향해 달려가는 진령들. 수련은 가정적으로는 그들을 이해할 수 있었으나, 심정적으로는 공감할 수 없었다. 누군가의 기분을 이해한다고 해서 그들이 될 수 있는 것은 아니다.

그들이 그토록 돌아가고자 하는 '현실'은, 다른 모든 동료들을 배신할 만큼 가치가 있는 것이었을까? 바깥세상에서 살아가는 인간들이 그토록 희구하는 「영원」이란, 그들에게 있어 그토록 견딜 수 없는 지옥이었을까?

"웃기지 않아? 그 녀석들은 '죽기 위해' 밖으로 뛰쳐나가려

하고 있다고. '인간답게' 죽기 위해서."

"인간답다⋯⋯."

인간답다, 라는 말에는 그 사전적 정의 이상의 무엇인가가 내포되어 있는 것일까? 정말 그런 것일까? 아무도 알 수 없었다. 그렇기에 수련도 알지 못했다.

"인간답다, 라는 것은 대체 뭘까."

질문이었으나 질문처럼 들리지 않았다. 오히려 그것은 자조의 변모에 가까워 보였다. 수련은 처음으로 자신에게 다음과 같은 질문을 던졌다.

'만약 내가 진령이 된다면, 나는 영원을 견딜 수 있을 것인가?'

영원을 가진 자. 그것은, 정말로 인간일까?

"나는 지금도 내가 누구인지 몰라. 하지만⋯⋯ 나는 어쩐시, 조금쯤은 녀석들을 이해할 수 있을 것 같게 되었어."

진짜 자신을 찾고 싶다. 원래의 현실에 존재했던 자신의 존재를 느끼고 싶다. 자신을 기억하지 못하는 제롬은 또 다른 제롬이 된 지금에서야 자신의 본질을 원하고 있었다.


역겨운 악의는 날로 늘어간다.

죽음은 하루에 정확히 하루만큼 가까워진다. 공기가 살벌한 기세를 띠고 있다. 모두가 두려워하고 있다. 모두가 공포를 느끼고 있다. 그리고 얼마 지나지 않아 공포는 표면적으로 드러나기 시작했다.

"역시 두려워요."

성하늘은 종종 상황 보고 겸 수련을 찾아오곤 했다. 시간이 갈수록 그녀의 야윈 얼굴은 더욱 수척해져 갔다. 아무래도 상황이 좋지 못한 모양이었다. 리메인더 측의 움직임이 심상치 않다는 것쯤은 익히 들어 알고 있었다.

"죽음 말인가요?"

수련은 문득 그렇게 물었다. 성하늘은 희미하게 웃었다.

"천국이 허락되지 않은 세상이니까요, 이곳은."

천국이 허락되지 않는다. 이곳에서 죽으면 그다음은 없다.

그것을 알기에 이곳의 존재들은 강제로 종교를 빼앗긴 셈이었다. 신을 갈망하나 이곳을 만든 신은 이미 인간이었다. 영혼이 없고, 신이 없고, 죽음은 가깝기만 하다.

"이상하죠? 바깥세상에서도 그리지 않던 것을 이곳에 와서야 갈망하게 되다니……."

성하늘은 그렇게 말끝을 흐리며 계면쩍게 웃었다.

"요즘만큼 내세가 있었으면, 하고 바랐던 적은 없어요."

그러나 내세가 있다고 해서 정말로 목숨을 하찮게 버릴 수 있을 것인가를 묻는다면, 아마 그럴 수 없다고 대답할 것이다.

수련은 가끔 그런 생각을 했다. 사람들은 왜 고작 내세가 있다는, 천국 혹은 지옥이 있다는 말을, 혹은 환생할 수 있다는 말을 믿고 안심하고 죽을 수 있는 것일까?

천국이나 지옥에 가도 우리의 기억이 보존된다는 보장이 있는가?

단순히 영혼의 단일성만을 획득하는 것으로 사람들은 죽음을 받아들일 수 있는가? 인간은 그렇게나 위대한 존재인가?

"저도 그런 생각 종종 해요."

수련은 의문을 표하는 대신 그녀의 말을 긍정했다.

"우리가 지금 서 있는 이곳처럼, 어쩌면 현실도⋯⋯."

"매트릭스군요."

성하늘이 곧바로 대답해 온다. 수련은 언젠가 아버지와 함께, DVD로 보았던 매트릭스를 떠올렸다.

"네, 비슷하죠."

이곳에 존재한다. 인간은 대체 그 사실을, 무엇으로 증명할 수 있을까. 데카르트의 예를 들 수도 있었다. 나는 생각한다, 고로 나는 존재한다⋯⋯ 하지만 그렇다면 일종의 '관념'으로 존재하는 이 세상은 대체 무슨 말로 형언할 수 있다는 말인가. 우리는 정말 생각하고 있는 것인가? 사실은 생각한다고 착각하는 것은 아닌가? 이곳은 정말 실존하는 세상일까?

성하늘은 후후, 하고 작게 웃었다.

"그런 생각들을 하고 있으면 자신이 없어져요. 저라는 존재에 대해서⋯⋯ 이건 너무 고리타분한 생각일까요? 정말 급박한 상황이 오면 이런 고민 같은 건 하지 않아도 될 텐데."

"전 사실, 어려운 말은 잘 모르지만⋯⋯."

수련은 잠시 하늘을 올려다보다가 성하늘을 향해 그렇게 말을 꺼냈다.

"제가 살아 있다는 확신이 없을 때는, 종종 이렇게 가슴에 손을 대어보곤 해요."

두근, 그리고 두근. 가만히 뛰는 심장의 격동을 느낀다. 가만히 멈춰 있는 수련의 오른손은 규칙적인 맥박과 함께 미미하게 떨리고 있다. 생명의 떨림. 성하늘은 멍하니 그것을 지켜보다가 이내 어두운 표정으로 입을 열었다.

"하지만, 그 심장 소리도……."

"알아요."

이 심장 소리도 단지 이곳에 심장이 있다고, 심장이 뛰고 있다고, 단순히 그렇게 생각하는 것일 뿐인지도 몰랐다. 실제로 심장 같은 건 없을지도 모른다. 우리는 뭔가 거대한 착각을 하고 있는 것일는지도 모른다.

하지만, 그럼에도.

"단지 생각할 뿐이라도 좋다고 생각해요."

수련은 그렇게 말했다.

"단지 생각할 뿐이라도 좋아요. 그렇게 '믿음'으로써, 우리가 살아 있다는 것을 우리 자신이 '믿을 수' 있다면, 그걸로도 족해요."

"아……."

심장은 '그곳'에서 분명히 뛰고 있었다. 알 수 있다. 그렇기에 믿는다. 나는 이곳에 존재하고 있다. 존재하고 있을 것이다.

누구도 자신이 이곳에 존재한다는 것을 증명할 수 없다. 수련도, 성하늘도, 리젤도, 심지어 이곳의 신이라는 리타르단도조차. 그들은 사실 그곳에 존재하지 않을 수도 있었다. 단지 믿을 뿐이다.

그곳에 있다고, 살아 있다고, 존재하고 있다고.

그 깊은 적막에 이물이 끼어든 것은 그즈음이었다. 상아탑 옆 광장이 몹시 시끄러웠다. 비극의 예감이 한층 더 짙어진다.

피해야만 하는 어떤 사건의 계기가 만들어져 버렸다는 느낌이다.

"무슨 일일까요?"

성하늘이 걱정스럽게 물었다. 황급히 내려가 보니 이미 사건은 걷잡을 수 없을 만큼 커져 있었다. 피로 물든 광장. 쓰러진 네임리스들이 부들부들 떨리는 시선으로 살인마의 얼굴을 올려다본다.

"대체 무슨 짓을 하는 겁니까!"

그곳에는 몇몇 유저 그룹이 무리를 짓고서 네임리스들을 무차별적으로 학살하고, 또 유린하고 있었다. 그러나 그것보다 더 경악스러웠던 것은, 그들을 에워싸고 있던 또 다른 유저들이 그들을 말리기는커녕, 오히려 그 광경을 보고 즐기고 있었다는 점이다. 수련은 큰 충격을 받았다.

"뭐, 너희들도 할래?"

"살려주세요!"

우람한 체구의 유저 밑에 깔려 있던 네임리스 여자가 비명을 질렀다. 세계가 조금씩 미쳐 가기 시작했다. 두려움은 이성을 잠식하고, 합리성을 앗아간다. 성하늘이 서늘한 목소리로 말했다.

"당장 그만두세요."

그녀의 아름다운 외모에 잠시 눈을 빼앗겼던 괴한들은 이내 짓궂은 웃음을 머금었다.

"녀석들이 오고 있다면서? 어차피 우린 모두 죽을 거야. 그렇다면 죽기 전에 이런 짓이라도 해보고 죽어야 하지 않겠어?"

녀석들이라는 대명사가 칭하는 바는 명백하다. 소문이란 무섭다. 누군가가 전달하지 않아도 군중들은 본능적으로 알아차렸을 것이다. 위험이 다가오고 있다는 사실을. 그리고 어쩌면 그 위험은 자신들을 죽음으로 몰아넣을지도 모른다는 사실을. 남자는 능글맞게 집게와 중지 사이에 엄지손가락을 끼우며 말을 이었다.

"어때, 너도 즐겨볼래?"

군중들 속에서 야릇한 웃음이 터져 나온다. 현대인이 죽음과 직면해야 한다는 공포를 제대로 맛본 적이 있을 리 없다. 눈앞의 남자 또한 마찬가지였다. 그 압도적인 공황 속에서 질려가다가 왠지 모르게 만만한 상황을 맞이하게 되니 괜한 자존심을 내세우는 것.

성하늘은 침착하게 입을 열었다.

"지금 이건 잘못된 거예요. 그쪽도 잘 알고 있죠? 그리고 당신들도."

찬찬히 군중들을 둘러보며 말한다. 누구도 그녀의 시선을 제대로 받아내지 못한다. 뜻밖에 냉정한 그녀의 모습에 군중들은 당혹감에 젖어들기 시작했다.

"두렵죠? 당신들만 그런 게 아니에요. 이해해요. 저도 무섭고, 또 두려워요. 하지만……."

"닥쳐!"

남자는 갈라지는 목소리로 외쳤다.

어떤 말로도 설득시킬 수 없다. 모두가 혼란의 늪에 빠져 허우적거리고 있다. 누구도 합리적으로 생각하지 못하고 있다. 암담함의 끄트머리에서, 수련은 거대한 악의가 솟아나는 것을 느꼈다.

저런 쓰레기는 죽여 버려야 한다.

사내가 저벅저벅 걸어오더니, 성하늘의 어깨를 강하게 움켜잡는다. 급작스러운 상황에 놀란 성하늘이 고통으로 눈을 찌푸렸다.

마치 언젠가, 수련은 이 비슷한 상황을 겪은 것만 같은 기분이 들었다. 그때의 자신은 어떻게 대처했던가.

스르릉.

맑은 검명이 울리자, 가슴속에 시린 불꽃이 타올랐다. 수련은 조용히 검을 뽑아 들었다. 반사된 레퀴엠의 칼날이 섬뜩한 흰빛을 띠었다. 성하늘의 눈동자가 커졌다.

"뭐, 뭐야. 죽이려고? 죽일 테면 죽여봐! 어차피 놈들이 오면……."

자신을 향해 다가오는 수련을 본 남자는 입술을 실룩거리며 외쳤다. 성하늘의 어깨를 잡고 있던 그의 손에는 낡은 롱소드가 쥐어져 있었다. 떨리는 검끝에는 네임리스들의 피가 묻어 있다.

"더, 덤벼!"

죽은 네임리스들의 목소리가 들려온다. 죽여. 죽여. 죽여 버려. 우리의 복수를 부탁해. 저 쓰레기들을…….

"어차피 이 자식들은 우리와 달라!"

그때, 남자의 일행으로 보이는 다른 사내가 앞으로 나서서 외쳤다. 그의 칼날에도 네임리스의 피가 묻어 있다. 네임리스들은 우리와 달라. 우리는 유저야. 저 녀석들은 단지 프로그램, 그래픽 덩어리에 지나지 않는다고!

"으, 으아아아……."

한 걸음, 그리고 두 걸음. 수련의 한 걸음이 움직일 때마다 남자의 안색이 하얗게 질려간다. 죽음과의 간극이 가까워지고 있다는 것을 느낀 것이다.

이미 기백에서 압도당한다. 무색투명한 동공과 정면으로 맞부딪치는 순간 저항 의지는 순식간에 사라진다. 남자는 어느새 검도 내려놓고 정신없이 뒷걸음치다가 그대로 엉덩방아를 찧는다.

죽여, 죽여, 죽여, 죽여, 죽여!

눈동자가 붉게 물든다. 죽음으로 단죄해.

아까의 기세는 어디로 가고, 남자의 눈에는 공포만이 가득 실려 있다. 오기는 어디론가 증발해 버렸다. 수련은 검을 치켜들었다.

"사, 살려줘!"

그러나 수련의 검은 빨랐다. 피할 틈도 없이, 그대로 남자의 허리를 베고 지나갔다. 남자가 숨넘어가는 소리와 함께 꼬꾸라지자 군중들 사이에서 비명이 터져 나온다. 사람이 죽었어! 저놈이 사람을 죽였다!

사람? 대체, 뭐가 사람이란 말야. 네놈들이 사람인가? 아니면 네임리스들이 사람인가? 대체 '사람'의 기준은 어떤 것이지?

당장이라도 달려들 것 같은 남자의 동료들은 정신없이 뒷걸음치더니 달아나기 시작한다. 수련은 보이지 않는 속도로 그들의 뒤를 쫓아가 검을 찔러 넣는다. 심판의 검 레퀴엠이 빛살처럼 섬광을 흩뿌리자, 그 고운 빛의 입자 위에 붉은 핏덩이가 덮인다.

"그만, 그만 해요, 수련 씨!"

아아…….

누군가가 뒤에서 그의 몸을 움켜잡았다. 가녀린 팔이 그의 허리를 잡고 놔주질 않는다. 붉게 물들었던 눈동자는 다시 차갑게 가라앉는다. 피곤하다. 피곤해서 미쳐 버릴 것 같다.

상아탑 쪽에서 누군가가 달려오는 소리가 들렸다. 함몰되어 가던 이성이 순간적으로 번쩍 깨어난다. 안색이 창백하다.

내가, 무슨 짓을 한 거야?

쓰러진 유저들이 간헐적으로 피를 토해내며 꿈틀대고 있다. 네임리스들도, 유저들도, 흉측한 괴물이라도 보는 듯한 시선으로 수련을 바라보고 있었다. 왜? 내가 녀석들을 죽여줬잖아. 녀석들은 죽어야 마땅한 인간들이잖아?

다음 순간 둔탁한 뭔가가 뇌리를 강하게 울리고 지나갔다. 죽어야 마땅한 인간? 그런 게 있나?

'나는…… 녀석과 똑같아.'

수련은 갑자기 허리를 꺾고 웃기 시작했다. 아니, 우는 것일까? 그것은 공포에 질린 얼굴 같기도 했다. 미친 듯이 웃고, 그리고 울었다. 마치 야누스의 얼굴처럼 영혼이 쪼개져 나가는 것 같다.

합리적이라고 믿어왔던 자신 또한 어쩌면 신민호과 같은 종류의 인간일지도 모른다.

수련은 꾸역꾸역 뭔가를 토해내기 시작했다. 깊게 고인 은빛이 입술을 통해 흘러나온다. 소중한 뭔가가 결여되어 가는 것만 같다. 손끝에 소름 끼치는 감각이 아직 남아 있다.

이곳은 현실이야.

마음에 들지 않으면 죽인다. 마음에 들면 살린다. 내 멋대로 절대를 재단해서 내 상황에 맞춰서 판단한다. 저놈은 죽여도 될 놈이야. 이 여자는 살려야 해. 대체, 무엇을? 어떤 정당성을 근 거로?

애초에 정당성 같은 것은 존재하지 않는다.

"그만 삼켜요. 토해내지 말아요."

옆에서 수련의 등을 두드려 주던 성하늘이 측은한 눈길로 그를 바라보고 있다. 빨개진 눈에는 눈물이 그렁그렁하다.

"당신, 지금 당신의 영혼을 토해내는 거라고요."

죽였다. 죽였다는 느낌이 확연하게 손끝으로 전달되었다. 내 손으로 사람을 베었어. 찔러 죽였어. 완전히 소멸시켜 버렸어. 수련은 처음으로 사람을 죽였다. 영혼을 마모시켜 사람을 베었다.

상아탑 쪽에서 달려오던 인영이 가까워졌다. 은백의 여인이 먼저 입을 열었다.

"무슨 일이야?"

보고를 받으러 갔던 세피로아가 베가와 함께 와 있었다. 세피로아는 깜짝 놀라며 수련을 황급히 부축했다.

"세상에, 이게 무슨……."

성하늘을 바라보는 눈길이 심상찮다. 이 녀석이 이 지경이 되도록 당신은 대체 뭘 하고 있었어? 순간 어깨를 움츠린 성하늘은 뭔가를 우물거리더니 중언부언하기 시작했다.

"그게, 그러니까 수련 씨가 저를 구하려다……."

"당신 옵서버잖아. 여기서 당신보다 강한 사람이 몇이나 된다고 그래? 대체 무슨 말을 하는 거야?"

"그게……."

"됐어, 세피로아. 지금 그게 중요한 게 아냐."

베가가 먼저 제지하고 나섰다. 때 아닌 근엄함이 서려 있는 베가의 표정에서 심상치 않은 분위기가 느껴졌다. 그리고 그 예감을 확신으로 바꾸는 결정적인 대사가 떨어졌다.

"리타르단도가 쓰러졌어."


상아탑의 분위기는 숙연했다. 지난 한 달 동안 보이지 않았던 벨라로메도 그곳에 있었다. 귀환한 지 얼마 되지 않은 듯, 그의 온몸은 결코 가볍지 않아 보이는 상처로 범벅되어 있었다.

제롬, 나훈영, 성하늘, 베가, 리겔…… 거기에 세피로아와 벨라로메까지. 현 피스의 주요 인물들은 거의 대부분 모여 있었다. 좀처럼 없는 일이었다.

느릿느릿한 시계 소리가 규칙적인 파문을 일으켰다. 시간의 방의 시계들은 예전처럼 느릿했지만, 힘있는 움직임을 갖지는 못하는 것 같았다. 박력이 사라진 초침은 축 늘어져 있다. 어쩐지 맥이 빠진 느낌이다.

그런 심정을 밴 것은 비단 수련뿐만은 아닌지, 눈을 감은 리타르단도를 둘러싼 다른 이들의 표정도 그다지 좋아 보이지는 않았다. 초조한 시간이 계속해서 흘러간다.

"언제부터 이랬습니까?"

"실은 전부터 자주 피곤한 표정이었어."

리타르단도와 마지막으로 대화를 나눈 것이 언제였더라. 수련은 기억을 반추해 보다가, 마지막 대화가 벌써 한 달 전의 이야기라는 것을 깨닫고는 놀라고 말았다.

"…전에는 이러지 않았잖아요. 왜 이런 거죠?"

"그릇의 한계가 온 거야."

대답을 해온 것은 리겔이었다. 리타르단도라는 반쪽짜리 영혼이 담을 수 있는 용량의 한계가 온 것이다. 그러나 베가가 고개를 흔들어 그것을 부정했다.

"그럴 리가 없어. 리타르단도님의 영혼은 우리 진령들이 가진 그것보다 훨씬 견고하고 튼튼해. 아마 이건…… 아체레란도의 죽음과 관계되어 있을 거야."

두 명이었던 신이 한 명으로 줄었다. 두 개의 시계가 하나로 줄었다. 두 개의 달이 하나로 줄었다. 리타르단도는 아체레란도가 죽은 이후 죽 세계의 시간을 혼자서 관할해 왔다. 수백 년 동안 비슷하게 유지되던 가중이 한순간 두 배로 늘어나자, 그가 감당해야 할 꿈의 영역 또한 더욱 확장되었다.

"그리고 어쩌면, 신민호와도……."

아체레란도를 죽이고 또 다른 달이 된 신민호. 그럴듯한 가설이었다. 그토록 고고하기에 누구에게도 앙금을 털어놓지 않고 끊임없이 자신의 어둠을 갈무리해 온 리타르단도. 그와 신민호 사이에는 다른 진령들이 알지 못하는 모종의 교전이 펼쳐지고 있을지도 모르는 일이었다.

"…시간이 없습니다."

한참 만에 적막을 깬 것은 벨라로메였다. 그는 피에 젖은 옆구리를 움켜쥔 채 숨을 씨근덕거리고 있었다. 붕대를 어설프게 덧대긴 했지만, 겉으로 보는 것보다 상처가 훨씬 중한 것 같았다.

"벨라로메, 괜찮아요?"

성하늘이 우려 깊은 목소리로 말했다. 벨라로메는 힘겹게 고개를 끄덕였다. 전혀 괜찮아 보이지 않는다.

"사실 녀석들은 이미 피스로부터 하루 거리에 있어."

베가의 말이 수렁에 깊이를 더했다. 우중충한 먹구름이 일행의 머리 위를 뒤덮고 있는 것만 같다. 이제 정말 끝이 다가온 걸까. 타개책은 정말 없는 걸까.

"어떻게 할 거죠?"

베가는 대답하지 않는다. 침묵은 때로 사람을 미치게 만든다. 무슨 말이라도 해줘요. 이길 수 있다, 살 수 있다, 아니라면 절망적인 말이라도 좋으니, 무슨 말이라도!

그때, 리타르단도가 눈을 떴다. 모두의 시선이 그 파르르 떨리는 눈꺼풀로 집중되었다. 그만이 이 상황을 벗어날 방법을 알고 있을 것이다. 한순간 부풀어 오른 기대가 충만해진다. 그러나 그가 꺼낸 말은 모든 이들의 희망을 부수고 절망을 확정했다.

"……녀석들이 왔다."

예정보다 훨씬 빠른 침공이었다. 돔의 외벽이 흔들리며 천장에서 흙모래가 떨어져 내렸다. 여기저기서 이른 비명 소리가 빚어진다. 벌써 돔의 위치가 발견되리라고는 아무도 예측하지 못했다. 오직 리타르단도만을 제외하고는.

"신민호, 그 녀석은…… 아체레란도의 기억을 가지고 있어."

그것을 간과하고 있었다. 아체레란도의 기억을 가지고 있다면, 피스 지부의 정확한 위치를 파악하고 있는 것도 당연하다. 베가는 침착하게 일행에게 지시를 내렸다.

"벨라로메, 네임리스들과 유저들 중 싸울 수 있는 자들을 모두 데려와요. 나훈영, 싸울 수 없는 네임리스들과 유저들을 대피시키세요. 제롬은 입구로 가서 환영진이 깨지지 않도록 시간을 벌어주세요. 그리고 리겔……."

마치 오래전부터 이런 상황을 대비하고 있었던 것처럼 일행은 신속하게 움직였다. 수련 또한 베가의 지시를 받았다.

"수련과 세피로아는 아스카와 함께 움직이세요. 무슨 일이 생기면 바로 연락을 받을 수 있도록."

\*       \*       \*

임윤성은 고요한 눈길로 부서져 나가는 돔의 벽면을 바라보고 있었다.

'지금 기습하면 반드시 이긴다.'

신민호의 말대로 피스들은 전혀 무방비 상태였다. 병력을 두 갈래로 나누어 한쪽은 이모탈 랜드의 안쪽으로, 한쪽은 바깥쪽으로 돌린 선택이 주효했다. 안쪽으로 침공해 오는 병력만 신경 쓰던 피스들은 바깥쪽으로 접근한 임윤성의 주요 병력을 알아채지 못했던 것이다.

현재 피스와 리메인더 측의 전력 차는 그만큼 격심하다. 전력을 나누었음에도, 피스는 결코 리메인더를 이길 수 없다. 그는 자신의 배후에 늘어서 있는 진령들을 흘끔거렸다.

왼쪽에서부터 중력의 베텔기우스, 암흑의 프로키온, 그리고 불꽃의 카펠라까지.

베텔기우스를 제외하면 나머지 둘의 표정은 읽을 수가 없었다. 그들의 얼굴에서는 주군에 대한 충성심이 전혀 느껴지지 않는다. 특히 카펠라의 경우는 아예 반항기까지 엿보인다. 대체 저런 녀석들을 주군은 왜 군이 위험을 무릅쓰고 기용하는 것일까.

신민호의 절대에 대해 단 쌀 한 톨만큼의 의심도 갖고 있지 않은 임윤성에게 있어 그들의 존재는 불가해하기만 했다.

모두가 평등한, 모두가 행복한 유토피아. 그 완전한 이상(理想)이 신민호의 절대에 근거를 두고 있는 한, 임윤성의 충심은 한편으로는 맹목적이기까지 했다. 그는 그만큼 신민호를 믿었다.

어릴 적 자신을 버린 부모를 잊지 않는다. 자신을 배신했던 친구를 잊지 않는다. 그러나 그들은 잘못되지 않았다. 그보다 더 큰, 그들을 지배하는 거대한 손이 문제다.

이 사회가 잘못되었다.

임윤성은 그렇게 결론을 내렸다. 종교에 미쳐 가족을 버린 어머니, 다른 여자와 사랑의 도피를 감행한 아버지. 그는 신에게 기도했다. 제발, 제발, 제발…….

저를, 이 사회를 구원해 주세요.

그러나 신은 그에게 아무런 답변도 줄 수 없었다. 그리고 임윤성은 이 세계에 신이 없다는 사실을 깨달았다. 소년이 청년이 되듯, 마음속에 자리 잡고 있던 미지의 신은 절대의 왕좌를 빼앗기고 말았다. 소년은 자신이 그 왕좌를 차지하기로 마음먹었다.

그러나 고작해야 프로게이머라는 작은 개체의 힘으로는 세상을 바꿀 수 없었다. 그러던 와중 신민호를 만났다. 본능적으로 자신과 같은 길을 추구하는 남자라는 느낌이 왔다.

"나를 도와라."

이 남자라면 가능하다. 문장이 뇌리를 스치는 순간 온몸에 소름이 돋았다. 정말 가능할까?

곧이어 그의 절대를 엿보는 순간, 임윤성은 완전히 압도당하고 말았다. 오랫동안 결여되어 있던, 공백으로 남아 있던 절대의 자리에 신을 대신하여 신민호의 이름이 각인되었다.

이분이 바로, 세상의, 세상을 바꿀 신이시다.

"무슨 생각을 그렇게 하시나?"

마태준이 바싹 다가와 있었다. 어떻게든 임윤성의 꼬투리를 잡아보고 싶어서 안달이 난 얼굴이다. 임윤성은 조금의 흔들림도 없이 표정을 바로 했다.

돔의 벽이 조금씩 무너지기 시작한다. 프로키온이 손을 뻗자 돔을 감싸고 있던 환영 결계가 암흑에 짓눌려 조금씩 일그러지기 시작했다. 그러나 그 와해 속도는 미미했다.

"느려. 내가 대신하지."

카펠라가 짜증스런 얼굴로 양손에 불꽃을 투영했다. 폭발적인 살상력을 가진 두 개의 구체가 그대로 환영 결계에 적중한다. 거대한 폭음과 함께 숲이 산화한다. 결계의 뒤편으로 깨진 돔의 안쪽이 휑하니 드러났다.

임윤성이 고개를 끄덕였다.

"시작한다."


"세상이 멸망할 거야! 예수님이 오신다!"

선두의 유저들이 나가떨어지고, 네임리스들이 하나둘씩 쓰러지기 시작하자 정신착란을 겪는 유저들이 나타나기 시작했다. 수개월의 평화 속에서 내부로 고립되어 가던 현실감각이 괴이한 형태로 드러나고 있었다.

"너희들은 지금 심판을 받고 있는 거야. 모두가 피의 심판을 받을 것이다! 하늘을 보라. 누구도 피해갈 수 없는 피의 만월이 떴다. 가상현실을 만들어 영원을 가지고 신의 권위를 농락하려 한 너희를 두고 보지 못한 신님은 결국 인간에게 벌을 내리기로 하셨다!"

어디를 가나 사이비 종교는 있다. 특히, 지금처럼 급박한 상황일수록. 달아나던 피스들이 그의 말에 혼란을 겪는다. 그래, 이건 어쩌면 꿈일지도 몰라. 이건 현실이 아니야. 이건…….

동요를 겪은 유저들은 웅성거린다. 반면 현실감각이 충실한 네임리스들은, 나훈영의 지시를 받아 민첩하게 돔의 뒷문을 향해 이동하고 있었다.

"할렐루야!"

사이비 교주는 몇몇 유저들이 자신의 말에 찬동하는 기미가 보이자 신이 났는지 두 팔을 번쩍 치켜들고 외치기 시작했다.

"하늘의 군대를 맞이해라! 지옥의 악마들은 하나님의 가호가 있는 우리를 건드리지 못한다!"

그리고 그것이 그의 마지막 말이었다. 롱기누스의 창처럼 그의 옆구리를 꿰뚫은 긴 창날은 그대로 유저를 절명시켰다. 창날에는 끔찍한 불꽃이 휘감겨 혓바닥을 날름거리고 있었다. 신도들이 비명을 지르며 달아난다. 괴소가 흘러나온다.

"정말, 인간은 너무 한심한 존재야."

카펠라는 손에 묻은 피를 핥으며 웃었다. 온몸에 피를 뒤집어쓴 그는 그야말로 피의 사신 같았다.

"그런 너도, 한때는 인간이었지."

까칠한 음색. 눈 깜짝할 사이에 뻗어나간 불꽃의 급류는 정면에서 휘몰아치는 전격에 부딪쳐 그대로 증발하고 만다. 그러나 불꽃의 힘을 완전히 중화시키지는 못했는지 금발의 사내는 몇 걸음이나 뒤로 물러서서 숨을 골라야 했다.

"리겔, 지금의 넌 날 이길 수 없어."

카펠라는 윗입술을 핥으며 주머니에 넣어두고 있던 남은 왼손을 꺼내 들었다. 리겔의 얼굴에도 긴장이 감돌기 시작했다. 불꽃과 뇌전의 치열한 격전이 시작되었다.


"빌어먹을!"

이미 아비규환이다. 누구도 도망칠 수 없는 피의 카니발이 시작되었다. 적군들은 유저와 네임리스를 가리지 않고 난도질한다. 그 중심에 있는 것은 임윤성과 세인트 나이츠.

"리메인더에 투항하는 자들은 살려주겠다! 투항을 원하는 자들은 무장을 해제하고 돔의 입구로 나오기 바란다!"

그 학살의 소용돌이 속에서도, 임윤성은 또렷한 목소리로 외쳤다. 피스로서는 뜻밖의 제의였다. 희망을 엿본 일부 유저들이 무기를 내던지고 입구를 향해 달려간다. 그러나……

"정말 믿었냐?"

그곳에서 기다리고 있던 것은 마태준. 거대한 홍염의 칼날이 유저들의 목을 날려 버린다. 폭염이 지나간 곳에 남은 것은 잿더미뿐.

"이미 피스에 한번 투항했던 놈들을 믿을 리가 없잖아. 바보 같은 놈들."

유저들은 완전히 겁에 질려 버렸다. 그때, 비명을 지르는 군중들의 가운데서 한 명의 유저가 뛰쳐나왔다.

하늘색 머리가 미려하게 흩날렸다. 칼날이 세찬 비명을 지른다.

"개자식들!"

수련이었다. 울고 있는 수련이 마태준과 검을 맞대고 있었다. 마태준의 입가에 미소가 그려진다. 그래, 이 순간을 기다려 왔지. 기다렸다, 전설.

"당신들은 같은 유저잖아! 그런데 왜!"

"같은 유저?"

비웃음이 짙어진다. 망막은 마치 차가운 불덩어리 같았다.

"우린 같은 유저가 아니야."

순간 근력에서 밀린 수련이 휘청거리며 뒤로 물러났다. 같은 유저가 아니라고? 분노가 치밀어 올랐다. 네 녀석들은, 대체…….

수련은 날아오는 검을 쳐내기 위해 오른손으로 인퀴지터의 그립을 잡았다. 그러나 그때, 거한 하나가 끼어들어 그와 마태준의 사이를 가로막았다. 북풍의 기사, 벨라로메.

"여긴 제가 맡겠습니다."

"빌어먹을 놈! 방해하지 마라!"

마태준이 분통을 터뜨린다. 이미 벨라로메에게 두 번이나 방해당했다. 더 이상의 방해는 용납하지 않겠다는 눈빛. 그러나 벨라로메도 양보하지 않았다.

"가십시오."

수련은 벨라로메가 눈짓으로 가리킨 곳을 바라보았다. 리겔과 카펠라가 용호상박의 접전을 펼치고 있었다. 죽음과 생명의 갈림길에서 시선이 교차한다.

'수련, 도망쳐라.'

분명한 밀도가 담긴 눈빛이다. 또 가슴이 쓰라려 온다. 벨라로메는 수련을 돌아보지 않은 채 진중한 울림이 우러나는 음색으로 말했다.

"로쉬크를 부탁합니다."

수련은 그게 벨라로메의 마지막 말이 될 것이라는 사실을 알았다. 뜨거운 뭔가가 울컥 솟는다. 이 남자들은 너무 비겁하다.

이들은 정작 중요한 일은 모두 자신에게 미루고 있지 않은가. 죽는 것은 쉽다. 무언가 지킬 것이 있는 사람들은 죽음을 두려워하지 않는다. 하지만, 그래도…….

수련은 말을 삼키며 돌아섰다. 무슨 말을 해도 소용없다. 자신의 짐만 불어날 뿐이다. 무책임하다. 내가 뭔가를 해주길 바라나? 고작 나 하나가 도망쳐서 대체 뭘 할 수 있다고?

그래도 가야 한다.

억지로 다리를 움직여 본다. 사실은 살고 싶다. 도망치고 싶다. 이 자리에서 벗어나고 싶다.

"갈 수 없다."

정면에 임윤성과 세인트 나이츠가 흰색의 벽을 이루고 있었다. 오히려 안심이 되었다. 이러면 별수없이 싸워야 한다. 도망치지 않아도 된다. 나 혼자 모든 것을 떠맡지 않아도 된다.

그러나 운명은 그에게 도피를 허락하지 않았다.

"가라, 수련."

나훈영과 제롬. 그리고 네임리스들. 그들이 수련을 대신하여 앞으로 나섰다. 죽음조차 넘어선 의지가 밀도 높은 공기를 통해 전달된다. 빌어먹을…….

"베가님과 리타르단도님을 부탁한다."

"나도 싸울 겁니다."

"세피로아."

어디에 숨어 있었는지, 나훈영의 말과 함께 급작스레 튀어나온 세피로아가 수련의 팔을 잡고 질질 끌었다.

또야.

멀어지는 그들을 보며 수련은 세피로아의 손을 거세게 뿌리쳤다. 세피로아의 딱딱한 목소리가 이어진다.

"모두가 널 믿고 있어. 기대를 배신하지 마."

믿어? 뭘? 붉어진 망막을 그대로 받아낸다. 세피로아는 따뜻한 미소를 띤 채 말했다.

"내가 같이 갈 거야."

뒤통수를 크게 얻어맞은 기분이다.

"너랑 같이, 끝까지 너랑 같이 가겠어. 네가 짊어져야 할 책임을, 나도 나눠 받겠어."

이렇게 비겁한 표정을 지을 수 있다니, 여자란 정말 감당할 수 없는 동물이다. 수련은 말없이 입술을 깨물고는, 세피로아와 함께 달리기 시작했다.

긴 돔의 외벽이 사라지고, 끄트머리에 화석처럼 낡은 문이 보이기 시작했다. 저기만 지나면 된다. 저기만⋯⋯.

"잘 왔어."

베가가 피곤한 웃음을 지으며 기다리고 있었다. 성하늘과 실반, 그리고 네임리스 몇몇이 리타르단도를 부축하듯 둘러업고 있었다.

"저들을 버릴 겁니까?"

"버리는 게 아냐."

도리질하는 장면 하나하나가 순간으로 쪼개져 가슴에 박힌다. 어쩌면 평생 이 순간을 잊지 못할 것이다.

"우린 가야 해."

베가는 그렇게 말하며 돔의 뒷문을 열었다. 로드 플레인의 산맥 등선으로 이어지는 광활한 숲이 나타났다. 그러나 숲만 있었으면 좋았을 것을.

숲은 검은 안개에 휩싸여 있었다. 그리고 그 검은 안개의 중추에는 거대한 두 개의 기운이 오롯이 버티고 있었다.

"오랜만입니다, 베가."

중력의 베텔기우스와 암흑의 프로키온. 베텔기우스는 흠잡을 데 없는 미소를 머금은 채 손가락을 튕겼다. 베가를 제외한 모든 일행이 일제히 무릎을 꿇었다.

상상할 수도 없는 거대한 영력이 그들을 짓누르다시피 한다. 몸이 땅속으로 파묻혀 버릴 것만 같다. 그의 특기인 중력장이 펼쳐진 것이다.

"늦지 않았습니다. 투항하십시오."

중력을 다루는 진령, 베텔기우스. 흰색 야행복을 갖춰 입은 그는 어둠 속에서도 환히 빛나고 있었다. 베가의 표정이 굳어졌다.

"시리우스를 배신한 네가…… 내 앞에서 그렇게 오만한 눈빛을 할 수 있다니, 의외인걸."

음절 하나하나에 독기가 묻어 있다. 베가의 온몸에서 무시무시한 존재감이 흘러나오기 시작했다. 그곳에 있는 어떤 존재보다도 압도적인 중압감이었다. 베텔기우스의 미소가 흔들린다. 여유는 다급함으로 조금씩 변모해 간다.

"베가, 시대가 바뀌었습니다. 이제 시리우스는…… 「절대」가 아닙니다."

"내겐 아직."

베가는 그 말을 하며 수련을 일별했다. 그 애절한 시선을, 아련한 시선을…… 수련은 숨이 막힐 것만 같았다. 단 한순간이었지만, 수련은 베가를 이해했다.

"내겐 아직, 그가 「절대」야."

프로키온의 암흑투기가 베가를 향해 날아들었다. 베가는 가벼운 손짓으로 환영 결계를 펼쳐 암흑투기들을 튕겨냈다.

"가, 지금!"

한순간 몸이 가벼워진다. 몸에는 여전히 부하가 남아 있으나, 어쩐지 걸을 수 있을 것만 같은 기분이 된다. 베가의 계통 능력인 환영이 한순간 근처의 중력을 원래대로 돌려놓았던 것이다. 아니, 중력은 원래대로 돌아오지 않았음에도 그녀는 환각을 통해 일행에게 중력이 원래대로 돌아왔다고 '믿게끔' 만들었다.

"잊었어? 나는 「환영」의 베가라고."

언젠가 같은 말을 들은 것 같은 기분이 들었다. 세찬 바람에 휘날리는 그녀의 분홍빛 머리칼이 멀어져 간다. 수련은 리타르 단도를 업고서 필사적으로 감정을 억누르며 달려나갔다.


"베가, 실수하신 겁니다."

"그래?"

베텔기우스는 무척이나 아쉬운 표정이었다. 그는 같은 진령을 죽이는 것을 좋아하지 않았다. 동료를 배신하고, 새로운 절대를 추앙하면서도 정말 어쩔 수 없는 상황이 아닌 한 같은 진령들끼리 싸우는 것만큼은 피하려 했다.

그러나 이제는 피할 수 없다. 두루뭉술한 선택의 연속으로는 아무런 해답도 얻지 못한다. 결단은 반드시 내려야만 한다.

"날 죽일 거야?"

베텔기우스는 대답하지 않았다. 그에 대답한다는 것은 그에게나 베가에게나 너무나 잔인한 일이었다. 우리의 수백 년은 대체 어떤 의미가 있었던 것일까.

"프로키온."

베가는 이번에는 프로키온을 보며 말했다.

"넌 시리우스를 좋아했지."

프로키온은 입을 열지 않았다. 어떤 어둠도 그보다 더 고요할 수는 없을 것이었다.

"너희는 이제 밖으로 나갈 수 없을 거야. 베텔기우스는 그렇다 치더라도, 왜 너는……."

베가는 말을 끝맺지 못했다. 어둠 속에서 어슴푸레하게 비치는 프로키온의 얼굴을 보고 말았던 것이다. 프로키온은 제대로 나오지도 않는 목소리로 말했다. 그마저도 목이 메는지 제대로 들리지도 않았다.

"…더 이상 말하지 마십시오, 베가."

프로키온은 울고 있었다. 베가는 깨달았다.

"그래."

이제는 아무것도 돌이킬 수 없어.

"덤벼봐. 하지만 그렇게 호락호락하지는 않을걸?"

베가는 베텔기우스의 중력장 속에서도 꿈쩍도 하지 않았다. 누구보다 부드럽지만 누구보다 당당하고, 누구보다 강했다.

"나는 시리우스를 제외한 일곱 명의 진령 중에 가장 강한 자. 환영(幻影)의 베가니까."

# EPISODE **029**
Count down

　머리가 깨질 것 같다. 진곤은 병원 화장실의 세면대를 간신히 붙잡은 채, 미간을 잔뜩 찌푸리고 있었다. 최근 며칠 동안, 간헐적인 두통은 잊을 만하면 계속되었다.

　병원에서는 외상 후 스트레스 때문이라는데, 자신이 대체 무슨 스트레스를 앓고 있는지 알 길이 없었다. 아니, 그것보다 더 황당한 것은 그의 기억이었다.

　'대체, 내가 왜 다친 거지?'

　차 사고를 당했다는 것은 어렴풋하게 기억이 났다. 그런데 그의 기억은 어딘가 결정적인 부분이 누락되어 있었다. 기억의 틈새와 틈새 사이에는 이음매를 대신해 차갑고 시린 안개가 끼어 있었다. 그 안개는 결빙되듯 서로서로를 꽉 붙들고 있어서, 기억과 기억이 연결되는 것을 방해하고 있었다.

게다가 가끔씩 이상한 꿈을 꿀 때도 있었다. 여자가 나오는 꿈이었다. 익숙한 분위기, 어딘가 반가운 그리움.

'난폭한 남자네.'

'난 사이코메트리야. 사이코메트리가 뭔지 알아?'

'G. 크로아젯이겠지.'

'어머, 몸을 섞어버렸네.'

꿈속에서 즐거운 대화들을 나눈다. 급박한 긴장감이 여자에 대한 자신의 감정을 부풀린다. 사랑. 어설프지만 그런 느낌에 가까우리라. 그러나 항상 꿈은 거대한 굉음과 함께 소멸한다.

그리고 꿈에서 깨어난다. 기억 속에는 얼굴 없는 여자가 있다.


진곤은 화장실에서 빠져나와 절뚝거리며 엘리베이터 쪽을 향했다. 너무 병실에만 틀어박혀 있었더니 온몸에 두드러기가 돋을 지경이다. 자신의 세포에 역마살이 알알이 박혀 있다고 믿는 진곤에게 병원은 감옥이나 다름없었다.

이제 곧 퇴원이다. 괴상망측한 꿈도, 빌어먹을 외상 후 스트레스도…… 잘 모르겠지만, 시간이 지나면 괜찮아질 것이다. 진곤은 그렇게 믿었다.

자신이 잊고 있는 것은 어쩐지 아픈 기억이라는 느낌이 들었다. 아픈 기억이라면 차라리 잊는 편이 나을지도 몰라. 좋게 좋게 생각하자. 이렇게 쉽게 잊어버릴 기억이라면, 처음부터 중요한 기억이 아니었을 거야.

언젠가 잡상식을 모아놓은 책에서 그와 비슷한 내용을 본 기억이 났다. '죽기 전에 꼭 알아야 할 100가지'였던가…… 제목이 특이하다는 생각을 했었다. 죽기 전에 알아야 할 것도 참 많다. 죽기 전에 알아서 죽은 후에 써먹기라도 하겠다는 건가?

'기억은 모두 윤색된다였나.'

무드셀라 증후군. 아름다운 추억만을 보존시키기 위해 좋은 기억만을 본능적으로 남기려고 하는 증상. 어쩌면 자신은 기억을 잊은 것이 아니라, 마음대로 윤색시킨 것일지도 모른다는 생각이 들었다. 그 여자와 뭔가 안 좋은 일이 있었던 걸까?

의식적으로 무의식을 들여다볼 수 있다면 뭔가 알 수 있을지도 모르는데……. 진곤은 긍정적인 마인드를 품으려 노력하면서도 자꾸만 아쉬운 기분이 들었다.

차가운 바람이 엉성하게 걸친 코트 사이로 마구 파고들었다. 진곤은 목발에 몸의 중심을 맡긴 채 코트의 단주를 잠갔다. 이래서 환자복은 불편해. 보온이 전혀 안 되잖아.

앰뷸런스 한 대가 병원 입구에 도착한 것은 그때였다. 구조대원들이 신속한 몸짓으로 환자를 들어 병원의 이동식 침대 위로 옮겨놓았다.

'새 환자인가?

작은 체구로 보아 여자다. 병원 응급실을 향해 빨려들 듯 사라지는 여자. 그리고 다음 순간, 가슴이 덜컥 내려앉았다.

간호사의 어깨 너머로 흘깃 보인 여자의 얼굴이 어딘가 익숙했다. 또다시 두통이 시작된다. 젠장맞을!

"아아……."

뭔가가 툭하고 떨어지는 소리가 난다. 그러나 거기에 신경 쏠 여유가 없었다. 고통은 점점 더 격화되어 간다. 진곤은 복도 벽에 등을 기대어 간신히 몸을 지탱했다. 자신을 제외한 모든 공간에 급류가 빼곡히 들어차 있는 것만 같다.

그는 거대한 터널을 통과하는 것을 경험했다. 시야가 한순간 어둠 속으로 멀어졌다가, 다시 원래대로 돌아온다.

휴대폰이 떨어져 있었다.

'뭐지?

그 환자의 물건인가? 간신히 정신을 차린 진곤은 얼떨결에 그 폰을 주워 들었다. 이미 침대차는 멀리 사라지고 없었다.

병실의 텔레비전에서는 여전히 론도 관련 뉴스가 나오고 있었다. 한때 레볼루셔니스트에 근무하다가 해고당한 그로서는 론도하면 치가 떨리는 기억밖에는 없다. 그러나 그 기억조차도 왠지 모르게 희미하다. 혼수상태에서 깨어난 후, 그는 세상의 모든 것들로부터 격리되어 있는 것을 느꼈다.

'나와 그들은 달라.'

아무도 그렇게 말하지 않았으나 진곤은 느낄 수 있었다. 그는 분명 다른 이들이 이해할 수 없는 세상 속에 존재하고 있었다. 설명해도 쉽게 이해할 수 없을 그런 자신만의 공간. 물론 설명하래도 설명할 수는 없었다. 진곤 자신도 그런 기묘함이 어디로부터 비롯되었는지 도무지 알 수가 없었던 것이다.

더욱 이상한 것은 자신의 병실로 돌아오는 순간 그런 기이한 위화감이 착 가라앉는다는 점이었다. 마치 그곳이 원래의 그가 있어야 할 영역이라는 것처럼. 병실에는 늘 혼수상태의 한 소녀와 붉은 머리칼의 미녀가 있었다.

전혀 모르는 사람들로부터 동질감을 느낀다는 것은 어떻게 보면 부조리하게까지 느껴지는 현상이었다. 환자로서의 동질감 같은 것일까? 그런 것은 아니라고 생각했다. 더군다나 붉은 머리칼의 미인은 환자가 아니지 않은가.

그럼에도 그들은 진곤과 무언가를 공유하고 있었다.

'망상이겠지.'

진곤은 티나게 고개를 흔들었다. 그런데 하필이면 그의 그 행동이 여자의 시선을 끌었던 모양이다. 진곤은 황급히 시선을 발치로 내렸다.

'아직도 쳐다보고 있나?'

눈을 들 용기가 나질 않았다. 아직도 따끈따끈한 시선이 뺨에 와 닿는 것만 같다. 어릴 적부터 진곤은 여자들의 시선에 익숙하지 않았다. 잘은 모르지만 이번에도 호감 섞인 시선은 아니었다. 분명 미친 사람을 보는, 그것에 더 가까웠을 테지.

진곤은 짐짓 딴청을 부리며 방금 전 주워온 휴대폰을 집었다. 폴더를 열자 검은 액정이 뜬다. 종료 버튼을 꾹 누르고 기다리자 화면에 불이 들어오며 핑크빛 바탕이 떠올랐다.

번호와 함께 여자의 이름은…… 신혜영. 분명 모르는 사람인데 또다시 가슴이 덜컥하고 만다. 가슴에 손을 대보니 평소보다 맥박이 빨랐다. 죄책감 때문일까?

여성향이 물씬 풍기는 배경화면으로 추측하건대 분명 주인은 여자가 틀림없었다. 아마 그 환자의 품속에서 튀어나온 물건이겠지.

한순간 양심과 욕망이 서로 뒤엉킨다. 폰의 세부기능은 잠겨 있지 않았다. 프라이버시에 관대한 사람인 모양이다.

'에라, 모르겠다.'

어쩐지 짓궂은 심정에 문자 메시지를 확인해 본다. 여자들은 과연 어떤 메시지를 주고받을까? 예전부터 궁금했다.

네르메스! 왜 전화 안 받아?
무슨 일 있는 거야?
8/31 6:30 pm
루피온.

루피온? 이게 뭐야. 발신인 중에는 루피온, 베로스 등의 기괴한 닉네임이 섞여 있었다. 외국인인가? 아니지. 외국인도 이런 이름을 사용하지는 않을 거야.

문득 머릿속을 스쳐 가는 것이 있었다. 그러고 보면 온라인 게임에서 만난 사람의 번호를 저장할 때 그 사람의 이름이 아닌 아이디로 저장하는 경우가 종종 있다는 이야기를 들었다.

'뭐야, 게임 중독자였나?'

진곤은 그런 사람들을 이해하지 못했다. 얼굴도 보지 못한 상대에게 어떻게 거리낌없이 폰 번호를 넘겨줄 수 있단 말인가? 플라토닉 러브니, 정신적인 교류니, 그따위 것들이 중요하다고는 하지만 아무리 그래도…….

계속 문자를 넘기다 보니 이번에는 직장 관계자로 보이는 남자들의 문자 메시지도 있었다. 아무래도 법률, 혹은 검찰 쪽에 관계된 것으로 보였다. 문자 메시지를 읽으면 읽을수록 죄책감과 더불어 여자가 어떤 사람일지에 대한 전체적인 윤곽도 또렷해져 갔다.

커튼 너머에 있는 희미한 실루엣은 '그녀'와 닮았다.

'내가 아는 사람 중에도 그런 여검사가 있지.'

그 생각을 하고 나서 잠시 후, 진곤은 솜털이 삐죽 서는 것을 경험했다. 아무리 생각해도 자신이 아는 여자 중에 여검사는 없었다. 조급함이 피어오른다.

문득 사진을 보고 싶어졌다. 사진을 보면 알 수 있을 것만 같다. 모르는 이성의 얼굴을 확인한다는 것에서 오는 미묘한 기대감과 그래서는 안 된다는 죄책감, 미지의 기억에 대한 두려움이 동시에 얽히고설켜 그의 이성을 괴롭혔다.

사진 폴더는 잠겨 있지 않았다.

폴더 안에는 수십 장의 사진, 그리고 동영상 파일들이 있었다. 사진들은 대부분 컴퓨터의 모니터 화면을 찍은 것이었다.

"텍스트?"

자기도 모르게 중얼거리고 만다. 맞은편의 여자가 자신을 바라보지 않기를 기도하며, 진곤은 휴대폰의 확인 버튼을 눌렀다. 처음에는 단순히 사무용으로 찍은 사진이라고 생각했다. 그런데……

'이 화면, 어딘가 익숙해.'

진곤은 정신없이 그것들을 읽기 시작했다. 뇌는 스펀지처럼 텍스트를 흡수하기 시작한다. 한순간 극을 향해 치닫던 두통은 어느 경계를 시점으로 감쪽같이 사라졌다. 혼재된 기억의 퍼즐

이 제자리를 되찾는다. 가슴이 차갑게 가라앉았다.

*　　　　*　　　　*

하늘을 덮은 먹구름이 기분 나빴다. 악운과 날씨 사이에 대체 무슨 상관관계가 있는지는 알 수 없었지만, 분명 비가 오는 날에는 나쁜 일이 발생할 확률이 두 배쯤 증가하는 것 같다.

말도 안 되는 논리를 자기도 모르게 긍정하는 순간, 베로스는 정말 그럴지도 모른다는 생각에 기우제라도 지내고 싶은 심정이 되었다.

"미치겠군."

갈림길에서 루피온과 헤어진 지 정확히 하루가 지났다. 얼마나 달려왔는지, 제대로 오고 있긴 한 것인지. 옆구리에 중상을 입은 병정은 말이 없었다. 이호라 불리던 네임리스는 지난 습격에서 목숨을 잃었다.

"미안합니다."

베로스는 허공을 향해 그렇게 뇌까렸다. 그러나 그가 미안해야 할 대상은 이미 세상에 없었다.

"사과하지 마시오."

빗물로 더럽혀진 바닥이 첨벙거리는 소리를 내더니 흙탕물이 군화에 튀었다. 병정은 목소리를 낮췄다.

"그건 지난 기억에 대한 예의가 아니니."

베로스는 입술을 꼭 깨물며 네르메스를 부축했다. 폭우 속의 강행군으로 인해 네르메스는 기진맥진해 있었다. 더 이상 게임이 아니기에 스태미나 포션도 그다지 효력을 발휘하지 못한다.

"얼마나 남았습니까?"

"이제 조금."

이미 몇 시간 전부터 같은 대답만을 들어왔다. 자기 딴에는 희망을 주겠다고 그런 말을 하는 것이겠지만, 그런 대답도 그 중복 횟수가 늘어갈수록 암울함만 더해간다.

'루피온 녀석은 잘 도착했을까.'

루피온은 로드 플레인의 동부로 갔다. 동부에 아직도 남은 잔여 병력이 있다는 소리는 못 들었지만, 아마 모종의 지시가 있었을 것이라고 믿었다. 루피온은 괜한 짓을 할 녀석은 아니다.

검은 안개다.

"또 왔군."

병정은 침음했다. 사절단이 출발한 후 두 번째로 내뱉은 침음이었다. 그리고 첫 번째 침음이 흘러나왔을 때 네임리스 하나가 죽었다. 그렇다면 이번에는……

"가시오."

안개 속에서 검은 인영들이 하나둘씩 나타나기 시작했다. 추산되는 숫자는 적어도 열이 넘는다. 병정이 마스터 이상의 전투력을 가지고 있다지만, 지금 상태로는 버거운 숫자다. 베로스는 어쩔 수 없다는 것을 알면서도 물었다.

"당신은요?"

"지금부터는 길이 단조로우니 내가 없어도 찾아갈 수 있소. 이 길을 쭉 따라가면, 운이 좋다면 도착할 수 있을 것이오."

운이 좋다면.

붙지 않았으면 했던 첨언이 뒤따라 붙는다. 기분이 묘했다. 만약 운이 나쁘면, 그래서 도착하지 못한다면…….

"하늘에 맡기는 수밖에."

자신이 하늘이라고 주장하는 위선의 하늘은 이번에도 베로스를 천시하듯 깔아보고 있다. 베로스는 마주 쏘아보았다.

'질 줄 알고?'

하늘과 경쟁한다는 것은 우스운 일이다. 베로스는 마치 운명에 반역하는 선지자라도 된 느낌으로 고개를 끄덕이고는, 네르메스의 손을 잡고 비탈길을 달렸다. 습기를 먹은 공기가 폐 속에 차올라 눅눅하다.

병정의 검이 부딪치는 소리가 들린다. 간혹 흑포인들의 단말마도 울려 퍼진다. 다시 내리기 시작한 비가 머리와 어깨를 적셨다. 길은 끝이 보이지 않는다. 정말 이 길의 끝에는 우리를 도울 사람들이 있는 것일까?

거기까지 생각이 닿았을 때, 베로스는 걸음을 멈췄다. 뭔가 심상치 않다는 것을 깨달은 네르메스가 조심스레 입을 열었다.

"…왜 그래?"

그 갑작스런 정적 속에서 베로스는 바보처럼 잠자코 있었다.

칼부림 소리가 더 이상 들려오지 않는 것으로 보아 병정은 이미 당한 모양이다.

"혹시, 일행을 둘로 나눈 이유가…….."

그 웅얼거림을 들은 네르메스의 움직임도 한순간 멎었다.

만약 일행을 나눈 이유가 한쪽을 미끼로 쓰기 위함이었다면?

베로스는 불길한 허상에 사로잡혔다. 처음의 예측이 맞아떨

어질 것만 같아 온몸이 사시나무처럼 떨려온다. 어쩌면 서부가
아니라 동부에 지원군이 있을지도 모른다. 서부에 지원군이 있
다는 말은 애초부터 네르메스와 자신을 안심시키기 위해서였는
지도 모른다. 어떻게든 그 장소에만 도착하면 모든 것이 해결될
것이라고 안심시키기 위해서……

검은 안개가 다가온다.

이대로라면 비탈길을 다 오르기도 전에 따라잡히고 만다.

베로스는 황급히 네르메스의 손을 붙잡고 수풀 속에 숨었다.
안개와 함께 스르르 모습을 드러낸 흑포인들. 병정의 분전 덕분
에 이제 남은 적의 숫자는 일곱. 베로스와 네르메스에게 천운이
따라서 일곱을 모두 쓰러뜨린다고 할지라도, 일곱을 쓰러뜨리
는 동안 새로운 적의 지원 병력이 도착할 것이다.

둘은 숨도 쉬지 않고 흑포인들의 동태를 관찰했다.

벼랑 끝에 몰린 상황 탓일까. 망상은 극대화되기 시작한다.

'어쩌면 지원군 따위는 존재하지 않는지도 모른다.'

단지 우리들을 미리 도망치게 놓아준 건지도 모른다. 어쩌면
지금쯤 피스 본진은 초토화되어 더 이상 돌이킬 수 없는 상황에
처해 있을지도……

베로스는 네르메스를 바라보았다. 그 눈빛을 읽은 네르메스
가 뭐라고 말 붙일 틈도 없이 입술과 입술이 맞닿는다. 몇 초의
긴박한 달콤함이 흐르고, 네르메스가 거칠게 베로스를 떼어냈
다.

"무슨 짓이야, 바보……."

울먹이고 있었다.

"미안, 그래도 키스 한 번은 해봐야 할 것 같아서."

"정말 바보야."

뭔가를 눈치 챈 것일까. 흑포인 하나가 베로스와 네르메스가 숨어 있는 수풀을 향해 다가오기 시작했다. 마른침이 넘어갔다.

베로스는 곧바로 뭔가를 중얼거리기 시작했다. 잠시 넋이 나가 그 말을 제대로 듣지 못한 네르메스가 입을 열려는 순간, 베로스의 말이 튀어나왔다.

"도망가."

"뭐?"

베로스는 그 말과 함께 수풀 밖으로 뛰쳐나갔다. 그가 중얼거리고 있었던 것은 다름 아닌 캐스팅 주문이었던 것이다!

작은 물보라가 터지며 물줄기가 하늘로 솟구쳤다. 갑작스런 기습을 당한 흑포인들이 뭐라고 소리를 지르며 베로스를 향해 달려들었다. 실드를 영창하며 두 개의 단검을 피해내고, 한 바퀴를 굴러서 라이트닝 주문을 외웠다.

체인 라이트닝!

근처에 빗물이 흥건한 상태이기에 그 효과는 몇 배로 극대화된다! 전류에 감전당한 흑포인 둘이 쓰러졌다. 그러나 나머지 다섯은 허공에서 베로스를 향해 검을 내리꽂고 있었다.

베로스는 피할 수 없다는 것을 알았다. 멀거니 서 있는 네르메스의 모습이 마지막으로 비친다. 목이 터져라 외쳤다.

"빨리 도망가!"

이번엔 정말 끝이다. 아직 동정인데, 이대로 마법사로 죽게 생겼다. 억울하다. 마법사면 불사의 권능쯤은 있어야 하는 거 아닌가?

베로스는 조소했다. 어차피 죽을 거라면 세상을 비웃으며 죽어가고 싶었다. 동부로 향하던 루피온의 모습이 떠오른다.

'루피온, 너만이라도 성공해라.'

검극이 심장에 가까워지는 순간, 베로스는 눈을 감았다. 이미 한 번 주마등을 겪었던 탓인지 두 번째는 없었다. 그런데…….

고통이 느껴지지 않는다. 아아, 고통없이 편하게 가버린 모양이다. 그런데 아직 생각할 수 있는 걸 보니…… 아아! 세상에는 정말 영혼이라는 게 있는 모양이구나! 오오, 신님 감사합니다. 앞으로 과학 같은 저질 방법론은 거들떠보지도 않겠습니다!

그리고 베로스는 눈을 떴다. 아이러니하게도 그의 눈에 처음 비친 것은 자신에게 검을 겨누고 있는 흑포인의 모습이었다.

그럼 그렇지, 젠장.

"뭐 해? 빨리 찔러."

베로스는 마음에도 없는 소리를 하며 다시 눈을 꼭 감았다. 그러나 이번에도 고통은 느껴지지 않았다. 갑자기 희망이 부풀었다. 혹시……? 다시 눈을 떴을 때, 그는 놀라지 않으려 애쓰며 자리에서 천천히 일어섰다. 이 세상에는 이처럼 분명한 형태로 기적이 존재하고 있다.

"이런 행운은 좀 빨리 찾아와 줘야 고맙지."

베로스는 괜히 이렇게 될 줄 알고 있었다는 사람처럼 말해보았다.

어디선가 날아든 화살비가 흑포인들의 온몸을 꿰뚫고 있었다. 피할 틈도 없이 촘촘히 날아든 화살들을 서넛씩 몸에 꽂은 흑포인들은 부르르 경련하더니 그대로 자리에 너부러졌다.

수풀 사이에서 인영들이 걸어나온 것은 거의 동시였다. 그들은 딱 보기에도 '우린 반란군이요!'라는 것을 알 수 있는 옷을 입고 있었는데, 그 중심에 위치한 사람을 보고 베로스는 놀라 말을 더듬고 말았다.

"수, 수련? 아니⋯⋯."

아니다. 수련은 아니었다. 빛나는 은빛 플레이트 아머를 보고 순간 착각하고 말았다. 은빛 플레이트 아머의 옆에 있던 사내 하나가 매서운 눈길로 베로스를 쏘아보았다.

"너희들은 누구냐. 리메인더 놈들의 첩자냐?"

리메인더의 이름이 벌써 이곳까지 알려진 모양이다. 잘못하면 적으로 몰려 죽게 생겼다. 과연 협상은 성공할 것인가?

긴장한 베로스가 호흡을 가다듬으며 말문을 열려는 순간, 뜻밖에도 이번에는 은빛 플레이트 아머가 알은체를 해왔다. 그는 한참이나 베로스의 행색을 훑어보더니 놀라움을 토해냈다.

"아, 혹시 당신은⋯⋯."

때마침 네르메스가 달려와 베로스를 부축했다.

"괜찮아, 베로스?"

"그렇긴 한데⋯⋯."

아직 안심할 수 있는 단계가 아니었다. 눈앞의 상대가 같은 편이라는 확신은 없는 것이다. 베로스는 희망을 포기하지 않았다. 그때, 상당한 수준의 미녀가 성큼성큼 걸어와 그들의 앞에 섰다.

"아."

그녀도 놀란 눈치였다. 베로스도 덩달아 놀라고 말았다. 분명 아는 얼굴이다. 기억이 필름처럼 되감긴다.

"저, 모르시겠습니까?"

이번에는 은빛 플레이트가 말했다. 그는 깊게 덮어쓴 크레스트를 천천히 벗어 들었다. 그 순간 마술처럼 그가 입고 있던 은빛 플레이트가 흑색의 레더 아머로 바뀌었다.

"아!"

"오랜만입니다, 베로스님."

입을 딱 벌린 베로스가 경악성을 터뜨렸다.

"카오스 나이트!"

"하하, 이젠 아니에요."

머쓱하게 웃는 사내. 놀랍게도 그는 루피온, 베로스와 함께 히드라 원정을 함께 떠났던 마술사 유호였다! 그리고 그의 옆에 있는 여인은…….

"반가워요. 시리우스님과 루피온님은 잘 계신가요?"

중부 연합의 수장, 발렌시아 나이트의 시리엘이 그곳에 서 있었다.

*      *      *

아무 생각도 하고 싶지 않았다. 이번에는 정리할 시간조차 주어지지 않는다. 모두, 모두 기억의 저편으로 밀어 넣어두어야만 한다.

수련은 입술을 꾹 깨문 채 걷고 또 걸었다. 얼마나 도망쳐 온 것인지 알 수 없었다. 양옆에는 세피로아와 실반이 걷고 있었고, 후미에서는 성하늘이 네임리스들을 지휘하고 있었다.

꼬마 로쉬크의 목소리가 들려온다.

"목적지가 어디예요?"

"안전한 곳이란다."

이건 성하늘의 목소리.

"벨라로메 형은요? 벨라로메 형은 왜 안 와요?"

"조금 늦게 오실 거야. 너무 걱정 마렴."

등에 업은 리타르단도의 체온은 시간이 지날수록 차가워져 갔다. 당장이라도 뒤돌아 묻고 싶었다. 안전한 곳이 대체 어디야? 그러나 그럴 수 없었다. 이제 더 이상 어리광은 부릴 수 없다. 모두가 함께 있지만, 그는 홀로 싸워야 한다.

그 공포, 그 두려움…… 그것만큼은 누구도 대신 짊어질 수 없는 개인의 몫이다. 수련 자신의 몫이다.

"저기서 쉬어가요."

세피로아의 손가락 끝을 따라가니 작은 동굴이 보였다. 육감에 어떤 기척도 잡히지 않는다. 성하늘이 고개를 끄덕이는 것이 보였다. 결정됐다.

"잠시 눈 좀 붙여요. 나흘 동안이나 곧장 걸어왔으니 피곤하실 거예요."

성하늘의 목소리는 먼 메아리처럼 반복해서 들려왔다.

리타르단도를 주로 업고 온 것은 수련이었다. 네임리스들은 그에게서 리타르단도를 받아 들어 젖은 머리를 털어주고, 옷을 갈아입힌 후 모포 속에 누였다.

"괜찮습니다."

"눈 좀 붙이세요."

"말 들어."

"제가 지키겠습니다. 쉬십시오, 마스터."

이번에는 세피로아와 실반까지 합세했다. 이렇게까지 나오는데 말을 듣지 않는다면 그것도 예의가 아니다. 수련은 어쩔 수 없는 표정으로 자리에 주저앉았다.

"그럼, 조금만……."

모닥불의 따스한 온기를 느끼며, 천천히 잠의 마수 속으로 빠져 들어간다. 오랜만에 아무런 꿈도 꾸지 않고 깊은 잠에 빠져들었다. 간혹 어둠 속에서 누군가가 조곤조곤 다투는 소리가 아릿하게 들려왔으나, 목소리의 주인공이 누구인지는 알 길이 없었다.


비가 그치고 있었다. 모닥불의 불씨는 점차 꺼져 가더니, 마침내는 완전히 사그라져 버렸다. 실반이 물기가 묻지 않은 장작 몇 개를 더 주워왔다.

"이곳에 피스의 확장 기지가 있어요. 사용하지 않은 지는 꽤 오래되었지만…… 그래도 잠깐 사람들을 수용하기에는 괜찮을 거예요."

성하늘은 얼룩진 지도를 펼쳐 중앙산맥의 서쪽을 가리켰다. 에스톨 공화국. 현 위치에서는 여전히 멀다. 거기까지 갈 수 있을지조차 알 수 없다. 잠든 리타르단도는 깨어날 기미가 보이지 않는다.

"다음 지점에서 일행을 나눠야겠어요."

어색한 정적 속에서 성하늘은 세피로아의 시선을 피하며 그렇게 말했다. 세피로아는 대답하지 않았다.

"최대한 산개하는 편이 좋아요."

맞는 말이다. 전력의 차이가 이토록 압도적인 상황에서는 차라리 표적의 개수를 늘려 생존율을 높이는 편이 더 낫다. 성하늘은 담담한 목소리로 말을 이었다.

"그리고 리타르단도님은……."

성하늘은 그 대목에서 잠깐 망설였다. 세피로아의 날카로운 육감이 사이렌을 울리기 시작했다. 이 부분이 중요하다. 지금 성하늘은 막 어떤 선택을 끝냈다.

"리타르단도님은 제가 데리고 가겠어요. 세피로아 씨는 수련 씨, 그리고 실반 씨와 함께 움직이도록 하세요."

"뭐?"

표정이 딱딱하게 굳어간다. 리타르단도를 대동하는 쪽이 쫓길 것은 불 보듯 빤한 이야기다. 그런 주제에 전력의 대부분을 세피로아 쪽에 몰아넣는다는 것은 자살 행위나 다름없다.

"너……."

이 결정은 단순히 그녀 자신, 혹은 리타르단도를 위해서가 아니다. 세피로아는 차가운 음색으로 묻는다.

"너, 무슨 생각이야?"

"당신은 그의 곁에 있어야만 해요. 그를 지켜야 해요."

한순간 세상의 소리가 모두 죽었다. 오로지 침묵, 그리고 침묵. 그나마 가끔씩 떨어지는 고인 빗방울의 떨림이 세계의 시간이 흐르고 있다는 것을 알려준다. 세피로아는 한참이나 지난 뒤에서야 다음과 같이 입을 열 수 있었다.

"너, 수련을 좋아하잖아?"

표정에 순간적으로 동요가 떠올랐다가 사라졌다.

"그러면서 왜……."

성하늘은 애틋한 미소를 지었다. 이런 미소를 가진 여자는 이길 수가 없다. 인정하고 싶지 않았지만 세피로아는 지금 이 순간의 성하늘에게는 패할 수밖에 없다는 것을 깨달았다. 이 여자는 기어코 자신의 의지를 꺾지 않을 것이다.

성하늘은 온기 섞인 시선으로 잠든 수련을 잠자코 응시하더니, 고요한 음색으로 대답했다.

"세상에는 이런 사랑도 있으니까요."

한적한 동굴의 적막은 이 세상에는 존재하지 않는 어떤 물질로 만들어진 것처럼 부드러우면서도 동시에 슬펐다. 그것은 세상에서 가장 슬픈 물질로 구성되어 있다.

"고마워."

세피로아가 말했다. 성하늘은 대답하지 않았다.

"…아직도 저 애가 해야 할 일이 남았어?"

이번에도 성하늘은 대답하지 않았다.

"그는 지쳤어."

"알아요."

아직도 뭔가가 남아 있구나. 세피로아는 그 이상 따지지 않았다. 성하늘도 알고 있을 것이다. 성하늘도 이 심정을 느끼고 있을 것이다. 세상에는 남이 대신해 줄 수 없는 일이 분명히 존재한다.

　"······그렇지만 그 이외에는 아무도 할 수 없어요."

　다시 비가 내리기 시작했다.


　깨어났을 때, 분위기가 이상한 것을 눈치 챘다. 수련은 눈치를 살피다가 세피로아에게 말을 건넸다.

　"무슨 일이야?"

　분명 아무것도 변하지 않았을 텐데 뭔가가 바뀌어 버렸다. 네임리스들도, 실반도, 모두가 침묵으로 일관한다. 세피로아는 그의 질문을 듣지 못한 모양이다. 수련은 다시 말을 꺼냈다.

　"무슨 일 있어?"

　"아니, 아무것도."

　화들짝 놀라 수련을 돌아본 세피로아는 천천히 고개를 가로저었다. 뭔가를 숨기고 있는 여자의 얼굴이다. 그러나 수련은 그녀를 추궁할 수 없었다.

　어떤 말보다 더 깊은 정적을 자아내는 존재가 눈을 뜨고 있던 것이다.

　"여긴······."

　리타르단도가 깨어났다.


　수련은 다짜고짜 리타르단도를 붙잡고 물었다. 뭔가를 해야 한다는 것은 알고 있었으나 무엇을 해야 할지 도무지 알 수가 없었다. 이렇게나 작고 약한 존재인 자신이 무엇을 할 수 있다는 걸까. 그는 더 이상 기다릴 수 없었다. 누군가가 방향을 제시해 주어야만 했다. 그리고 그 방향을 제시해 줄 가능성이 가장 높은 존재는, 바로 리타르단도였다.

"리타르단도, 이제 저는 어떻게 해야 합니까?"

마치 운명에게, 신에게 가르침을 구하듯 수련은 그렇게 물었다. 리타르단도는 깊은 심연의 시선으로 수련을 바라본다. 수련은 그의 눈 속에 비친 자신의 모습을 본다.

"그대에게 선택을 강요할 수 없다."

"제 의지입니다. 저는 강요받고 있지 않아요."

"정말, 그대는, 강요받고 있지 않은가?"

한 음절 한 음절에 심장이 움찔거릴 만큼의 무거움이 담겨 있다. 이번에는 진짜다. 지금까지와는 차원이 다른 선택이다. 수련은 마치 리타르단도의 머릿속에 들어갔다 나오기라도 한 것처럼 그것을 알아챘다.

갈곳게도 망설임이 더해진다. 어떻게 망설일 수가 있지? 나 때문에 모두가 죽었는데, 나는 아직도 뭔가를 두려워하고 있다니…….

"유저들을 돌려보낼 방법이 있다."

참으로 오래 기다렸다. 리타르단도가 그 이야기를 꺼내는 날을.

"일시적이지만… 세계의 통로를, 다시 한 번 열 방법이 있어."

"어떻게 하면 됩니까?"

"선대의 시리우스가 만든 다른 하나의 봉인, 이시스의 거울을 파괴하는 것이다. 그 거울은 아마…… 신민호 녀석이 지키고 있겠지."

방법을 알고 나니 마음은 오히려 홀가분해졌다. 그러나 그에 비례해 미래에 대한 암담함은 몇 배로 증가했다. 신민호가 지키고 있다면 모든 리메인더들이 그곳에 집결해 있다는 말이 된다.

적진의 한가운데를 돌파해 그 봉인을 파괴한다는 것은 수련뿐만 아니라 리겔도, 베가도 불가능하다. 게다가 결정적으로 그를 제외한 다른 진령들은 「시리우스의 팔」을 가지고 있지 않다.

즉, 현 상황에서 그 봉인을 부술 가능성이 있는 것은 단 두 사람. 시리우스의 왼팔을 가진 수련과 오른팔을 가진 신민호뿐이다.

"정말 현실로 돌아갈 수 있을까요?"

성하늘이 재차 확인하듯 질문했다. 그녀도 역시, 영원히 이곳에 남아 있고 싶지는 않은 모양이다. 리타르단도가 고개를 끄덕인다. 이번에는 세피로아가 물었다.

"우리는 단순한 기억으로 이루어진 존재라면서요? 그런데…… 어떻게 기억이 다시 육체로 돌아갈 수 있죠?"

"영역(領域) 밖으로 배출된 기억의 집합은, 가장 오랫동안 머물러 있었던 장소와 본질적으로 링크(Link)되어 있지."

무슨 말인지 쉽게 알아들을 수가 없었다. 리타르단도는 세피로아의 눈을 가만히 응시했다. 오랜 기억의 잔재들이 강제로 공유되어진다. 세피로아는 난데없이 발가벗겨진 듯한 기분이 되었다.

"남의 기억, 함부로 읽지 마세요."

"미안하네."

본의 아니게 남동생에 관한 기억까지 읽어버린 리타르단도는 순순히 사과했다. 그는 힘없이 말을 이었다.

"데카르트에 대해서 알고 있군."

"부전공이 철학이었으니까요."

세피로아는 퉁명스럽게 말을 내뱉었다.

"송과선(松果腺)에 대해서 알고 있겠지?"

근대 철학에 관한 수업을 들은 것은 이미 오래전의 일이었다. 세피로아는 난잡한 회상 속에서 간신히 송과선이라는 개념의 특징을 잡아냈다.

"사유와 연장을 이어주는 매개라는 것 정도만 알아요."

생각(사유)과 육체(연장)를 이어주는 송과선(松果腺). 자세한 개념은 기억나지 않지만, 뇌의 어딘가에 그것이 위치하고 있다는 데카르트의 주장에도 불구하고 어떤 해부학자도 그것을 찾아내지 못했다는 것은 어렴풋이 떠올랐다.

리타르단도가 만족한 듯 고개를 까닥였다.

"우리도 이 개념을…… 그러니까 이 링크(Link)의 이름을 데카르트의 그것을 본떠 송과선이라 부르고 있네. 사유의 자리에는 기억을, 다른 말로는 영혼을 집어넣으면 되겠지. 사실 바꾸지 않아도 별 상관은 없지만."

"이곳의 우리와…… 현실의 육체가 연결되어 있다는 말이죠?"

뒤늦게 알아들은 수련이 묻자, 리타르단도가 긍정했다. 잠시나마 분위기가 밝아졌다. 이곳에서 빠져나가기만 한다면 다시 현실세계로 돌아갈 수 있는 것이다.

그런데,

"다만, 문제가 생겼네."

좋은 소식이 있다면 나쁜 소식도 있는 법이다.

"신민호 녀석이…… 나의 「시간」에 간섭하기 시작했어."

그 이름에 수련이 반사적으로 고개를 쳐들었다.

"녀석은 내가 벌려놓은 가상현실의 시간과 현실의 시간 비를 똑같이 맞추려 하고 있다."

뭔가 뒤의 설명이 나올 것만 같은 어조였는데, 그 이상 아무런 첨언도 없었다. 일행이 그 말의 의미를 깨달은 것은 한참이나 지난 후였다. 제일 먼저 알아챈 것은 세피로아였다.

"리타르단도, 혹시나 해서 묻는 말인데……."

사실 질문 자체는 이미 오래전부터 각오하고 있던 것이다. 그래서 그 질문이 표면에 떠올랐을 때까지 아무도 긴장한 사람은 없었다.

"현실의 육체가 죽어버리면, 우리는 평생 이곳에 갇히게 되는 거죠?"

리타르단도가 고개를 끄덕인다. 문제는 이다음 질문이었다.

"혹시 그 송과선이라는 거…… 유효 기간 같은 게 있나요?"

그럴 리 없겠지만 희망이 바스러지는 소리가 들린 것도 같았다.

"현실 시간으로 약 60일. 그 60일이 지나면, 링크는 끊어지고 너흰 다시는 현실 세계로 돌아갈 수 없게 된다."

이곳과 현실의 시간 비가 같아진다는 것은 만약 이곳에서 60일이 지난다면 현실에서도 60일이 지난다는 말이 된다. 그렇게 된다면, 이곳의 유저들은 다시는 현실 세계로 귀환할 수 없다.

아찔한 적요 속에서 수련은 간신히 입술을 뗐다.

"우리에게 남은 시간은 얼마나 됩니까?"

"이 기세라면 앞으로 남은 시간은……."

리타르단도는 피곤한 기색으로 눈을 감으며 간신히 말을 맺었다.

"한 달도 채 되지 않는다."

여섯 번째 산등성이를 넘었을 때, 일행은 교차로에 섰다. 여기서 헤어져야 한다. 일행은 약속이나 한 듯 일제히 걸음을 멈췄다. 성하늘이 입을 뗐다.

"수련 씨들은 북부의 뤼넨바르를 경유해서 가주세요. 저희는 중부의 아이소니아를 경유해서 에스톨로 갈게요."

적의 추격을 분산시키기 위해서는 흩어지는 편이 좋다. 수련은 망설였으나 결국은 그 제안을 받아들이고 말았다.

"그런데 정말, 괜찮겠습니까?"

아무리 네임리스 넷을 대동하고 있다지만 성하늘 혼자의 힘으로 리타르단도—게다가 로쉬크도 있다—를 지키는 것은 어려울 것이다.

성하늘이 고개를 끄덕였다. 그러나 모든 것이 결정된 후에도 일행들은 쉽게 발걸음을 뗄 수 없었다. 그 걸음을 떼는 순간 결심은 현실이 되어버릴 것이기 때문이다.

"곧 다시 만나지."

리타르단도가 그렇게 말한다면, 그 미래는 확실하다. 그렇게 생각하자 안심이 되었다. 분명 우리는 다시 만날 수 있을 것이다.

아무도 예상치 못했던 말을 수련이 꺼낸 것은 성하늘 일행이

걸음을 옮기려는 순간이었다.

"실반, 너도 저들과 같이 가라."

확연한 의지가 담긴 눈빛이다. 실반은 거부권이 없음을 깨닫고 고개를 끄덕였다.

"알겠습니다, 마스터."

"안 돼요. 그는 당신과 같이……."

"실반을 데려가십시오."

이 고집은 꺾을 수 없다. 이 남자는 때로 이런 구석이 있다. 성하늘은 힘없이 손을 내렸다. 실반이 천천히 성하늘 일행 쪽으로 합류했다. 이제는 상대적으로 수련 일행이 초라해졌다.

그 순간, 다시 한 번 수련이 실반을 불렀다.

"아, 실반."

뭔가가 아쉬웠던 걸까?

누구보다 수련을 잘 이해한다고 믿는, 누구보다 그의 곁에 오래 있었던 실반이다. 실반은 본능적으로 자신의 마스터가 뭔가를 말하려 한다는 것을 깨닫고 몸을 돌렸다.

"이걸 가져가."

"이건……?"

실반은 수련에게서 받은 물건을 보며 당혹스러운 표정을 지었다. 그 물건과 수련의 얼굴을 몇 번이나 번갈아 보던 실반은 잠시 후 간신히 고개를 끄덕이며 대답했다.

"알겠습니다."

# EPISODE **030**

Endless walker

  피스 지부의 완파 소식은 일주일도 채 지나지 않아 대륙의 곳곳에 전파되었다. 서부 연합군에 몸을 의탁하고 있던 베로스와 네르메스 또한 그 소식을 들었다.

  베로스는 탄식했다.

  "빌어먹을…… 우리가 너무 늦었어."

  더 기다렸으나 희망적인 소식은 거의 들려오지 않는다. 절반 이상의 병력이 몰살당했다고 한다. 어쩌면 베가도, 리겔도…… 운이 나쁘다면 수련도 죽었을 것이다.

  "리메인더 연합이 서북쪽으로 계속해서 이동해 오고 있다는 군요."

  발렌시아 나이트의 유호와 시리엘은 서부 연합의 수장이 되어 있었다. 대륙의 7대 길드를 제외한 대부분의 중소 길드들은 그들의 아래에 포섭되어 있었는데, 의외로 중소 길드들이 보유하고 있던 전력이 상당히 특출했다.

"이게 모두 마스터 목록입니까?"

베로스는 경악하며 두루마리의 명단을 정신없이 세어보았다. 무려 몇백에 달하는 숫자다.

"거대 길드에만 마스터 급의 유저가 있는 것은 아니니까요. 아시다시피, 유저들 중에는 조용히 게임하고자 하는 사람들도 많습니다."

리메인더와의 충돌을 피해 중부 연합 자체를 서부로 옮기면서, 연합은 「평화」를 선언했다. 어떤 단체와도 전쟁을 치르지 않을 것을 공식적으로 표명한 것이다. 예상대로 그 표명은 평화와 안정을 꾀하는 유저들에게 잘 먹혔고, 생각 이상으로 많은 숫자의 유저가 서부 연합에 흡수되었다. 그렇게 모인 유저의 숫자는 약 5만. 피스가 보유하고 있는 3만 유저와 합치면 8만의 대군이 된다. 기대 이상의 전력이었다. 리메인더의 20만에 비하면 턱없이 부족하지만, 이 정도라면 어느 정도는 싸워볼 만할지도 모른다.

"어?"

그런데, 아직 놀라움은 종말을 고하지 않았다. 찻잔을 내어온 메이드의 행동을 보던 네르메스가 멍한 목소리로 입을 열었다.

"이분, 네임리스시죠?"

"네?"

유호가 고개를 갸웃거리며 반문했다. 아무래도 네임리스라는 용어는 그다지 보편적으로 알려지지 않은 모양이다. 네르메스가 다른 용어를 취사선택하기도 전에, 유호가 재빨리 말을 보충했다.

"아, 그러고 보니 중부 쪽에서는 NPC 분들을 네임리스라 부르는 모양이더군요."

유호는 그제야 이해했다는 듯이 고개를 끄덕이며 덧붙인다.

"혹시, NPC······ 네임리스 분들에게 반감을 가지고 계신가요?"

"예? 아뇨."

네르메스가 황급히 고개를 젓자, 유호가 가늘게 웃었다.

"역시 그렇군요. 피스는 네임리스들에 대해서 호의적인 단체라고 들었습니다."

당연하지. 피스는 사실 진령들에 의해 운영되는 단체나 마찬가지니까. 베로스는 속으로만 생각했다.

"저희 서부 연합도 네임리스에 대해 호의적인 편입니다. 사실 이 세계의 실제 주민은 그들인 것이나 다름없으니까요. 어떻게 보면 우리 유저들은······ 침략자죠."

무심코 내민 칼에 심장이 푹 찔렸다. 그런 말을 대놓고 꺼낸 유저를 만난 것은 처음이다. 침략자. 왜 한 번도 그런 식으로 생각해 보지 못했을까. 문득 고등학교 세계사 시간 때 배웠던 백인과 인디언들의 일화가 떠올랐다.

어쩌면 지금의 유저들은 그때 그 인디언들을 강제로 정벌했던 백인들과 다를 바 없을지도 모른다.

"그들을 생명체로 보십니까?"

"우리와 그들이 다른 점이 뭘까요?"

그런 말을 하면 말문이 막혀 버린다. 아마 유호는 론도의 탄생 배경에 대해 전혀 모를 것이다. 그럼에도 그는 네임리스들의 존재에 대해 이토록 관대한 입장을 취하고 있다.

마치 유저와 네임리스는 동등한 존재라고 말하는 듯이. 베로스는 차마 그 이상의 질문을 꺼낼 수 없었다.

베로스가 어쩐지 불편해하는 듯하자 유호는 그게 존댓말 때문이라고 생각했는지 대뜸 이렇게 말했다.

"그때처럼 편하게 말을 놓으셔도 괜찮습니다."

"아."

부끄러워졌다. 스스로는 그렇지 않다고 믿어왔는데, 그 자신 또한 별수없는 속물이었던 모양이다. 사칭 사기꾼이던 그때의 유호와 이제는 한 성의 성주, 한 단체의 우두머리가 된 유호를 이토록 차별하는 것을 보면…….

베로스는 부끄러운 듯 고개를 숙였다.

흘끔 네르메스 쪽을 바라보았더니, 그녀는 창틀에 기대어 성의 풍광을 관찰하고 있었다. 유호가 웃으며 말했다.

"괜찮으시다면 성을 좀 둘러보시겠습니까?"


치안이 제대로 잡히지 않았던 피스와는 달리 서부 연합은 퍽 안정된 모습이었다. 유저와 네임리스들은 화합하고 있었고, 딱히 그 혼합에 대해 불평하는 사람도 없어 보였다.

대체 피스와 이들은 뭐가 달랐던 것일까.

피스 또한 네임리스들을 포용하고 있다. 동시에 유저들도 인정하고 있다. 피스와 서부 연합은 다르지 않다…….

"피스의 사람들을 구출하고 싶습니다."

유호와 함께 내성 밖으로 나온 베로스는 말을 돌리지 않고 바로 방문 목적을 이야기했다. 급습을 받은 유호의 표정이 잠시 굳어지더니, 조금은 침울한 대답이 흘러나왔다.

"긍정적인 대답은 힘들지도 모릅니다."

그것은 저 혼자 결정할 수 있는 일이 아니니 연합의 간부들과 토론이 필요할 것 같습니다. 덧붙이는 말에서 베로스는 어렴풋이 결과를 예상할 수 있었다. 이 동맹은 결렬될 것이다.

결국 그는 비장의 카드를 꺼내기로 했다.

"수련을…… 카오스 나이트를 구출해야 합니다."

카오스 나이트. 그 말에 유호의 두 눈이 순간적으로 커졌다가 다시 수축되는 것을 베로스는 똑똑히 보았다.

"노력해 보겠습니다."

무게감있는 목소리였다. 어쩌면 조금은 희망이 있을지도 모른다. 유호는 그 말을 남긴 채 간부회의 소집을 위해 내성 안쪽으로 사라졌다.

"베로스, 저것 좀 봐."

유저로 보이는 한 사내가 네임리스 여자와 함께 거리를 걷고 있었다. 이색적인 충격이 뇌리를 휘감았다.

왜 생각하지 못했을까. 분명 이곳에 적응하는 유저 중에는 이미 이곳에서 새로운 삶을 시작하고 있는 사람도 있을 것이라는 사실을. 모두가 현실로 돌아가고 싶어하는 것은 아니다.

"이런 곳이 존재하다니……."

처음으로 그런 생각을 했다.

만약 이런 상태로 국가가 존속할 수 있다면 이곳에서 살아가는 것도 나쁘지만은 않을지도 모른다. 서부 연합처럼, 유저와 네임리스들이 서로 화합하며 공존할 수만 있다면……

베로스는 이채로운 눈길로 성의 곳곳을 살피더니, 한순간 걸음을 멈췄다. 네르메스가 뭐라고 묻기도 전에 그는 곧장 성곽 쪽을 향해 가로질러 달려갔다. 그야말로 급작스러웠다.

"무슨 일이야?"

간신히 그를 쫓아온 네르메스가 호흡을 고르며 물었다. 베로스는 기존의 이론을 맹신하는 과학자의 얼굴로 중얼거렸다.

"이거…… 지워졌잖아?"

그는 성곽의 표면을 만지작거리며 말했다. 얼마 전까지 그 표면에는 그림 같은 것이 그려져 있었던 것 같았다. 누군가가 문질러 지운 흔적이 선명하게 남아 있다. 지우지 못한 부분은 아예 표면을 부숴놓았다.

베로스는 그 자리에 원래 뭐가 있었는지 잘 알고 있었다. 그것은 마을 입구에도 있었고, 성문에도 있었으며, 심지어는 던전의 곳곳에 새겨져 있던 문양이었다. 익숙한, 너무나도 익숙한.

"엠블럼."

"어, 정말 엠블럼이 없잖아?"

뜻밖의 장소에서 감춰져 있던 퍼즐 조각을 획득했다. 베로스는 그동안 쭉 궁금했었다. 그 엠블럼은 정말 단순히 야당이 여당을 견제하기 위해, 선거에서 이기기 위한 목적만이 잠재되어 있는 것일까? 정말 그것뿐일까?

"뭔가 문제가 있으신가요?"

"아!"

베로스와 네르메스는 덜컥 소리를 지르며 뒤를 돌아보았다. 누군가에게 미심쩍은 인간으로 찍힌다면 곤란하다. 상대방을 확인한 베로스가 한숨 쉬듯 말했다.

"시리엘."

발렌시아 나이트의 수장, 시리엘이 생글생글 웃고 있었다.

아마 순찰대와 함께 외부 정찰을 다녀온 모양이었다. 여자의 몸으로 그런 일을 하는 것은 쉬운 일이 아닐 터인데, 참으로 대단한 여장부였다. 그러고 보면 그들을 구해줬을 때도 순찰대에 시리엘이 포함되어 있었다.

"이곳에 계신 동안 뭔가 불편하신 점이라도……?"

"아뇨, 괜찮습니다."

베로스는 쓰게 웃으며 손사래를 치다가 오히려 잘됐다는 생각을 했다. 시리엘이라면 이것에 관하여 뭔가 알지도 모른다.

"실은, 하나 물어볼 것이……."

베로스는 최대한 말을 돌려가며 성곽에 그려져 있던 엠블럼에 대해 알고 있는지를 물었다. 이것을 지웠다는 것은 어쩌면 엠블럼의 기능에 대해 알고 있을지도 모른다는 의미였다. 게다가 만약 그것을 지운 것이 시리엘이나 유호라면…….

그들은 리메인더나 피스들과 어떻게든 관련되어 있을지도 모른다.

"아, 그걸 엠블럼이라 부르는군요."

시리엘이 손뼉을 마주치며 말했다. 왠지 시리엘의 반응이 시답잖은 듯해서 맥이 탁 풀렸다.

"맞아요. 유호님의 지시가 있었어요. 그 엠블럼을 지우라는…… 아, 유호님은 그냥 「그림」이라고 말씀하셨지만."

베로스는 다시 긴장했다.

"유호님은 엠블럼의 효능을 알고 계십니까?"

"음……."

시리엘은 손가락으로 자신의 아랫입술을 짚은 채 곰곰이 생각하는 듯하더니, 약간은 자신없는 목소리로 말했다.

"아뇨, 유호님도 자세히는 모르시는 것 같았어요. 다만 저한테 왠지 그 그림이 의심이 간다는 말씀을 하셨어요."

"의심 간다고요?"

"네. 그 그림을 본 유저들이 이상한 증상을 보였거든요."

갑자기 심장이 꽉 막혀왔다. 이야기를 들어보니 유호는 엠블럼의 구체적인 탄생 과정에 대해서는 무지한 듯했다. 그럼에도 그는 베로스와 비슷한 결론을 유추해 냈다.

"사실 모든 유저들이 그런 증상을 보인 것은 아니었지만, 아무래도 유호님은 그걸 꺼림칙하게 여기신 것 같으셨어요."

시리엘은 고심에 잠긴 베로스는 아랑곳 않고 계속해서 말했다.

"뭔가 그 그림이 유저들에게 안 좋은 영향을 미치는 것 같다면서…… 손수 일꾼들과 합세하셔서 그림을 다 지우시더라고요."

어쩌면 이것 때문일지도 모른다.

베로스는 연신 믿을 수 없다고 중얼거리면서도 그런 생각을 하지 않을 수 없었다. 피스와 서부 연합의 결정적인 차이는 바로 이것일지도 모른다. 생각해 보면 피스의 돔 근처에도 곳곳에 이와 같은 엠블럼이 남아 있었다.

"참, 아세요? 그 그림…… 자꾸 모양이 변해요."

"네?"

"지금은 지워졌지만…… 지우기 전에 그림, 아니, 엠블럼의 모양이 종종 바뀌곤 했어요. 뭐랄까, 뭐라고 말하기는 어렵지만……."

결정타였다. 모양이 변한다고? 전에는 그렇지 않았는데? 순간적으로 사고가 끊겼다가 다시 이어졌다. 알 듯하면서도 아스라하다. 뭔가 중요한 것을 놓치고 있는 기분이다.

외성문 바깥쪽에서 소란이 벌어진 것은 그때였다. 익숙한 목소리가 들린 것도 같았다. 펼쳐지던 사유의 나래가 한순간 반으로 접혔다. 조금만 더 지속됐다면 뭔가 알아냈을지도 모르는데…… 아쉬움이 피어오른다.

"잠시만 실례하겠습니다."

대신, 베로스는 이상한 예지 같은 것을 느끼고 네르메스와 함께 외성문 쪽으로 다가갔다. 발걸음이 늘어날수록 예감도 완성되어 가기 시작한다.

"죄송하지만, 안 됩니다."

단호한 경비병의 목소리. 그곳에서는 경비병과 한 무리의 여행객들이 실랑이를 벌이고 있었다.

"허가가 나오지 않으면 들어갈 수 없습니다."

"아니, 글쎄 그러니까 우리 사절단이 분명 도착했을 거라니까?"

걸음이 자리에 우뚝 멈춰 선다.

"베로스?"

익숙한 얼굴들이 보였다. 베로스는 입을 딱 벌린 채 그를 부른 대상을 바라보았다. 피로 붉게 물든 케이프를 두르고 있는 분홍 머리칼의 여인.

"베가!"

환영의 베가와 살아남은 일부 피스들이 서부 연합에 도착했다.

*　　　*　　　*

수련은 탈진한 세피로아를 업은 채 걷고 또 걸었다. 비를 많이 맞은 탓에 온몸이 축축했다. 멀리서 마을의 불빛이 보이기 시작한다.

"세피로아, 괜찮아?"

대답이 없다. 제발 괜찮아야 할 텐데. 수련은 이를 악문 채 걷고 또 걸었다. 어쩌면 이렇게 될 거라는 사실을 알고 있었는지도 모른다. 그럼에도 이렇게 되지 않을 거라고 믿었다.

질척거리는 진흙길을 조심조심 피해서 간신히 마을의 입구에 도착했다. 그런데 그곳에서 수련은 자기도 모르게 우뚝 멈춰 서고 말았다.

마을의 입구 옆, 희미하게 새겨진 엠블럼이 그의 눈길을 끌었던 것이다. 그런데 엠블럼의 모양은 그가 익히 알던 그것과는 조금 달랐다. 영화의 예고편처럼 요약된 기억이 망막을 스쳐 간

248 론도

다. 네임리스들을 학살하며 즐거워하던 유저들의 추악한 모습이 엠블럼 위에 겹쳐진다.

'어쩌면, 이거……'

계속해서 의아했다. 물론 현실세계에도 인종 차별이나 계급 차별 같은 것은 공공연히 존재하고 있다. 하지만 수련은 그것이 정말로 인간의 본성에 내재되어 있는 악의라고 믿고 싶지 않았다. 정말 나쁜 것은 인간이 아니라 인간을 그렇게 만든 '어떤 것'일 거라고, 그렇게 생각하고 싶었다.

엠블럼에는 여전히 붉은색의 뭔가가 파란색을 공격하고 있었다. 어떤 증거도 없지만 수련은 그 엠블럼의 파란색이 유저를 상징하고 있을 것이라고 추측했다. 그렇다면 유저들의 불가해한 행동들이 이해가 된다. 이것은 간접 최면이다. 이 엠블럼이 네임리스에 대한 유저들의 악의를 촉진시키고 있다.

엠블럼이 잘 보이지 않아 수련은 한쪽 발로 조심스레 엠블럼의 표면을 문질렀다. 안타깝게도 흙이 묻어 있었던지라 엠블럼은 더 더러워지고 말았다.

"어?"

그 순간, 엠블럼의 모양이 조금 변한 것 같았다. 수련은 세피로아를 한 손으로 안고 나머지 한 손으로 엠블럼의 표면을 급하게 닦아냈다. 그리고 경악하고 말았다.

엠블럼이 빛나는 순간, 무언가가 가슴속에서 부글부글 끓어오른다. 흥분일까, 아니면 그보다 더 지리멸렬한 악의일까……
수련은 강력한 정신력으로 그 망상들을 몰아낸다.

그것이 상징하는 것은 유저와 네임리스가 아니었다. 그것은……

"…무슨 일이야?"

세피로아가 혼미한 목소리로 물었다. 수련은 황급히 세피로 아를 양손으로 안아 들었다. 아직 충격의 도가니에서 완전히 빠져나오지는 못했으나, 지금 당장 중요한 것이 무엇인지는 분명하게 알고 있었다.

"세피로아, 괜찮아?"

"으응, 잘 모르겠어……."

목소리에 힘이 없다. 수련은 그녀를 양손으로 안고서 마을 안으로 성큼성큼 발을 내딛었다. 그러면서 머릿속으로는 방금 전 보았던 엠블럼을 상기시켰다.

자신이 잘못 본 것이 아니라면 그 엠블럼이 상징하는 것은 분명…… 리메인더와 피스였다.


야시장의 아른거리는 불빛이 둘의 초라한 몰골을 비추었다. 대충 사위를 둘러보다가 허름한 여관 하나를 발견하고 문을 열어젖혔다.

늙은 여관 주인은 수련과 세피로아를 보고 당황하더니, 이내 부엌칼을 들고 경계하기 시작했다. 네임리스다. 그는 한눈에 수련과 세피로아의 정체를 알아본다.

"유저가 이곳에 무슨 일이오?"

"돈은 드릴 테니, 묵게 해주십시오."

뤼넨바르는 아직까지 유저와 네임리스 간의 간헐적인 소규모 국지전이 벌어지는 무법지대였다. 주인은 여전히 경계를 풀지 않았다.

"일행이 다쳤습니다."

수련은 세피로아의 옆구리가 피로 물든 것을 보여주었다. 피를 본 여관 주인의 표정이 딱딱하게 경직되더니, 이내 칼을 내려놓는다.

"어디서 왔소?"

"이모탈 랜드."

그 말이 떨어지는 순간 주인의 안색이 홱 변했다.

"보아하니 전쟁에 휘말려 있는 것 같은데, 미안하지만 나는 내 가게가 부서지는 꼴을 보고 싶지 않으니 당장 나가시오."

역시 안 되나. 수련은 낙심하며 돌아섰다.

무법지대라면 마을에 있다고 해도 결코 안전하지 않다. 차라리 숲속에서 노숙하는 편이 더 나을 때도 있다. 하지만 지금 상태로는 자기 몸 하나를 건사하기도 힘들었다. 세피로아를 지키면서 추격자를 상대하고 불한당들까지 처리하기엔 몸이 남아나질 않는다.

반드시 묵을 곳을 구해야 한다. 마을은 넓다. 최소한 한곳쯤은 그들을 재워줄 곳이 있을 것이다.

"아, 잠깐."

막 여관을 나오려는 순간, 주인이 약간 자제하는 듯한 음성으로 물었다.

"혹시…… 피스에서 오셨소?"

반사적으로 뒤를 돌아본다. 그 매서운 눈길에 여관 주인이 어깨를 움츠리며 핼쑥하게 웃는다.

"이모탈 랜드라길래 혹시나 해서 물어봤지."

"피스를 아십니까?"

"아, 역시 맞군."

뜻밖에도 주인의 얼굴에 반가움이 감돌았다. 그는 수련과 세피로아를 다시 안으로 맞이하며 전혀 예상치 못했던 말을 꺼냈다.

"예전에, 제롬이란 친구가 이곳에 온 적이 있거든."

수련은 여관 주인의 도움으로 싼값에 방을 얻을 수 있었다. 제롬이 유저 행세를 하며 다니던 시절, 뤼넨바르의 이 여관을 경유해 간 모양이었다.

"나한테 피스에 들어오지 않겠냐고 하더군."

"당신에게 말입니까?"

"나는, 자네들의 「현실」을 알고 있다네."

제롬 말고도 누구의 도움도 없이, 스스로 자신의 존재에 대해 자각한 네임리스가 종종 있는 모양이었다. 어쩌면 돔 내부에 기거하던 많은 네임리스들도 어떤 형태로든 자신의 원형(原形)이 되는 실마리를 좇아 피스에 몸을 의탁한 것이 아닐까.

"그 아가씨, 몸이 많이 안 좋아 보이는군. 간단한 요깃거리라도 내어올 테니 조금만 기다리게."

여관 주인이 밖으로 나서자, 수련은 의자를 끌어당겨 침대에 누인 세피로아의 병세를 살폈다. 벌겋게 벗겨진 옆구리에 화상자국이 선명했다.

"빌어먹을……."

수련은 그 화상 자국을 남긴 범인을 되새기며 이를 갈고 또 갈았다. 반드시 복수할 것이다. 그리고 세피로아만은 무슨 일이 있어도, 무슨 일이 있어도 지킬 것이다. 절대로.

\*　　　\*　　　\*

진령 카펠라와 조우한 것은 성하늘 일행과 헤어진 지 삼 일째 되던 날이었다. 둘만의 여행에는 불길한 상황을 정화시켜 주는 묘한 에너지 같은 것이 있다. 세피로아는 짐짓 뒷짐을 지고 수련의 앞을 걸으며 자그마한 목소리로 중얼거렸다.

"꼭 신혼여행 같은데."

설렘이 차오른다. 수련은 헛기침을 하며 괜히 딴청을 부렸다. 이런 분위기에는 대체 어떻게 대처해야 할지 알 수가 없다. 세피로아가 다시 입을 열었다.

"무슨 말이라도 해봐."

"응."

마땅히 화제가 떠오르지 않았다. 높아지는 심장박동 수만큼 머릿속은 하얗게 탈색되어 간다. 다시 어색한 침묵이 들어찼다.

"저……."

"저기."

"응, 먼저 말해."

"너 먼저."

어디선가 보던 전개라서 자기도 모르게 피식 웃음을 터뜨렸다. 고개를 드니 세피로아도 웃고 있었다.

"그럼 나 먼저 말한다?"

수련은 왠지 지는 기분으로 고개를 끄덕였다.

"있지, 어릴 때 말야. 집 앞에 작은 놀이터가 있었어. 어디에나 있는 그런 놀이터였어. 너도 본 적 있지? 조막만 한 시소와 그네가 있고, 미끄럼틀 하나가 중앙에 놓여 있는."

수련은 다시 한 번 고개를 끄덕였다. 어쩐지 의미심장한 시작이다. 대체 무슨 이야기를 하려는 걸까?

"그 놀이터의 구석에는 징검다리가 하나 있었어. 왜, 씨름장처럼 둥글게 타원을 그리고 있는…… 부드러운 모래 속에 깊게 박힌 타이어로 만들어진 징검다리."

소녀는 놀이터에서 그네를 타고 있다. 그네를 타던 소녀는 그 타이어로 만들어진 징검다리에 시선을 집중한다. 분명 올라가고 싶다, 라고 생각했을 것이다.

"두 팔을 가로로 쭉 펴고 종종 그 징검다리 위해 올라가곤 했어."

세피로아는 마치 그 징검다리에 올라가 있기라도 한 것처럼 두 팔을 쭉 뻗고 위태위태하게 걸어가기 시작했다. 수련은 멍하니 그 광경을 바라보았다.

"여기서 떨어지면 죽어, 죽어, 죽어…… 그렇게 자기 암시를 걸고, 열심히 징검다리를 건넜지. 그렇게 생각하면 왠지 게임에 더 집중할 수 있게 되잖아? 마치 떨어지면 정말 죽어버릴 것처럼, 한 걸음 한 걸음에 긴장감이 넘쳐."

수련은 약간 걸음을 빨리해서 그녀의 곁으로 다가갔다. 세피로아의 허리는 한 손으로도 안을 수 있을 만큼 가늘어 보인다.

그녀는 과장해서 비틀거리기 시작했다.

"그런데 정작 떨어져도 죽진 않더라고…… 우리 인생이란, 어쩌면 그런 것 아닐까?"

세피로아의 몸이 점차 기울어진다. 수련은 재빨리 다가서서 그녀의 가녀린 몸을 붙잡았다. 자연스레 그녀를 안은 자세가 된다.

"어릴 때는 이지가 이렇게 잡아주곤 했어."

세피로아는 수련을 올려다보며 웃었다. 그리고 귓가에 속삭였다.

"고마워."

수련은 빨개진 얼굴로 시선을 회피했다.

어쩌면 세피로아의 말은 지금 현재의 상황에 빗댄 일화일지도 모르겠다는 생각이 들었다. 이곳은 관념의 세계다. 실존하지 않는 기억의 세계.

이곳에서 '죽음'이라는 것은 정말로 '죽는 것'일까? 어쩌면…… 그것조차 우리가 단지 '죽음'이라고 믿기 때문에, 생각하기 때문에 '죽음'인 것은 아닐까?

머릿속이 복잡해진다. 다시 세피로아를 바라보며 뭔가 말문을 떼려는 순간, 그녀의 안색이 확 변했다.

"비켜, 수련!"

세피로아는 놀란 토끼처럼 발작적으로 수련을 밀쳤다. 뜨거운 폭염이 아슬아슬하게 머리를 스친다.

대체 어디에 숨어 있다가 나타난 것일까. 카펠라가 뿜어낸 불꽃을 세피로아의 도움으로 간신히 피해낸 수련은 자세를 고쳐

잡으며 적들을 바라보았다.

다행히 적은 카펠라 하나뿐이었다.

"횡재했군."

운이 나빴다. 아무래도 카펠라와의 조우는 우연인 모양이다. 인퀴지터와 레퀴엠이 울부짖으며 깨어난다.

"수련, 안 돼."

세피로아가 만류했으나 이미 피할 수 없었다. 수련은 그대로 카펠라를 향해 달려들었다.

리겔은 싸우지 말라고 말했었지만, 수련은 자신이 있었다. 그동안 베가와 리겔에게 많은 것들을 배웠다. 이미 예전의 자신이 아니다. 진령이 아무리 강하다고 해도 한 명쯤은 어렵지 않게 처치할 수 있을 거라고 생각했다.

잔인한 오산이었다.

레퀴엠에서 섬광검이 발출했다. 오른손에서 일루젼 브레이크가 뻗어나간 것도 거의 동시였다. 그리고 두 선이 만나는 지점!

그곳에서 완성된 형태의 레이 브레이크가 불을 뿜었다. 카펠라는 무방비 상태였다.

'상당한 타격을 입힐 수 있을지도 모른다!'

수련은 짧은 희망에 부풀었다. 화려한 빛의 폭발이 일어났다. 최소한 중상이다. 운이 좋다면, 이 기회에 녀석을 죽일 수 있을지도 모른다. 그러나 짙은 폭연(爆煙)이 걷혔을 때, 수련은 압도적인 실력의 격차를 절감하고 말았다.

"설레었나?"

강력한 홍염 결계가 카펠라의 주위를 두르고 있었다. 리겔의 뇌전 결계도 완전히 막아내지 못했을 법한 위력이었음에도 카펠라는 상처 하나 없었다.

"말해봐."

카펠라는 놀리듯 수련을 향해 홍염탄을 쏘아 보냈다. 이글거리는 불꽃의 잔영이 수련의 빈틈을 노리고 파고든다. 숨 쉴 겨를도 없이 팬텀 실드를 펼쳐 불꽃을 튕겨냈다.

레퀴엠과 인퀴지터가 십자 형태로 교차하며 긴 꼬리를 남긴다. 실루엣 브레이크! 공간이 흐물흐물 갈라지고, 결계를 스친 불똥이 마구 산란했다.

그러나 어떤 공격도 카펠라의 몸을 스치지 못한다.

'아아.'

자신은 약하지 않다고 외친다. 이길 수 있다는 암시를 건다. 그럼에도 눈앞의 상대는 너무나 강하다. 자신감의 면적은 알게 모르게 줄어들어 간다.

"시리우스의 아들에 리겔의 제자라더니, 형편없군."

리겔이라는 말에 정신이 번쩍 들었다.

"리겔을…… 죽였나?"

"글쎄?"

불꽃을 두른 카펠라의 왼팔이 가볍게 레퀴엠의 칼날을 튕겨내고, 뒤이어 오른손에서 뻗어 나온 불꽃 자락이 수련의 어깨를 가볍게 스쳤다. 살짝 스치기만 했을 뿐인데도 화끈한 통증이 느껴진다.

차원이 다른 상대다.

수련은 바로 도망쳤으면 살 수 있었을까, 하는 생각을 했다. 살 수 없었을 것이다. 상대는 수위의 무력을 가진 진령 카펠라다.

몇 번의 공방을 통해 수련은 카펠라의 오른손이 자유롭지 못하다는 사실을 눈치 챘다. 어깻죽지에 뇌전에 덴 상처가 있었다.

'리겔.'

수련은 이를 꽉 깨물었다. 여기서 죽으면 완전히 개죽음이다. 피스가, 그의 동료들이 자신에게 무엇을 기대하고 있는지는 알 수 없지만, 스스로가 아닌 그들을 위해서라도 살아야 한다.

수련은 일직선으로 날아드는 폭염탄을 보며 재빨리 몸을 웅크렸다. 그러나 그 공격은 수련을 노린 것이 아니었다. 그는 하얗게 질린 얼굴로 뒤돌아 외쳤다.

"세피로아, 도망가!"

그리고 그것이 실수였다. 수련은 뜨끈한 뭔가가 자신의 뒷목에 닿는 것을 느꼈다. 첫소리를 닮은 비명이 터져 나왔다.

"수련!"

바닥을 뒹굴며 불꽃을 피해낸 세피로아는 뒷덜미를 잡힌 수련을 향해 외쳤다. 지옥의 불꽃이 넘실거리며 수련의 목을 붉게 물들여 가기 시작한다. 구해야 해. 그런데 바로 그 순간, 수련의 몸속에서 또 다른 수련이 튀어나와 세피로아를 안아 들었다.

"뭐, 뭐……."

세피로아는 정신없이 멀어져 가는 정경을 보며 말을 더듬었다. 분명 수련 속에서 또 다른 수련이 튀어나왔다.

"영체분신(靈體分身)!"

경악한 카펠라의 목소리가 들려온다. 그러나 그 음색은 어쩐지 당혹스럽기보다는 유쾌해 보였다.

"제법인데, 꼬마!"

발을 내딛을 때마다 대지가 찰과상을 입는다. 긴 불꽃의 레일이 펼쳐지며 폭주 기관차처럼 수련의 뒤를 쫓는다.

수련은 세피로아를 안고 정신없이 달렸다. 뒤통수로 느껴지는 열기가 점점 더 뜨거워진다. 환영의 비술인 아바타 오브 팬텀을 사용한 직후라 체력이 급격하게 떨어졌다. 이제 열기가 바로 뒤에서 느껴지고 있다.

거의 따라잡혔다. 수련을 무심코 뒤를 돌아보았다가 질겁했다. 숲이 온통 불바다였다. 양손에 거대한 불덩이를 쥔 카펠라가 광기에 물든 미소를 띤 채 쫓아오고 있었다.

"계통 능력?"

리겔의 말이 떠오른다. 진령들은 속성 저주(詛呪)를 사용할 수 있다. 영력이 약한 존재라면 그 저주에 당했을 때, 그 자리에서 소멸할 수도 있다.

조금만 더 도망치자. 조금만 더…….

찰나라도 이 시간이 이어진다면 어떻게든 해결책이 생각날 것만 같았다. 그러나 수련의 바람은 미처 이루어지지 못했다. 긴 숲길이 끝나자마자 수련은 그 자리에 멈춰서야만 했다.

절벽이었다.

"내려줘."

세피로아가 딱딱한 얼굴로 말했다. 자존심이 상한 듯한 음성이었지만 거기에까지 신경 쓸 여유는 없었다. 이제는 방법이 없다. 싸워야만 한다.

카펠라는 궁지에 몰린 쥐를 농락하는 고양이처럼 천천히, 그리고 유유히 다가왔다. 새하얀 불꽃의 농도는 이제 극에 달해 있었다.

레퀴엠과 인퀴지터를 쥔 두 손이 부들부들 떨린다. 모든 기술을, 모든 역량을 총동원해서라도 세피로아를 지키고 말겠다. 그리고 자신도 살아남겠다.

"세피로아, 떨어져 있어."

세피로아는 대답이 없었다. 저주를 응집시킨 불덩이가 날아든다. 검극에 영력을 집중한다. 막을 수 없음을 깨닫는다.

그리고…… 세피로아가 몸을 날린다.

"안 돼!"

수련은 불덩이를 향해 달려드는 세피로아를 향해 함께 몸을 날렸다. 뭔가가 아찔한 고통을 남기며 스쳐 지나간다. 통증이 사라졌을 때, 수련은 자신이 세피로아와 함께 절벽 아래로 떨어져 내리고 있음을 깨달았다.


"이렇게까지 할 생각은 없었는데."

카펠라는 허탈한 표정이었다. 뜻밖의 행운에 간단히 몸만 풀 생각이었는데, 저쪽에서 위험을 자초해 버렸다.

카펠라는 시커먼 절벽 아래를 잠시 내려다보더니, 손끝에서 강렬한 열풍을 뿜어 밑으로 쏘아 보냈다.

"죽진 않을 거다, 꼬맹이."

그리고는 그 또한 아래로 천천히 낙하하기 시작했다.

수련은 아래쪽에서 불어오는 따뜻한 열풍이 그와 세피로아의 몸을 부드럽게 감싸주는 것을 느꼈다. 추락 속도가 급격하게 줄어든다. 바람에 영력이 묻어 있다. 누군가가 의도적으로 쏘아보낸 것이다.

이해할 수 없다. 처음부터 끝까지. 지금까지의 모든 부조리가 거대한 응어리가 되어 뭉쳐지는 기분이었다.

카펠라가 왜 자신을 굳이 살려두었는지, 그리고 신민호는 왜 그에게 론도를 시작하게 만들었는지. 왜 그에게 기술을 가르쳤고, 왜 그를 피스로 인도했고…… 왜 그를, 자신의 가장 큰 적으로 만들었는지!

수련은 떨어지는 세피로아를 한쪽 손으로 붙잡고, 다른 한 손으로 레퀴엠을 들어 벽에 그대로 꽂아 넣었다. 왼팔에 굉장한 과부하가 걸려 남은 영력의 대부분을 팔에 집중시켰더니 고통이 조금씩 완화되었다.

그리고 마침내 바닥에 발을 디딘다. 세피로아는 혼절한 상태였다. 불꽃이 옆구리에 그대로 적중했는지 옆구리에 시뻘건 화상이 만들어져 있었다. 창백한 얼굴에서는 땀이 비 오듯 흘러내린다.

심장이 쿵하고 내려앉는다.

대충 위치를 가늠해 보니 예상 지점에서 그리 멀리 떨어진 곳이 아니었다. 조금만 더 가면 뤼넨바르트.

수련은 세피로아를 둘러업고 비틀거리며 걸음을 옮기기 시작했다. 살려야 한다. 무슨 일이 있어도.

*      *      *

깜빡 잠이 들었던 모양이다. 수련이 정신을 차렸을 때는 이미 미명이 밝아오고 있었다. 자신의 머리를 쓰다듬고 있는 매끈한 감촉이 아렴풋이 느껴졌다. 수련은 놀라 고개를 쳐들었다.

"일어났어?"

저도 모르게 안도의 한숨이 흘러나왔다. 세피로아가 인자한 미소를 머금은 채 수련의 뺨에 손을 대고 있었다.

의사가 다녀간 후 세피로아의 병세는 한결 나아 보였다. 허리를 감싼 붕대가 안쓰러웠으나 다행이라는 생각이 먼저 들었다.

"괜찮아졌어?"

"응, 덕분에."

말은 그렇게 하지만 아직도 그녀의 얼굴에는 핏기가 없었다. 세피로아는 시선을 잔잔히 내리깔았다. 적막이 일정한 밀도를 유지하며 둘 사이에 흘렀다. 수련은 앞으로의 일에 대해 잠시 생각했다.

"들어올래?"

그래서 세피로아가 그 말을 꺼냈을 때 선뜻 답하지 못했다. 그녀는 담요의 한쪽을 살짝 들어 올리며 생긋 웃어 보였다. 하얀 허리가 얼핏 드러나서 수련은 슬그머니 눈을 돌렸다. 그러자 세피로아가 거만하게 간죽거렸다.

"뭐야, 부끄럼 타는구나?"

"바보, 정말 들어간다?"

수련이 질세라 쏘아붙이자, 세피로아가 어깨를 으쓱해 보였다.

"그러던가. 언제는 뭐, 한 이불 안 덮고 잤나?"

이젠 오기로라도 물러설 수 없다. 수련은 담요를 펼쳐서 침대 안으로 기어들어 갔다. 일부러 조금 거리를 두고 담요를 덮었음에도 살짝살짝 닿는 세피로아를 느낄 수 있었다.

서로 마주 보고 누워 있기가 뭐해서, 수련은 몸을 돌려 모로 누우려 했다. 그 순간, 세피로아가 그를 강제로 잡아당겼다.

"나 봐."

코앞에 세피로아의 얼굴이 있었다. 쌕쌕거리는 숨결을 함께 공유한다. 밤하늘처럼 맑고 신비한 두 눈을 가만히 응시하고 있으니 점점 숨이 막혀온다. 뭐라도 말을 꺼내야 할 것 같아서 입을 열었는데, 차라리 입을 다물고 있는 편이 나을 뻔했다.

"나, 얼굴 빨개졌어?"

"응, 무지 빨개."

세피로아는 그런 수련이 귀여운 듯 키득키득 웃었다. 작고 다소곳한 입술에서 흘러나오는 무척이나 아름다운 웃음소리다. 단지 거리가 조금 가까워졌을 뿐인데, 사람이 이렇게 달라 보이다니.

심장이 지칠 줄 모르고 쿵쾅거린다.

이 두근거림조차 거짓이라면 대체 세상에 진실은 어디에 있는 것일까. 수련은 이 순간의 진실을 믿었다.

"경험 있어?"

"어?"

세피로아의 물음이 무엇을 의미하는지, 수련은 한참이나 지나서야 깨달았다. 얼굴에 뜨거운 열이 확 오르는 것으로 봐서 아마 자신의 얼굴은 잘 익은 홍시 같을 것이다. 수련은 자기도 모르게 되물었다.

"넌?"

"남자들은 꼭 그런 걸 묻더라."

정확히 아픈 곳을 찌르는 역공이다. 세피로아가 쉽게 대답하지 않자, 이상하게 안달이 났다. 수련은 끈기있게 되물었다.

"있어?"

"글쎄?"

"있어?"

"물론 있지."

"진짜 있어?"

"바보, 그런 건 묻는 거 아냐."

점점 더 모호해진다. 그녀가 존재했던 과거에 지고 싶지 않다는 반발 때문이었을까. 아니면 그녀의 모든 것을 소유하고 싶다는 욕망의 발로였을까. 수련은 복잡한 심경을 필사적으로 추슬렀다. 세피로아의 부드러운 두 손이 수련의 뺨을 감쌌다.

"할까?"

수련은 이건 그릇된 일이라는 생각을 하면서도, 이지에게도 같은 말을 건네는 세피로아를 상상하고 말았다. 그 생각을 읽었던 걸까? 희미한 새벽 빛 속에서 그녀의 표정이 어두운 색을 띤다.

수련은 말없이 그녀를 품에 안았다.

"아."

폭 안긴 세피로아가 작은 신음 소리를 냈다. 이유도 없이 슬퍼질 만큼 작은 체구였다. 세피로아가 버둥거렸다.

"숨 막혀, 바보야."

수련은 팔을 조금 풀어주었다. 이내 사위가 잠잠해진다. 잠깐이지만 스스로에게 달콤한 상상을 허락한다. 차라리 이렇게, 세피로아와 둘이서 도망쳐 버릴 수 있다면 여기서 살아가는 것도 괜찮지 않은가. 둘이서 함께 의지하면서 이곳에서 살아가는 것도……

"그냥, 이대로 있자."

자신의 품에 안겨 빠끔히 눈만 들어 보이는 세피로아. 한없이 사랑스러운 그 모습. 다시는 돌이킬 수 없을 이 순간을, 수련은 영원히 기억할 수 있기를 바랐다.


누군가가 문을 두드리는 소리에 잠에서 깨어났다. 아직 아침볕이 들어오는 것으로 보아 잠든 지 그리 오랜 시간이 지나지는 않은 모양이다.

세피로아가 그의 품속에서 새근거리는 숨소리를 내고 있었다. 깨워야 하나? 잠깐 망설이다가 그만두었다. 만약 문 뒤에 있는 것이 카펠라라면 어차피 깨워도 그들은 도망칠 수 없다.

똑똑.

정갈하면서도 어딘가 절제된 소리다. 여관 주인은 아니다. 육감이 그것을 말해주고 있다. 그렇다면 대체 누구지?

문지방 너머로 느껴지는 그 기척은 어딘지 익숙했다. 기운이 잘 갈무리되어 있어 쉽게 파악할 수 없지만, 수련보다 강하다는 사실은 명확했다. 마른침이 넘어간다.

카펠라다.

수련은 속으로 셋을 세었다. 정확히 셋을 세고, 기습을 통해 최대한 타격을 입힌 후 세피로아를 안고 창문으로 빠져나간다. 진부한 방법이지만 지금 상황에서는 최선의 선택이었다. 아무리 카펠라라도 기습에는 당할 수 없을 것이다.

하나, 둘…….

다음 순간 문이 박살나며 뭔가가 뛰어들어 왔다. 수련은 헛바람을 들이마시며 셋을 세는 대신 인퀴지터를 내질렀다. 그러나 그보다 상대방의 움직임이 훨씬 날쌔고 재빨랐다. 그야말로 섬전 같은 몸놀림이었다.

순식간에 오른손이 제압당했다. 하지만 아직 왼팔이 남아 있다. 수련은 번개같이 레퀴엠을 뽑아 들었다. 아니, 뽑아 들려 했다.

"나다."

삐죽한 번개머리. 오른팔에서 느껴지는 익숙한 짜릿함.

"……리겔?"

"리타르단도가, 네 위치를 알려주었다."

뇌전의 리겔이 살아 있었다.


"시간이 없다. 빨리 이곳을 빠져나가야 해."

반가움과 조급함이 교차하는 가운데, 리겔은 다짜고짜 그 말을 꺼냈다. 수련은 정황 파악보다 그의 말을 따르는 것이 먼저라는 것을 알고는, 세피로아를 업고 그의 뒤를 뒤쫓았다.

돈을 지불하고 여관 밖으로 나오자마자 리겔은 곧장 남쪽으로 향했다. 이곳에서 남쪽으로 향하면 아이소니아가 나온다. 거의 국경지대까지 왔으니, 조금만 더 가면 국경을 넘을 것이다.

그러나 아이소니아에 무사히 도착한다 하더라도 성하늘과 만나기로 약속했던 에스톨까지는 아직도 멀기만 하다.

"에스톨까지 갈 필요 없다."

리겔은 그 말로 수련의 걱정을 일축했다.

"아이소니아에서 모두 너를 기다리고 있을 거다."

성하늘은 곧장 에스톨로 가지 않고 아이소니아에 머무르고 있는 모양이었다. 아마 도중에 리겔을 만나고, 그에게 도움을 청했으리라. 수련은 '모두'라는 말에 희망을 얻어 입을 열었다.

"제롬과 나훈영은요? 벨라로메는 어떻게 됐죠?"

리겔은 대답하지 않았다. 모두 죽어버렸구나. 사실을 확인하는 순간 가슴이 쿵 내려앉는다. 더 이상 뭔가를 물어볼 용기가 나질 않았다.

"나도 잘 모른다. 아직까지 너희 이외의 생존자를 발견하지는 못했으니까."

모른다는 말은 위험하다. 희망을 가지게 만든다. 기대하게 만들고, 끝내는 실망하게 만든다.

"그렇지만 다른 사람은 몰라도 아마 베가는 살아 있을 것이다."

그것은 거의 확신에 가까운 어조였다. 베가의 강함을, 베가라는 존재를 진실로 신뢰하는 목소리였다. 수련은 조금 안심이 되었다. 리겔과 수련은 몇 시간을 빠르게 남하했다. 멀리 국경선을 가르는 산맥이 보였다.

"여기서 조금만 더 내려가면 아이소니아가 나온다."

리겔이 멈춰 선 것은 분수령을 막 넘었을 때였다. 그의 온몸이 상처투성이라는 사실을 뒤늦게 인식한 것도 그 순간이었다. 그는 어떤 불평도, 불만도 토해내지 않았다. 그 숭고한 침묵이 수련의 깊은 마음의 골을 대신해서 메워주었다. 때로는 그렇게, 같이 걷는 것만으로도 의지가 되는 사람이 존재한다.

"수련."

완전히 멈춰 선 리겔은 수련을 향해 하나 남은 팔을 내밀었다. 하이파이브 하자는 말로 오해한 수련이 자신도 손을 내미는데, 리겔의 손은 허망하게 그의 오른손을 스쳐 그의 가슴에 닿았다.

다음 순간, 수련은 거대한 기운이 그 손을 통해 심장으로 흘러들어 오는 것을 느꼈다. 지금까지 전수받은 계통 능력과는 차원이 다른 에너지가 몸속을 돌아다닌다. 리겔의 직전(直傳) 영력이었다.

"내 영력의 절반을 나누어 주었다."

"네?"

"나는 더 이상 널 도와줄 수 없다."

너무 놀라 말이 나오지 않았다. 섭섭함과 안타까움이 그 찰나 속에서 교집합을 이루었다. 리겔은 수련에게서 등을 돌려 얼굴을 보여주지 않았다.

"네「현실」은…… 네 손으로 지켜라."

너의 현실. 그 말을 들은 순간에야 수련은 지금까지 리겔이 겪어온 희생을 깨닫는다. 누구보다도 먼저 가상현실에 적응하여 가상생명체로서의 자아를 확립한 리겔.

그에게 있어서 현실이란 곧 가상현실이었다. 그는 자신의 현실을 희생하여 수련의 현실을 함께 지켜주었던 것이다.

아…….

그 듬직하고 거대한 등을 향해 수련은 한마디의 말도 건넬 수 없다. 리겔에게 동정은 필요하지 않다. 그는 최강의 진령. 누구에게도 굴복하지 않는 절대를 가진 자.

"어서 가라."

직감이 말해주고 있다. 이번이 정말 마지막이다. 이번에 리겔을 놓치게 되면 이제 다시 리겔을 볼 일은 없을 것이다.

그는 이곳에서 죽는다.

핑 돌던 눈물을 간신히 삼켜낸다. 그는 눈물을 바라지 않는다.

"잘 있어요, 리겔."

수련은 고개를 끄덕이며 아이소니아로 달렸다. 리겔의 그 존엄을 헛되이 하지 않게 하기 위해서. 리겔이 죽으면서까지 믿었던 스스로를, 그 또한 함께 믿기 위해서 달리고 또 달렸다.

긴 산맥의 능선 사이로 사라져 가는 수련과 세피로아를 본 리겔은 묵묵히 한숨을 토해냈다. 남은 절반의 영력으로 얼마나 버틸 수 있을지는 불 보듯 빤한 일이다.

그럼에도 리겔은 막상 자신이 기다리던 '그 상대'가 나타났을 때, 조금도 주눅 든 모습을 보이지 않았다.

"더 이상은 갈 수 없다."

"알고 있었군."

카펠라가 음침하게 웃으며 걸어온다.

"왠지 저 녀석을 쫓아오면 널 만날 것 같은 기분이 들었지. 뇌전의 리겔."

리겔은 대답하지 않았다. 피곤하다. 이젠 쉬고 싶다. 죽음이 정말 안식인지는 알 수 없지만 이제 그만 죽음을 받아들여도 괜찮지 않을까, 하는 생각이 들었다.

그것이 「진짜 죽음」일까, 하는 문제와는 하등 상관없이.

"우리들 중 가장 운 좋은 녀석은 아크룩스지."

카펠라는 그 말을 하며 그대로 리겔을 향해 내달려왔다. 쇄도하는 폭염장이 리겔의 어깨를 간발의 차이로 스친다.

"그다음으로 운 좋은 녀석이 누군지 아나?"

대답할 겨를도 없었다. 그러나 답은 알고 있었다. 카펠라가 계속해서 말했다.

"스피카야. 왜냐하면 그놈은 적어도 현실에서 죽었으니까."

응축된 홍염이 똬리를 틀며 뱀처럼 기습해 왔다. 리겔은 뇌전 결계를 만들며 뒤돌아 몇 다발의 뇌전을 되쏘아 보냈다. 허공에서 거센 스파크가 튀어 올랐다.

"마지막으로 가장 불행한 녀석…… 그 새끼는."

카펠라의 동공이 순간적으로 커진다. 계통 능력을 발휘한다. 두 동공에서 타오르는 환염(幻焰)이 그로테스크했다.

"바로 진령 리겔이라는 놈이야."

카펠라의 왼손이 그대로 리겔의 배를 꿰뚫는다. 절반의 영력으로 상대하기에 카펠라라는 괴물은 너무나 강대했다. 리겔이 비릿한 미소를 짓는다. 자신의 배를 꿰뚫은 카펠라의 손을 붙잡는다.

뇌전광(雷電光)!

폭발적인 전류가 몰아치며 리겔과 카펠라를 둘러싼다.

카펠라의 입술에서도 가느다란 핏물이 실처럼 흘러나왔다. 그러나 그 와중에도 그는 광인처럼 웃고 있었다. 마치 소멸하는 친구의 모든 것을 받아주겠다는 것처럼, 그는 그곳에 꿋꿋이 서서 리겔의 모든 영력을 감당해 내고 있었다.

이윽고 영력을 모두 소진한 리겔의 손이 축 늘어졌다. 깊은 고요가 장막처럼 둘러졌다. 리겔도 카펠라도 아무런 말이 없었다. 수백 년 동안 이어진 거대한 유대가 거대한 균열을 눈앞에 두고 마치 경배라도 하듯 침묵을 지키고 있다.

"…카펠라, 목숨을 건다는 말의 의미를 아나?"

"인간다운 말이군."

카펠라가 웃었다.

"난…… 인간으로서 죽고 싶다."

나는…… 정말 인간이었나?

리겔은 마지막 순간, 자신에게 그렇게 반문했다.

무엇이 인간인지 알 수 없었기에 더욱 인간이 되고 싶었다. 실은 현실로 나가고 싶었는지도 모른다. 자신도 이 눈앞의 리메인더처럼 단순히 존재하는 것이 아닌 '진정한 삶'을 갈망하고 있었는지도 모른다. 이 끔찍한 영원(永遠)의 저주에서 벗어나는 축복을 맛보고 싶었는지도 모른다.

리겔은 천천히 눈을 감았다. 뜨끈한 뭔가가 한때는 친구였던 누군가의 손을 타고 흘러내리는 것을 느끼며 한 사람을 강하게 떠올렸다.

'베가……'

너무도 강한 여자. 자신이 아닌 다른 사람을 사랑했던 여자. 그래서 영원이란 시간 속에서 한 발자국도 다가갈 수 없었던 여자. 스피카와 시리우스를 떠올린다. 누구보다 순수한 열정을 가졌던 스피카. 그리고 모두의 등불이 되어주었던 시리우스.

마지막으로 떠오른 것은 수련. 그러나 의식은 다 이어지지 못하고, 퓨즈가 끊어진 브라운관처럼 검게 변한다.

"리겔."

리겔은 대답이 없었다. 카펠라는 리겔의 몸을 흔들었다.

"리겔!"

목이 축 늘어져 있다. 맥박이 뛰질 않는다. 죽었다.

죽어버렸다. 그의 가장 오래된 친구 중의 하나가 죽어버렸다. 카펠라는 여전히 웃고 있었다. 장난치지 말라는 것처럼 리겔의 늘어진 몸을 흔든다.

웃는 것 같기도 하고, 우는 것 같기도 하다. 그 형이상학적인 슬픔은 세상의 어떤 매개로도 마땅히 구현해 낼 수가 없었다. 보는 사람에 따라 다르게 보일 표정이었다. 기쁨, 슬픔, 놀라움, 좌절, 절망…… 언어로 매길 수 있는 모든 감정이 그 순간 속에서 혼재하고 있었다.

"리겔."

카펠라는 마지막으로 리겔의 이름을 불렀다. 그의 두 어깨를 쥔 손이 파르르 떨리고 있었다. 마치 기뻐하는 것 같았다.

"넌 누구보다 인간다운 진령이었다."

인간다운 진령. 진령이 인간답다.

"들리냐? 이 빌어먹을 자식아."

용암 같은 눈물이 맺혀 있었다. 수많은 시간을 살아온 진령에게 있어서 한낱 유저를 죽이는 것과 자신과 같은 진령을 죽이는 것은 그 슬픔의 갭이 다르다. 카펠라는 그 자리에 서서 한참 동안이나 오래된 기억의 잔재에 온 힘을 다해 저항하고 있었다. 거기서 지면 자신의 자아마저 놓쳐 버리게 된다는 사실을 그는 알았다.

"걱정 마라. 녀석을 건드리지는 않을 테니."

그는 사체를 안심시키려는 것처럼, 그렇게 말했다. 마치 장의사 같았다.

"나는 아직 시리우스를 잊지 않았으니까……."

카펠라는 그 말과 함께 세상에서 가장 고귀했던 진령에게서 천천히 돌아섰다. 조금은 미련이 남는 듯, 투명한 입자로 소멸해 가는 리겔의 시신을 마지막으로 돌아본다.

"푹 쉬어라. 인간 리겔."


수련이 도착한 것은 이튿날의 아침. 그는 리타르단도의 목소리를 듣고 홀린 사람처럼 아이소니아의 한 여관을 찾아갔다. 그 곳에는 성하늘과 살아남은 네임리스 하나, 그리고 리타르단도가 있었다.

"오셨군요, 수련 씨……."

두려움과 절망이 제련되고 또 제련되어 송곳처럼 뾰족하게 다듬어지면 그런 목소리가 나올지도 모른다. 성하늘은 힘없는 눈길로 웃어 보였다. 그녀의 시선은 부지중에 수련의 등에 업혀 있는 세피로아에게 꽂힌다.

"리타르단도님이 수련 씨를 만나고 싶어해요."

성하늘은 그 말과 함께 곧장 그를 리타르단도에게 안내했다. 리타르단도는 딱딱한 흔들의자에 앉아 조용히 눈을 감고 있었다.

"왔는가, 시리우스."

리타르단도는 눈을 뜨지 않고 말했다.

"미안하지만 이제 눈이 보이질 않는다네. 그대의 모습을 볼 수가 없어. 단지 상상할 뿐……."

리타르단도는 그 말을 하고서는 썩 유쾌한 듯이 웃었다.

"재미있는 말이라고 생각하지 않나? 이곳에서 뭔가를 본다는 것과 뭔가를 상상한다는 것은 사실 동일한 의미인데 말이지."

리타르단도답지 않은 말과 행동에 수련은 무슨 말을 해야 할지 몰라 우두커니 서 있다가 먼저 입을 열었다.

"방법이 있다는 것을 압니다."

방법.

"제가, 어떻게 해야 합니까."

수련, 그 이외에는 아무도 할 수 없는 일.

"무슨 일이든 좋아요. 제가 할 수 있는 일이라면……."

이미 너무나 많은 사람들을, 그리고 친구들을 잃어버렸다. 앞으로도 더 잃어버릴 것이다. 그러나 수련은 더 이상 참을 수 없었고, 그들의 죽음이 안겨다 준 집적된 슬픔을 감당할 수도 없었다.

"이겨내야 해."

리타르단도는 그렇게 말했다.

"그대가 짊어질 짐은…… 그런 도피적인 선택으로 선뜻 승낙할 수 있을 만큼 만만한 것이 아니다."

도피적인 선택. 그 말이 수련의 자존심에 상처를 입혔다. 정통으로 찔렸다. 수련은 생각했다. 어쩌면 그는 더 이상의 슬픔을 감당할 자신이 없어서, 어떤 형태로든 작금의 현실이 결판이 나기를 원하는 것인지도 모른다.

"후회하지 않습니다."

그래도 할 것이다.

"리켈이 죽었다."

수련은 대답하지 않았다. 이미 알고 있었다. 그와 리켈을 연결시켜 주던 영력의 반쪽은 자신의 본질을 잃었다는 절망에 휩싸여 수련의 몸속에서 슬픔에 겨워 날뛰고 있었다.

리타르단도는 한참이나 말이 없었다.

"리켈은 인간이 되고 싶었어. 그래서 리메인더와 싸웠지."

말 돌리지 말아요. 수련은 그렇게 말하려고 입을 달싹이다가 그냥 잠자코 있었다.

"베가도 인간이 되고 싶었어. 그래서 시리우스를 사랑했지."

리메인더들은 인간이 되고 싶었어. 그래서 바깥 세계로 나가려고 했지.

그 말은 머릿속으로 전달되었다.

어떤 인간보다 더 인간다운 진령. 그럼에도 가짜 인간이라는 오명을 벗을 수 없기에 더욱 인간이 되고 싶어했던 진령. 그것은 모순이었다. 현실보다 더 현실 같은 가상현실과 인간보다 더 인간 같은 진령들.

진짜보다 더 진짜 같은 가짜라면, 진짜가 될 수 있을지도 모른다. 그럼에도 그들은 가짜로 남았다. 스스로를 가짜라고 생각했다.

순간 섬뜩한 감촉이 심장부를 스친다. 수련은 갑자기 리타르단도가 할 말을 알 것 같았다. 지금의 말들은, 아무 이유 없이 꺼낸 말이 아니다. 수련은 넋이 나간 얼굴로 리타르단도를 올려다보았다. 그리고…… 이내 표정을 굳혔다.

"그것밖에 방법이 없다면, 그렇게 하겠습니다."

단호한 목소리다. 망설임조차 결여되어 있다. 잔잔한 숨을 토해내는 리타르단도. 이것은 수련뿐만 아니라 그 또한 중대한 결정을 내려야만 하는 사안이었다. 리타르단도가 말했다.

"지금의 그대는 신민호를 이길 수 없다. 그를 이길 수 없다는 말은, 곧 이시스의 거울을 파괴할 수 없다는 말이지."

신민호는 신이다. 별들이 가진 파괴력과 달이 가진 창조의 권능을 모두 가진 완벽한 신이다. 인간이 그 신을 죽이기 위해서는 적어도 그에 맞설 만한 능력을 가지고 있어야 했다.

아니, 정확히 말해 인간이어서는 안 되었다. 그렇다는 이야기는…….

"그대는…… 달이 되어야 한다."

알고는 있었다. 그러나 막상 말로 듣고 나니 마냥 두려워졌다. 어릴 적 그가 갈망해 왔던 영원과는 다르다. 그는 영원의 무심함을 수도 없이 봐왔다. 영원에 의해 미쳐 가는 인간, 미쳐 가는 진령, 미쳐 가는 신. 그럼에도 불구하고, 그는 지금…….

**영원(永遠)을 선택해야만 했다.**

달이 된다는 것은, 곧 영원을 소유한다는 것을 뜻한다.

"가장 작은 단위의 영원이란 아마 불멸이겠지."

리타르단도는 그렇게 흘리듯 말했다.

"인간에게 찰나가 소중한 이유는 영원이 허락되지 않기 때문이다."

영원을 사는 인간은 더 이상 인간이 아니다.

"역으로 영원이 허락된 인간에겐 더 이상 찰나가 소중하지 않을지도 모르지."

찰나가 소중하지 않은 존재. 죽음에 굴복하지 않는 존재. 시간이라는 흐름 속에서 그 흐름과 함께 유유히 떠다니는 존재.

"그대는 그런 고통을 감내할 자신이 있나?"

리타르단도는 대답을 기다리지도 않고 계속해서 물었다. 그 급박한 질문에 숨이 턱턱 막혔다.

"그건 그대의 존재 자체를 부정하게 될 것이다. 그래도 그렇게 하겠나? 모순을 걷는, 영원을 걷는…… 엔들리스 워커(Endless walker)가 되겠나?"

엔들리스 워커. 영원을 걷는 자.

대답에 따라서는, 한낱 미약한 개체로서는 감당할 수 없는,

아득한 심연 같은 영원이 펼쳐지리라. 수련은 그것을 잘 알면서도 고개를 끄덕였다. 그 각오는 죽음보다 더 견고했고, 눈물보다 더 숭고했다.

"저는, 영원을…… 걷겠습니다."

리타르단도는 수어 시간 동안 수련의 등에 자신의 손을 갖다 대고 있었다. 수련은 머릿속이 터져 나갈 것만 같은 고통을 몇 시간이나 내리 견뎌냈다. 그리고 자신의 그릇의 한계를 느꼈다.

리타르단도가 쌓아온 수백 년의 기억과 세계의 모든 꿈들이 한꺼번에 흘러들어 오고 있었다. 코와 입에서 피가 마구 쏟아졌다.

리타르단도는, 이렇게 끔찍한, 거대한 시간의 기억들과 지금껏 싸워왔다는 말인가. 신민호는 이런 압도감을 매순간 경험하며 살아가고 있다는 것인가.

"지지 말라. 그대의 그릇은 신민호 녀석에 못지않다. 신민호 녀석이 선천적으로 거대한 그릇을 타고났다면, 그대의 그릇은 그릇 속의 그릇이다. 현재의 그릇이 깨어져 없어지더라도 그 그릇을 감싸고 있던 새로운 그릇이 그대의 자아를 지켜줄 것이다."

별로 위로는 되지 않았으나 수련은 혼미한 와중에서도 그의 말들을 기억하려 애썼다. 리타르단도는 지금 자신의 모든 것을 희생하여 그에게 꿈을 전달하고 있다.

"괜찮다면…… 한 가지만 개인적인 부탁을 들어주겠나?"

리타르단도가 무언가를 부탁하다니. 수련은 솔직하게 놀라면서도 고개를 움직였다. 잠시 생각을 고르던 리타르단도가 다시 입을 열었다. 그리고 상상도 못했던 말이 흘러나왔다.

"만약 신민호, 그 녀석이…… 그럴 리 없겠지만, 정말 그럴 리 없겠지만…… 혹시라도 반성을 한다면 그때는, 딱 한 번은…… 단 한 번은 녀석을 용서해 주지 않겠나?"

미처 짐작도 할 수 없었던 미지의 퍼즐 한 조각이 끼워진다. 그러나 그 말을 듣고 난 후에도 수련은 도저히 믿을 수가 없었다. 영원을 견뎌온 진령들에게는 각자만의 이유가 항시 존재하고 있었다. 그러나 리타르단도만큼은 도저히 이유를 찾을 수가 없었다.

이유조차 가지지 않는 존재가 자신 안의 절대 하나 갖지 못한 존재가 영원을 견딜 수는 없다. 그러나 이제야 깨닫는다. 세상에 이유가 없는 존재는 없다. 자신의 절대를 갖지 못한 사람은 없다.

그가 영원을 버텨올 수 있었던 이유. 그것은 아들의 존재였다.

"그래도 녀석은 내 아들이니까…… 나처럼 한낱 짐승에게도 부성애는 있는 법이지."

그는 씁쓸하게 웃었다. 아체레란도의 죽음 이후 눈에 띄게 의기소침해졌던 리타르단도. 한때는 절대를 추구했던 리타르단도. 아들의 절대를 부정하고, 아들의 유토피아를 부정했던 그는…… 그러면서도 끝끝내 아들을 믿고 싶었을지도 모른다. 자신이 실패했던 절대를, 혹시나 자신의 아들은 이루어줄 거라고 믿고 싶었을지도 모른다.

"⋯알겠습니다."

수련은 간신히 대답했다. 정신을 유지하기가 점점 더 힘들어진다. 리타르단도가 푸근하게 미소 지었다.

"기억에도 영혼처럼 구원이 있다고 생각하나?"

사위는 자꾸만 흐릿해져 갔다. 수련은 그의 멀어지는 목소리를 들으며 조금씩 의식을 놓았다.

"영혼이 죽으면 내세로 간다지. 그리고 기억이 죽으면⋯⋯."

이내 시계(視界)가 완전히 캄캄해졌다.


"다녀올게."

수련은 침대에 누워 있는 세피로아를 보며 희미하게 웃었다. 세피로아는 그의 미소에서, 지금의 수련은 지금까지 그녀가 봐 왔던 수련과는 다른 사람이라는 것을 깨달았다.

그릇이 달라지고 분위기가 달라졌다.

그는 이제 죽음의 두려움 앞에서 벌벌 떠는 소년이 아니라 영원을 걷는 엔들리스 워커였다. 세피로아가 미소했다.

"멋있어졌네."

수련은 말없이 그녀의 이마에 손을 갖다 댄다. 아직 열이 남아 있다. 세피로아를 데리고 갈 수는 없었다. 하지만 모든 일이 끝나고 나면 반드시 그녀를 찾을 것이다.

"너 혼자 모든 책임을 감당해선 안 돼. 알지⋯⋯?"

세피로아가 신신당부했다. 목소리는 가늘었으나 거기에 담긴 우려와 걱정은 어느 때보다도 격렬했다.

"약속해 줘. 그러지 않겠다고."

세피로아가 새끼손가락을 내밀었다. 수련도 마주 오른손을 내밀어주었다. 그렇게 지켜질 수 없는 약속이 맺어졌다.

"그럼, 정말 다녀올게."

수련은 그대로 돌아서서 문밖으로 천천히 사라졌다. 세피로아는 망연히 그가 사라진 자리를 바라보았다. 이맛살이 조금씩 일그러졌다. 식은땀으로 등이 축축하다. 얼굴의 창백함은 도무지 나아질 기미가 없다.

세피로아는 옆구리에 손을 갖다 댄 채 간헐적으로 숨을 씨근거렸다. 붕대를 댄 상처에서 계속해서 피가 나오고 있었다.

고통이 점점 심해진다. 온몸이 마치 불덩이 같다. 카펠라의 화상저주가 점점 더 악화되고 있다.

그때, 경첩이 삐걱거리며 누군가가 안으로 들어왔다. 세피로아는 화들짝 놀라 모포로 상처를 가렸다.

"리타르단도……."

리타르단도의 몸은 매우 투명했다. 모든 꿈을 수련에게 전해준 지금, 그는 빈껍데기나 다름없는 존재였다. 그럼에도 불구하고 오랜 세월에 의해 빚어진 그의 심안(心眼)은 정확히 세피로아를 꿰뚫어 보고 있었다.

"괜찮은가, 그대는?"

리타르단도의 탁해진 동공은 정확히 그녀의 옆구리를 바라보고 있다. 아무것도 느껴지지 않지만 분명 근심하고 있는 목소리다. 세피로아는 간신히 웃어 보였다. 그러나 표정 관리가 제대로 되지 않은 탓에 그것은 자연히 쓴웃음이 되었다.

"바보같이. 자기도 같이 죽어가면서 남 걱정 말라고요."

리타르단도는 의자에 조심스럽게 걸터앉아 창밖으로 멀어져 가는 수련 일행을 보았다(정확히는, 보았다고 믿었다). 그러면서 생각했다.

이제 누구도, 저 청년을 구원해 줄 수는 없겠구나…….

"편히 쉬세요, 이제."

"고맙군."

리타르단도는 세피로아의 말에 무뚝뚝한 목소리로 대답했다. 길었다. 길어도 너무 길었다. 그것이 길다는 것을 느끼지 못할 만큼, 정말로 길었다…….

그렇게 가장 오래된 기억은 조용히 눈을 감았다.

# EPISODE 031
Absoluteness

　피스와 리메인더의 대결은 피스와 서부 연합군의 동맹 체결로 인해 본격화되었다. 메인 그라운드는 중부의 로드 플레인 하위 기슭과 브룸바르트의 국경지대였다.

　많은 유저들이 리메인더에, 그리고 피스에 가담했고, 그보다 더 많은 유저들이 그 전쟁을 방관했다. 존재의 소멸을 감당할 수 없는 그들은 전쟁이 끝난 직후 이기는 편에 붙기를 원했다.

　그러나 기실, 전쟁의 승패는 이미 정해진 것이나 다름없었다. 피스 연합군의 병력이 7만도 채 되지 않는 반면, 리메인더 측의 병력은 20만을 훨씬 상회하고 있었다. 두 배, 아니, 세 배의 무지막지한 전력 격차였다.

　"여기서 지면, 이번엔 정말로 끝이군요."

　베로스는 긴장된, 그러나 조금은 얼떨떨한 음성으로 말했다.

베가와 베로스, 그리고 네르메스는 언덕의 끄트머리에 서서 리메인더 군의 동태를 관측하고 있었다. 얼핏 봐도 평원 전체를 다 메우는 무시무시한 군세다.

"이길 수 있을까요?"

긍정적인 대답은 돌아오지 않았다. 지금보다 베가의 표정이 좋지 않았던 적은 없었다. 베로스는 잠자코 입을 다문다.

베가는 프로키온과 베텔기우스를 상대하며 많은 타격을 입었다. 오른쪽 어깨와 왼쪽 허벅지에 장력을 얻어맞은 흔적이 남아 있었고, 영력도 온전하지 않아 보였다.

프로키온과 베텔기우스도 조금씩 타격을 받긴 했지만, 만약 또다시 그런 싸움이 벌어진다면 지는 쪽은 백이면 백 베가였다.

"질 거야."

베가는 그렇게 말했다. 역시나. 베로스는 남은 희망을 버렸다. 이번 싸움은 이길 수 없다. 그러나 싸워야 한다.

"그래도 다들 이긴다고 생각하고 싸워줬으면 좋겠어."

더 이상 피스가 물러날 곳은 없었다. 지금부터는 단체의, 그리고 개개의 생존을 건 싸움이다. 여기서 피스 연합군이 지게 된다면, 리메인더에게 선택받지 못한 수많은 유저들은 존재로서의 삶조차 지속하지 못하고 소멸할 것이다.

"베로스님."

서부 연합의 수장, 유호와 시리엘이 다가왔다. 병력의 재정비가 끝난 모양이다. 베로스는 살짝 목례를 해 보였다. 그들의 도움이 없었더라면, 아마 피스는 싸움 한번 해보지 못하고 소멸했을 것이다.

"그러지 마십시오. 이것은 저희도 원하는 싸움입니다."

유호는 인자한 얼굴로 그렇게 말했으나 기실 싸움을 원하는 사람은 아무도 없다. 스스로 죽음을 향해 달려가고 싶어하는 사람은 아무도 없다.

잠시 긴장된 침묵이 흘렀다. 이제 시작만이 남았다. 그러나 누구도 선뜻 말을 꺼내지 못했다. 스스로 싸움을 선택했지만 무대의 커튼을 먼저 올려 젖힐 용기가 있는 사람은 그곳에 없었다. 그 거대한 책임을, 오로지 원망만이 남을 그 책임을 감당할 수 있는 사람은…….

"녀석들이 온다."

베가의 딱딱한 목소리가 들려온다. 그들이 원하든 원하지 않든, 전쟁은 이미 시작되었다.

전황은 너무나 불리했다. 이보다 더 불리할 수는 없었다. 연합군의 7만 군세는 거의 세 배에 육박하는 압도적인 리메인더의 군세에 순식간에 포위당했다. 전략을 획책할 시간도 없이 난전이 시작된다.

리메인더의 중심부에는 임윤성이 있었다. 리메인더의 사령관이 된 이후, 그가 참여한 전투는 단 한 번의 패배도 없었다.

의심할 여지 없는 전투 지휘 능력이었다. 게다가 개인 전투력에 대해서도 언급할 필요가 없었다. 리메인더 내부에서 진령들을 제외하고는 그가 가장 강했으니까.

임윤성이 이끄는 세인트 나이츠는 무차별적으로 피스들을 베어나갔다. 새하얀 오라가 감도는 이도류 밀리오르가 신들린 것처럼 적을 베고, 또 벤다.

까앙!

그 순간, 처음으로 그의 검을 막아낸 상대가 나타났다. 흑빛 오오라가 흘러나오는 은백색의 중갑. 깊게 눌러쓴 크레스트 때문에 얼굴은 잘 보이지 않았지만 틀림없었다.

임윤성은 반사적으로 상대에게서 거리를 벌리며 외쳤다.

"카오스 나이트!"

두 개의 검이 수십의 잔영을 남기며 각도의 틈새를 꿰뚫는다. 임윤성은 마술처럼 몸을 뒤로 눕힌 후, 오른발로 검의 옆면을 쳐서 궤도를 흐트러뜨렸다. 실로 경이적인 기술이었다.

"검이 전보다 더 섬세해졌군."

임윤성은 절제된 미소 속에 유쾌함을 숨겼다. 비록 자신이 한 번 이긴 상대였지만, 그래도 강한 상대와 맞붙는다는 것은 즐거운 일이다. 물론 이번이 끝이겠지만.

"이 녀석들은 저희가 맡겠습니다."

유호와 시리엘, 그리고 발렌시아 나이트들이 앞으로 나서며 임윤성을 호위하려 드는 세인트 나이트들을 견제했다.

임윤성이 밀리오르를 바꿔 쥐며 그대로 검을 내지르자, 카오스 나이트도 이도류를 교차시켜 유연한 자세로 검을 막아냈다. 과연, 이게 진짜 카오스 나이트의 실력이란 말이군. 임윤성은 만족하며 반격을 피해 두어 걸음을 물러섰다.

"장난은 이쯤에서 그만두지."

애피타이저는 끝났다. 그 또한 침착함으로 이성을 두르고 있지만, 승부근성이 들끓는 프로게이머였다. 목숨을 건 게임이야말로 그가 지금껏 원해왔던 스릴. 은빛의 광휘가 산란하며 임윤성의 몸을 휘감았다. 아머의 길이가 자라나고, 경도가 더욱 단단해진다. 은빛의 중갑 사이로 황금빛 오라가 흘러나온다.

홀리 나이트!

카오스 나이트도 지지 않고 데스나이트 로드로 변신했다. 네 개의 검이 허공에서 동시에 맞붙었다가 떨어진다. 임윤성은 밀리오르의 손잡이를 합쳐 두꺼운 바스타드 소드로 변경시켰다. 풍압에 휘말린 대기가 찢어질 듯한 비명을 지른다.

바스타드 소드가 카오스 나이트의 목까지 다가간 순간, 임윤성은 거센 뭔가가 자신의 힘을 정면으로 튕겨내는 것을 느끼고 깜짝 놀랐다.

"대검?"

리치를 벌리며 부지중에 중얼거린다. 카오스 나이트는 어느새 대검을 쥐고 있었다. 그가 대검을 사용할 줄 알았던가? 임윤성이 미소를 지었다. 재미있군.

임윤성은 공중에서 세 바퀴를 선회하며 수십 자루의 단검을 던졌다. 멀티웨포너답게, 그는 모든 무기를 자유자재로 다룰 수 있었다. 그러나 놀랍게도 단검은 허공에서 모두 튕겨져 나갔다. 그리고 임윤성은 자신의 눈을 의심해야만 했다.

임윤성의 단검을 모두 떨어뜨린 카오스 나이트가 임윤성과 같은 방식으로 허리춤에서 단검을 뽑아 던지고 있었던 것이다. 이맛살에 힘줄이 돋았다. 감히 날 따라 해?

조금의 피할 틈도 없는 그 허공에서 임윤성은 벼락같은 몸짓으로 검을 휘둘러 모든 단검의 날을 잘라냈다. 부서진 단검 조각들이 눈처럼 후드득 떨어진다.

생각해 보면 임윤성은 카오스 나이트의 정확한 직업을 알지 못했다. 막연히 쌍검을 사용하는 기사라고만 생각해 왔을 뿐. 만약 카오스 나이트가 그와 같은 멀티웨포너를 직업으로 가지고 있었다면, 이것은 이상한 일이 아니다.

그렇다고는 하지만…… 이상했다. 이런 기술을 가지고 있었으면서, 왜 지난 대전에서는 사용하지 않았던 거지? 의심은 꼬리에 꼬리를 물고 증폭되었다.

임윤성은 밀리오르를 고쳐 쥐었다. 혹시 카오스 나이트가 아닌가?

슬그머니 반추해 보았지만 틀림없는 카오스 나이트다. 전투 방식이 다를 뿐 검술은 아무리 생각해도 카오스 나이트의 그것이었다.

하지만 만약 카오스 나이트가 전보다 더 강해지고, 보다 성숙한 전투 능력을 가지게 된 것이라면 평범한 전투로는 승부를 종결짓기가 힘들다. 확실하고 강력한 한 방으로 끝내야 한다.

임윤성은 처음의 발검 자세 그대로 달려나갔다. 월광을 그득 머금은 밀리오르의 칼날이 파랗게 빛나더니, 이내 거대한 절대 신성의 검을 초환해 낸다.

홀리 블레이드(Holy blade) 퍼스트 스타일,
소드 오브 이노센트(Sword of innocent).

카오스 나이트도 양손의 검을 팽이처럼 휘둘렀다. 오른손에서는 일루젼 브레이크가, 왼손에서는 섬광포가 동시에 뿜어져 나온다. 어둠과 빛이 상쇄되고, 다 막아내지 못한 칼날을 섬광 포가 아슬아슬하게 비껴낸다.

'과연.'

임윤성은 그 능숙한 칼놀림에 감탄하며 연계기를 이어갔다. 아직까지 정면 승부에서는 자신이 앞선다. 고도의 마이크로 컨트롤 싸움에서는 어떨지 몰라도, 정면싸움에서 앞선다는 것은 커다란 차이를 낳는다.

카오스 나이트 또한 그것을 아는 듯 첫 대형 교전 이후 움직임이 눈에 띄게 조심스러워져 있었다. 단검에는 단검으로, 대검에는 대검으로, 이도류에는 이도류로. 비슷한 격전이 반복되어 갈 때마다 임윤성은 공세에서 조금씩 우위를 점해갔다.

어느새 카오스 나이트의 갑옷에는 생채기가 그득했다. 치명적인 타격을 입는 것은 시간문제일 것이고, 그렇게 되면 승부는 끝난 것이나 마찬가지다.

임윤성은 그간 숨겨뒀던 계통 능력을 끌어냈다. 그는 리메인더의 진령 프로키온에게 암흑을, 카펠라에게 불꽃을 이어받았다.

한 번만 더!

대검의 칼날을 미끄러지듯이 피해낸 임윤성은 그대로 밀리오르의 검극을 내찔렀다. 타오르는 암흑의 칼날이 쇄도하며 카오스 나이트의 크레스트를 날카롭게 베고 지나간다.

그 순간 목덜미에 순간적으로 소름이 돋았다. 잘못 보았다고 생각했다. 그러나…… 틀림없었다.

"잿빛 머리?"

임윤성은 그 공격이 먹혀들어 가는 찰나, 크레스트의 표면과 함께 잘려 나간 잿빛 머리카락을 분명히 보았다. 그가 알기로 수련의 머리 빛깔은 하늘색이다. 설마? 아직 확신할 수 없다. 임윤성은 연이어 내지른 다크 커터로 크레스트의 정면을 쪼갰다.

사내의 얼굴을 가리던 크레스트가 산산조각나고, 새하얀 가면 뒤에 숨겨져 있던 카오스 나이트의 정체가 드러난다.

"너는……."

카오스 나이트는 제 손으로 부서진 크레스트를 벗어 던졌다. 바람에 나부끼는 잿빛 머리, 어떤 급작스런 상황에도 흔들리지 않을 것 같은 초연한 눈매. 카오스 나이트의 정체는 실반이었다.

수련과 헤어지던 순간, 실반은 수련에게 카오스 나이트 아머를 받았었다. 그리고 자신이 해야 할 일이 무엇인지 알았다.

'진짜 카오스 나이트가 나타날 때까지 그를 대신하는 것.'

분개한 임윤성의 공세가 퍼부어진다. 일방적으로 수세에 몰린 지 벌써 한참. 그럼에도 실반은 당황하지 않았다. 상대가 자신보다 더 뛰어나다는 것은 이미 인정하고 있다.

슈왈츠, 헨델, 그리고 하르발트를 죽인 원수.

"넌 내가 용서할 수 없는 유일한 인간이다."

실반의 그것이라고는 믿을 수 없을 만큼 섬뜩한 목소리였다. 헨델의 대검, 슈왈츠와 하르발트의 검을 각각 양손에 쥔 실반은 죽은 모든 용병들과 함께 싸우고 있었다.

그러나 비교적 잘 버티고 있는 실반과는 달리 이미 피스 연합의 병력은 도망칠 수도 없고, 마음껏 싸울 수도 없는 애매모호한 상황에 갇혀 점점 더 숫자가 줄어들고만 있었다.

진다.

그것이 실반의 마음을 무겁게 만들었다. 수련이 도착했다는 소식은 들려오지 않았다. 아직 적의 진령들이 정면에 나타나지 않는 것으로 봐서 베가 혼자서 그들 모두를 상대하고 있을 것이었다.

이럴 때 제롬과 나훈영, 하다못해 벨라로메만 있었더라도……!

지난 피스의 습격 당시 죽은 동료들의 얼굴이 하나둘씩 떠오른다. 감정이 격해질수록 숨도 그만큼 빨리 차오른다. 한 번의 공격을 받아낼 때마다 손아귀에 힘이 급격하게 빠져나간다.

그리고 빈틈이 생겼다.

올려친 검격이 삐걱거리며 이도류 사이에 끼인 순간, 임윤성의 단검이 은밀한 파공성과 함께 파고들었다. 죽이지는 못하더라도 중상을 입히기엔 부족함이 없는 공백이었다. 실반은 이미 늦었음을 알고 고통을 감당하기 위해 이를 꽉 깨물었다.

쉬익!

그때, 어디선가 날아온 화살이 임윤성의 사지를 노렸다. 화살의 숫자가 워낙 많았기에 임윤성은 아쉬움을 뒤로하며 검을 거두는 수밖에 없었다.

거친 군마가 남긴 먼지 속에서 화살의 주인공들이 나타난다. 자세히 보니 말이 아니었다. 셀 수 없을 만큼 많은 레오파드(Leopard)들. 날카로운 이빨을 빛내는 흑표범들의 위에 탑승

한 라이더들은 하나같이 연둣빛의 피부를 가지고 있었다. 그리고 그들의 중심에 수려한 금발을 흩날리는 장난꾸러기 청년이 서 있었다.

"내가 왔다, 멍청이들아!"

연합 결성을 위해 로드 플레인 동쪽으로 떠났던 루피온이 마침내 돌아온 것이다.

"아무래도, 우리 편이 온 모양인데?"

베가가 의도적으로 거만한 표정을 지어 보였다. 전황을 거의 장악했다고 생각했던 베텔기우스는 쓴웃음을 지으며 베가를 향해 펼치던 중력장을 일시적으로 회수했다.

어지간한 수준의 중력장으로는 그녀의 행동에 제약을 걸지 못하는 것을 알기 때문이다.

"루피온이 기대 이상의 역할을 해줬어. 설마 로드 플레인 전역의 몬스터들을 대부분 끌고 올 줄이야……."

몬스터의 군세는 어림잡아 12만. 질적으로나 양적으로나 리메인더에 비하면 부족한 숫자이지만, 그럼에도 병력의 숫자가 거의 대등해졌다는 것은 좀 전과는 가늠할 수 있는 가능성의 폭이 훨씬 넓고 깊어졌다는 것을 의미했다.

"곧 카펠라가 도착합니다. 그렇게 되면 당신은 죽습니다, 베가."

베텔기우스는 베가는 좌절시키기 위해 고의로 그 말을 꺼냈다.

"리겔이 죽었다는 이야기는 들으셨겠죠?"

일부러 아픈 곳을 건드려 본다. 같은 베텔기우스가 그것을 감지했는데, 그보다 뛰어난 베가가 그것을 느끼지 못했을 리가 없다. 프로키온의 다크 커터와 베텔기우스의 중력탄이 동시에 발포되었다. 베가는 양어깨에 정통으로 공격을 얻어맞고 비틀거렸다. 카펠라가 오지 않더라도, 이미 승부는 끝난 것이나 마찬가지다.

"이제 피스에 남은 진령은 당신 혼자입니다."

태연자약한 말투가 더욱 심기를 건드린다. 오랜 세월을 살아온 베가에게 있어 혼자라는 고독이 주는 심적인 고통이 어떤 것인지 베텔기우스는 잘 알고 있었다. 진령들은 인정하지 않으려 하지만, 진령들이 자신과 같은 진령의 존재 자체에 무척이나 안도감을 느끼고 있다는 것은 암묵적으로 모두가 공언하는 사실이었다.

베가가 고개를 숙인다.

베텔기우스는 자신을 향해 달려드는 오크의 머리통을 부서뜨리며 계속해서 베가를 향해 걸어갔다. 이제 다 끝났어. 예상치 못한 방해가 조금 있었지만, 이 정도는 방해 축에도 끼지 못하지.

그런데 그 순간,

"아니, 나 혼자가 아니야."

베가가 고개를 힘껏 쳐들었다. 이미 전투 능력을 거의 상실했을 것임에도 그녀의 눈빛에는 방금 핀 꽃 같은 생기가 만연하다.

"아직 한 명의 진령이 더 남아 있지. 설마 잊고 있어?"

베텔기우스도 프로키온도, 그 말에 발걸음이 멎고 만다. 한 명의 진령이 더 있어? 순간 당혹감을 느끼던 베텔기우스가 크게 웃기 시작했다.

"누구 말입니까. 당신이 사랑하는 시리우스? 그는 이미 오래 전에 죽었습니다. 설마 당신의 기억 속에 살아 있다는 식의 어린애 같은 이야기를 꺼내려는 건 아니겠지요?"

베가는 대답하지 않고 머나먼 평원의 끝을 응시했다. 아니라는 사실을 알면서도, 전장의 끝을 향하는 베가의 시선을 얼떨결에 좇았다. 그리고 입술이 파르르 떨리기 시작했다.

가슴 깊숙한 곳에 잠들어 있던 전율이 들끓는다.

불신이 가득 찬 동공 속에서 베텔기우스는 오랜 기억의 파편을 다시금 뒤집고 있었다. 그가 믿었던 절대의 본질에 가장 가까웠던 남자. 한때는 그의 전부였던 남자. 그는 그렇게 말했었다.

"베텔기우스, 세상에 절대 같은 건 없어."

지금 다가오고 있는 그 남자는 자신이 알던 시리우스가 아니었다. 그럼에도 그 남자는 틀림없는 시리우스였다. 시리우스가 살아 있었던 그때의 분위기, 중압감, 그리고 압도적인 존재감까지. 남자의 걸음걸이, 시원하게 뻗은 눈매, 어딘가 초탈한 듯한 표정까지. 그는 시리우스다.

"너무 늦었잖아, 수련."

그 순간, 뒤늦게 나타난 카펠라가 베가의 등 뒤에 폭염탄을 적중시켰다. 예상치 못한 기습에 베가가 위태롭게 비틀거렸다. 이를 꽉 깨문다. 아직 나는 싸울 수 있다. 베가는 멀찍이 보이는 수련을 향해 힘겹게 웃어 보였다.

베가는 세 명의 진령들에 의해 포위당해 있었다. 프로키온과 베텔기우스만도 벅찬데, 이번에는 카펠라까지. 지난번의 리겔과 같은 상황이었다. 한 손이 아무리 강해도 세 손을 당해낼 수는 없다.

"베가, 리겔의 죽음은 알고 있겠지?"

카펠라가 비웃듯 말했다.

"곧 너도 사이좋게 함께하게 될 거다."

"뭘 함께한다는 거지?"

베가가 냉소적으로 쏘아붙였다. 아무것도 아닌 듯한 그 말에 카펠라의 조소가 한순간 움츠러들었다. 마음에 들지 않는 여자다. 수백 년을 함께 해왔음에도, 카펠라는 베가의 눈을 똑바로 마주 볼 수 없었다. 그 행동은 자신보다 강한 상대를 인정하지 않으려는 어린아이의 그것과도 비슷했다.

"바보 같은 카펠라. 육백 년이나 살아온 주제에, 넌 아직도 죽음을 두려워하고 있구나."

죽은 후, 함께한다. 그것은 내세를 믿는다는 것이다. 카펠라는 자신의 영원도, 자신의 죽음도 받아들일 수 없었다. 영원히 살고 싶으나 영원히 살고 싶지 않고, 죽고 싶으나 결코 죽고 싶지는 않다. 그것이야말로 진령 카펠라의 최후 모순이었다.

"우리의 죽음 뒤에는 아무것도 없어. 무(無)! 완전한 공허라고!"

베가는 자신을 향해 날아오는 불덩이들을 응시하며 강경하게 외쳤다.

루피온의 등장에 가장 감격한 것은 베로스였다. 처음에는 난데없는 몬스터 군단의 합류에 당혹스럽기 그지없었으나, 그들이 같은 편이라는 것을 알고 나서부터는 그 이상 기쁠 수가 없었다. 론도가 게임이던 시절에는 가장 큰 적이었던 그들이, 론도가 현실이 되고 나서는 가장 커다란 협력자가 되었다.

"루피온!"

베로스가 반색하며 루피온을 껴안았다.

"뭐야, 남자 놈이 징그럽게."

루피온이 키들키들 웃으며 베로스의 손을 맞잡았다. 믿을 수 없게도 루피온은 몬스터 네임리스들에게 도움을 요청하기 위해 파견되었다. 그리고 돌아왔다.

누구도 예상치 못했던 전개였다. 네임리스라고 해서 인간만 네임리스라는 법은 없다. 몬스터 또한 하나의 가상생명체일 수 있다는 가정을 왜 하지 못했던 것일까.

"몬스터가 이렇게 쉽게 우리를 도울 줄은 상상도 못했는데."

"아, 그건."

베로스의 말에 루피온이 손가락으로 자신의 뒤쪽을 가리킨다. 그곳에는 일반 오크보다 덩치가 1.5배 정도는 더 커 보이는 장신의 오크가 있었다.

"저 오크가 뭐?"

"저 오크가 수련을 알고 있더라고."

루피온은 자신의 목에 걸린 목걸이 하나를 만지작거리며 말했다. 그 목걸이는 오래전 수련이 오크 족 퀘스트를 마치고 습득한 오크 족장의 목걸이였다. 목걸이를 착용한 유저는 오크 족으로부터 호의를 얻을 수 있다는 아이템.

"시릴츄를 도우러 왔다."

오크는 무뚝뚝한 목소리로 말했다.

"시릴츄?"

"시리우스를 말하는 거야."

루피온이 대답하자, 베로스가 망연히 중얼거렸다.

"리메인더 녀석들, 몬스터 NPC들에게는 에덴이니 신세계니 완전한 절대니 하는 이야기를 안 꺼낸 건가?"

"에덴? 그놈이 그런 소리를 해? 완전한 절대?"

"너, 몰라?"

루피온이 한 번도 못 들어본 사람처럼 그렇게 말하자, 베로스가 이맛살을 찌푸렸다. 루피온이 씩 웃으며 말했다.

"그런 소리를 하는 놈은 분명 푸코도 제대로 못 읽어본 놈일 거야."

"넌 읽어봤어?"

"물론 아니지."

장난스럽게 씩 웃어 보인 루피온은 베로스와 함께 바로 실반의 곁에 합류했다. 실반 혼자서 그를 상대하는 것은 무리다. 하지만 둘이 가담한다면 분명 상황은 달라질 것이다.

실반은 그들의 기척을 느꼈으나 인사할 틈 따위는 없었다. 임윤성이 검은 쾌속하게 모든 방위를 꿰뚫고 날아들었던 것이다.

실반은 팬텀실드를 펼치며 날카로운 빛무리들을 튕겨냈다.

"크으."

조금씩 전세가 뒤바뀌기 시작하자 임윤성이 쓰게 신음을 흘렸다. 전략가인 그는 예측불허의 상황에 대한 임기응변에도 능했지만, 이런 전개는 그의 가정에는 추호도 존재하지 않던 시나리오였다.

"실반, 너무 걱정 마. 내가 보기에 저 녀석은 조연이야."

또 시작됐다. 제발 방해나 하지 마, 루피온. 베로스는 속으로 앓으며 슬금슬금 실반의 눈치를 보기 시작했다.

"크으, 하고 중얼거리는 놈들은 보통 다음 장에서 헉! 하고 피를 토하며 쓰러질 놈들이야. 1천 권의 판타지 소설을 읽은 내가 보증한다."

루피온이 호언장담하여 대뜸 앞으로 뛰어들었다. 실반과 베로스가 말릴 새도 없이 루피온은 임윤성의 발등에 정통으로 얻어맞았다.

"헉!"

루피온은 피를 토하며 쓰러졌다. 멍하니 입을 벌리고 그 광경을 바라보던 베로스가 나직하게 중얼거렸다.

"…아무래도 조연은 너였나 보다."


수련은 아이소니아에서 곧장 로드 플레인을 향했다. 험한 산지대를 가로지르는 내내 그는 정신적 피곤에 절어 있었다. 거대한 세계의 꿈을 지닌 채 자신이라는 사소한 존재를 망각하지 않는 일은 인간이라는 존재에게는 너무나 벅찬 일.

거기다가 수련은 신민호의 영력에 맞서 세계의 시간을 조율하고 있었다. 1:1의 시간 비에 가까워져 가던 현실과 가상현실의 시간 비를 다시 1:20, 그 이상으로 바꾸어놓았다. 이제 현실 시간으로 남은 시간은 약 사흘. 적어도 육십 일의 시간을 번 셈이다.

"비켜주십시오."

전장에 도착했을 때, 수련은 그 간단한 한마디로 자신의 모든 의사를 일축했다. 그에게 달려들던 유저들이 머뭇거리더니 자기도 모르게 물러선다. 붉게 충혈된 눈이 깊게 가라앉는다. 자기가 왜 이곳에 있는지조차 모르는 혼란이 그득한 어벙한 눈들이 서로를 가만히 응시한다. 엠블럼에 의한 최면이 일시적으로 풀린다.

마치 모세의 기적을 보는 듯했다. 피스도, 리메인더도. 누구도 그의 앞을 막지 못했다. 유저와 네임리스들은 파도처럼 그에게 길을 벌려주었다.

"공격해! 빨리, 놈을 공격해!"

종종 리메인더 측의 고함 소리가 터져 나왔으나 수련을 보는 순간 유저들은 모두 석상처럼 굳어버리고 만다. 쥐가 고양이에게 덤비지 못하는 것처럼 본능이 이성을 옭맨다. 유저들이 쥐새끼라면, 수련의 존재감은 그들에게 있어서 범 이상이다.

누구도 그의 눈빛을 받아내지 못하고, 누구도 그의 앞길을 막지 못한다. 그곳에 모여 있는 유저들은, 모든 인간들은 신적인 존재에 대한 경외감을 느끼고 있었다. 그러나 체제에 저항하는 혁명가가 나타나고, 신에 저항하는 무신론자가 생기듯 그곳에도 수련의 검을 막는 남자가 있었다.

"너무 오래 기다렸다."

검붉게 타오르는 칼날, 다크 시커가 흉흉한 기세를 내뿜었다. 붉은 머리의 마태준이 이글거리는 눈길로 수련을 쏘아보고 있었다.

"진수련."

사실 그는 인정하지 않았지만 마태준의 마음속에서 늘 이상향의 라이벌은 임윤성이 아니라 진수련이었다. 수련이 있었기에, 수련과의 재승부를 지금까지 기다려 왔기에 그는 게임을 계속할 수 있었다. 론도를 시작할 수 있었고, 프로게이머로 남을 수 있었다.

그리고 그 사실을 스스로가 받아들일 수 없기에, 그 자신의 존재가 한낱 복수에 목매단 인간에 지나지 않는다는 것을 인정할 수 없기에 그는 수련을 쓰러뜨리고 싶어했다.

그리고 마지막 기회가 왔다.

마태준도 수련도 알았다. 이번이 서로와의 마지막 조우라는 것. 오늘이 끝나면 더 이상의 승부란 존재하지 않는다는 것.

"왜 내 앞길을 막지?"

그럼에도 수련은 이미 예전의 수련이 아니다. 그는 마태준이 알던 수련도, 성하늘이 알던 수련도, 세피로아가 알던 수련도, 심지어 수련 그 자신이 알던 수련도 아니었다. 수련은 오로지 지금의 수련이었다. 모든 과거의 수련들을 기반으로 성장한, 지금 이 순간의 수련이었다.

"나를 증명하기 위해서."

마태준은 그렇게 말했다. 귀기 어린 눈동자가 업화처럼 타오르고 있다. 그러나 그 업화에는 피곤과 절망이 고여 있었다. 그는 이제 이 지긋지긋한 날들을 종결짓고 싶어한다.

"내가 알던 마태준은 이런 사람이 아니었다."

수련은 건조한 음색으로 말했다.

"적어도, 자신의 뚜렷한 정의가 있는 사람이었지. 결코 신민호의 이상에 찬동하여 자신을 망각할 사람은 아니었어."

"네가 나에 대해서 뭘 알지?"

"넌 유저들을 죽였다."

마음의 어딘가가 깊고 날카롭게 베였다. 마태준이 태연함을 가장하기 위해 애쓰는 동안 수련이 계속해서 말했다.

"가슴에 맹세코 조금의 죄책감도 없나?"

죄책감. 그런 건 없다. 거짓말이다. 있다. 아니, 없다. 죄책감. 마태준은 순도 높은 이성으로 그 모든 부유물들을 찍어 누른다. 그에게 죄책감 같은 것은 중요하지 않다.

"없어."

"넌 앞으로도, 그의 이상을 위해 사람들을 죽일 텐가?"

"그놈들은 이미 인간이 아니……."

"그들은 인간이다."

경계는 사라졌다. 더 이상 인간은 단일성을 가지고 있지 않다. 존엄성도 없고, 숭고함도 없다. 인간은 단지 인간이다. 네임리스도, 유저도 모두 한낱 인간에 지나지 않는다.

"다른 사람의 입을 빌릴 필요는 없겠지. 넌 잘 알고 있어. 나도, 너도, 그들도 모두 인간이라는 사실을. 우리가 인간이라는 걸."

마태준은 잠자코 입을 다물었다.

"네가 무슨 기준으로 그들의 가치를 재단하고, 신민호는 무슨 기준으로 그들을 '죽어야 할 사람'이라고 규정하는 거지?"

말없이 발검이 시작된다. 그의 다크 시커는 허공을 전율시키며 수련을 향해 짓쳐들었다. 수련도 레퀴엠을 뽑아 마주 대응했다. 검과 검의 마찰은 이 부조리한 상황에 누군가가 분노하여 이를 가는 것처럼 들렸다.

마태준은 똑똑히 들으라는 듯 결연한 음색으로 말한다.

"인간에게 가치가 없다면, 그래서 모두 죽어야 한다면 나는 내가 가치있다고 생각하는 인간들만 살리겠다고 결심했다."

빗면이 삐끗거리며 칼날이 그대로 교차했다. 서로의 몸을 스친 검극은 찰나를 두고 다시 거리를 벌린다.

"그래서 네 생각에 나는 가치가 없나?"

마태준은 대답하지 못했다.

"가치에게는, 가치가 있나?"

"날 설득시킬 생각은 하지 마라."

마태준이 버럭 소리를 질렀다. 순간적으로 휘감긴 열풍이 수련의 머리칼을 호되게 휘날린다. 그러나 수련의 표정에는 일말의 변화도 없었다. 당혹감도, 초조함도 없었다. 그럼에도 그의 표정은 인간적이었다. 인간적.

마태준이 이를 갈 듯 말했다.

"신민호의 이상은 틀렸을지도 모르지. 하지만……."

승부는 한순간이다. 마태준도 수련도 알고 있다. 이 승부는 그렇게 길게 즐길 수 없다. 이것은 유희도 아닐뿐더러 사명도 아니다. 자신을 증명하기 위해 필요한 시간은 찰나에 불과하다.

"세상에 타협하지 않는 인간이 있다면, 그 사람이 추구하는 가치가, 절대가 무엇이든 그것만으로도 대단한 것이다."

그것은 존중받아야만 해.

그러나 그렇게 말하는 마태준의 목소리에는 자신감이 없었다. 끝내 어떤 그림자를 벗어나지 못한 개체처럼 그는 그 자신의 존재를 부정하면서까지, 그 부정을 통해 자신을 증명하려 애쓰고 있었다.

부조리하다.

검으로 말한다. 서로의 의사를 전달한다. 그것은 설득을 통한 공존도, 타협을 통한 생존도 아니었다. 그 대화 속에서는 반드시 상대를 꺾어야만 했다. 상대방을 꺾어서 자신을 증명하지 못하면 자신이 부정당할 수밖에 없었다.

마태준의 다크 시커에서 검붉은 용이 뿜어져 나왔다. 처절하게 울부짖는 그 광룡(狂龍)은 시공간을 가로질러 수련을 향해 검은 입을 쩍 벌렸다. 마태준이 자랑하는 최강의 기술, 오시리스 드래곤.

수련은 태연히 검을 마주 잡았다. 레퀴엠의 칼날에서 매서운 한기가 솟아난다. 그는 그대로 검을 내질렀다.

*섬광검 제일초(第一招).*
*섬광영(閃光影).*

그것은 지금껏 수련이 펼쳤던 섬광영이 아니었다. '그것', 아니, '그것'이라고조차 명명할 수 없을 그 '어떤 것'은 오시리스 드래곤의 머리통을 부수고 몸통까지 소멸시키며 마태준을 향해 날아들었다.

마태준은 당황하고 말았다. 그것은 빛인가? 아니면 어둠인가? 그 공격은 실체가 없었다. 분명히 그곳에 존재했음에도 붙일 이름이 없었다.

**빛의 그림자.**

마태준은 마지막 순간 그것을 보았다고 느꼈다. 온몸에 감당할 수 없는 충격이 스며든다. 그는 영혼을 믿지 않았지만, 그 공격은 마치 영혼을 찢어발기는 듯한 고통을 주었다.

빌어먹을······.

통증은 천천히 소멸한다. 마태준은 그대로 그 자리에 너부러졌다. 그러나 무릎만은 꿇고 싶지 않다. 당당하게 죽고 싶다. 그는 마지막 오기로 힘겹게 일어나 그의 애검에 간신히 버티고 섰다.

희미한 사위 속에서 다가오는 수련의 모습이 보인다. 보고만 있어도 가슴이 서릴 정도로 아름다운 레퀴엠의 칼날.

'하하, 게임 속에서 죽다니······ 이거야말로 프로게이머에 걸맞는 최후야. 그렇지 않나, 진수련?

마태준은 천천히 눈을 감았다. 그제야 그는 자신이 게임을 사랑했음을 느낀다. 사실 그는 이렇게 되기를 원하지 않았다. 그에게 있어서 게임은 현실이었으나, 현실이 게임이 되어서는 안 되었다. 현실은 오로지 현실일 뿐이다.

마지막으로 남동생의 모습이 아른거린다. 히키코모리 남동생을 먹여 살리기 위해 시작했던 게임. 어쩌면 지금쯤 자신을 찾고 있을지도 모른다.

'녀석도, 뭐…… 배가 고프면 알아서 밥도 먹고 일도 하겠지. 처음부터 그랬다면 좋았잖아, 바보 녀석.'

눈을 감고 있었으나, 칼날이 바로 앞까지 다가왔다는 것은 느낄 수 있다. 짐을 훌훌 털고 나니 마음이 가벼워진다. 그러나 동시에 아쉬움이 치민다. 다시 한 번 게임을 하고 싶다. 이곳이 아닌 제대로 된 곳에서, 제대로 된 게임을…….

칼날은 그대로 스쳐 간다.

그리고 마태준은 살아 있었다. 눈을 번쩍 떴다.

"왜 죽이지 않지?"

마태준은 그를 스쳐 성큼성큼 걸어가는 수련을 보며 물었다.

"거기 서! 시리우스!"

눈동자에 핏발이 선다. 지금 놈은 자신을 농락하고 있다. 최후까지 우롱하고 있다. 주체할 수 없는 격노가 치밀었다.

그런데 그때, 수련이 입을 열었다. 등은 돌리지 않았다.

"아까 네가 그렇게 말했지. 세상에 타협하지 않는 인간이 있다면, 그 사람이 추구하는 절대가 무엇이든 그것만으로도 대단한 것이라고."

그 말은 어쩐지 몽롱하게 들렸다. 그것이 수련의 입에서 정말 나온 말이었는지, 마태준은 확신할 수 없었다. 그러나 그게 자신이 했던 말이라는 것은 알았다. 그리고 수련이 꺼낸 다음 말은 세상 그 어떤 언어보다 더 명확하고, 또렷하게 들렸다.

"이게…… 내 절대다."

발에 감각이 없었다. 베가는 자신이 얼마나 많은 공격을 당했는지조차 기억하지 못했다. 그녀의 작은 몸은 균형 감각을 상실한 개미처럼 이리저리 비척거렸다.

"…으으, 숙녀를 대하는 예우도 모르는 녀석들."

말이 말 같지가 않다. 그게 정말 자신의 입에서 나왔는지에 대해 확신이 없다. 단지 나왔다고 생각하고만 있을 뿐인지도 몰랐다. 어느 순간 공격이 그친다.

목소리가 녀석들에게 가 닿은 걸까? 아니면 약간의 동정심이라도 느낀 것일까?

아무것도 확신할 수 없다. 다음 순간, 베가는 자신의 몸을 안아 올리는 누군가의 손길을 느낄 수 있었다. 그 손길은 한없이 따스했다.

"…시리우스?"

익숙한 남자의 얼굴이다. 누구보다도 그리워했던 자신이 이 영원을 버텨 나가는 동안 단 한순간도 잊어본 적이 없는 얼굴이다. 아아, 정말이지…… 왜 이제야 왔니.

무참히 흘러내리는 눈물 속에서 희미하던 시야가 조금씩 걷혔다. 남자의 얼굴은 그녀가 기억하는 것보다 훨씬 어리고 앳되었다. 그럼에도 누구보다 강직하고 믿음직스러워 보였다.

"수련."

베가는 있는 힘을 다해 미소를 지었다. 수련의 몸에서 풍겨 나오는 창조의 권능을 느낀다. 가슴이 잠깐 벅차올랐다가 까마득히 가라앉는다. 이 아이는 결국 선택해 버린 것이다.

"너는 이제……."

사실 물어볼 필요도 없다. 수련은 이제 달이 되어버렸다. 아득한 영원의 길을 스스로의 의지로 걷게 되었다. 수련은 희미하게 웃었다. 어떤 말로도 그 미소를 수식할 수 없었다. 베가는 잔잔하게 가슴이 떨려오는 것을 느꼈다.

수련이 말했다.

"리겔이 죽었습니다."

"알고 있어."

"리겔은…… 당신을 사랑했습니다."

"그것도 알아."

링크가 끊어지던 순간, 그녀는 리겔의 목소리를 들었다. 그녀가 오랫동안 시리우스를 갈망했던 만큼 리겔도 그녀를 갈망하며 영원을 버텨왔다. 그녀는 그런 그의 기억을 읽고 울었다.

환상이었을까. 주변의 정경이 변했다. 그곳은 들판이었다. 카펠라도, 프로키온도, 베텔기우스도…… 한순간 넋을 잃어버린다.

베가가 남은 영력을 모조리 쏟아 부어 만든 거대한 환상이 그곳에 펼쳐지고 있었다. 초록빛 들판의 풀잎이 뉘엿거릴 때마다 베가의 아련한 목소리가 들려왔다. 누군가를 갈망했던 베가, 시리우스가 없는 곳에서 이 세계를 지켜온 베가, 베가, 베가…….

수련은 베가가 자신에게 뭔가를 원하고 있다는 사실을 알았다. 살며시 베가의 작은 몸을 바닥에 내려놓자, 그녀는 소녀처럼 혀를 내밀고 웃었다. 그녀의 가냘픈 몸은 무리한 영력 소진으로 인해 어린아이처럼 작아져 있었다.

수련은 처연한 시선으로 그녀를 바라보았다.

이게 당신이 원하는 거라면…….

수련은 조용히 베가를 끌어안았다. 그녀의 작은 몸이 힘없이 수련의 품 안으로 안겨왔다. 영원히 그를 그리워했기에, 영원히 그의 여자가 될 수 없었던 사람. 세상에 존재하는 그 어떤 인간보다 더 인간이었던, 그 어떤 여자보다 더 여자다웠던 여자.

수련은 여자의 마지막 소원을 들어주기로 했다.

"……어머니."

한순간 사위가 일그러진다. 별이 온몸을 불태워 반짝이고, 눈부신 월광이 발작하듯 흔들렸다. 세계는 최후의 불꽃처럼, 조금씩 사그라져간다.

그것이, 그녀가 가장 원하던 대답이었을 것이다.

"…고마워."

베가는 수줍은 소녀처럼 배시시 웃는다. 그 누가 지금의 그녀를 비웃을 수 있을까. 다른 진령들은 영혼을 잃어버린 인간처럼 멍하니 흐릿해지는 그녀의 모습을 바라보았다.

환영의 베가는 수련의 품속에서 조용히 눈을 감았다.


환영이 사라진 후, 카펠라가 갑작스럽게 머리를 쥐어뜯으며 바닥을 뒹굴기 시작했다. 그 누구도 알지 못했으나 베가는 눈을 감기 직전, 섬뜩한 눈빛으로 그를 노려보았다.

'다른 이들은 몰라도, 너만은 반드시 죽이겠어.'

거대한 환영의 폭발이 그의 뇌리 속에서 연달아 발생했다. 리겔과의 전투로 지쳐 있던 그의 정신과 육체는 그 지옥 같은 고통 속에서 허우적거리기 시작했다.

놀란 베텔기우스가 그를 향해 다가가려 했다.

"카펠……!"

그의 말은 끝까지 이어지지 못했다. 시커먼 암흑으로 이루어진 영혼의 검이, 그의 등을 정통으로 꿰뚫고 있었던 것이다. 베텔기우스는 그것이 무엇인지 알고 있었다. 불신의 눈길로 뒤를 돌아보려는 순간, 두 번째 칼날이 그의 목을 날려 버린다.

프로키온은 천천히 그 자리에 쓰러져 가는 베텔기우스의 모습을 보며, 수련을 향해 고개를 돌렸다.

"가라…… 시리우스."

프로키온은 조금의 인간미도 느껴지지 않는 목소리로 말했다. 그러나 그 목소리는 분명 떨리고 있었다. 냉엄하기만 했던 그의 눈빛은 어린아이의 그것처럼 초라하게 흔들리고 있었다.

베가의 죽음은 모든 것을 방관하려 했던, 오로지 도피하려 했던 그의 심장에 정통으로 칼을 꽂아 넣었다. 프로키온은 더 이상 그런 자신을 견딜 수 없었다. 이젠 정말 끝이다.

수련이 대답하지 않자, 프로키온은 다시 입을 열었다. 그것은 그 누구도 아닌, 프로키온 자신이 원하던 대답이었다.

"어서 가십시오, 대장……."

수련이 고개를 끄덕임과 동시에 그의 오랜 자해 또한 종결되었다. 프로키온은 사라지는 수련을 뒤로하고 카펠라를 향해 뚜벅뚜벅 걸어갔다. 카펠라가 비틀거리며 자리에서 몸을 일으켰다. 짙은 살기가 실린 눈빛이 프로키온을 관통한다.

"프로키온, 네 녀석이…… 네가……."

"카펠라."

무심코 말을 꺼냈다고 보기엔 목소리가 너무나 깊은 공허에 젖어 있었다. 수백 년의 영원이, 수백 년의 피로가, 수백 년의 허무가 그 말에 모두 담겨 있었다. 카펠라는 그 목소리에서 전해져 오는 압력에 정신이 혼미해졌다. 잠들어 있던 기억이 다시 폭주한다.

"우리는…… 너무 많이 잃어버렸다."

프로키온은 넋을 잃은 카펠라를 향해 그대로 검을 찔러 넣었다. 하지만 그 또한 카펠라가 마지막으로 발포한 폭염탄에 가슴을 얻어맞고 말았다. 암흑의 검이 카펠라의 심장을 관통하는 것과 거의 동시였다.

"으……."

존재하기에 죽음을 두려워할 수밖에 없었던 카펠라는 그 간단한 칼질 한번에 죽음의 공포에서 해방되었다. 누구보다 불꽃을 잘 다루던 그 나약한 진령은 그렇게 천천히 스러진다. 프로키온은 쓰러진 두 명의 친구를 일별하고는 가만히 하늘을 올려다보았다.

밤하늘은 그가 가장 좋아하는 검은색이었다. 하지만 그 검은색은 전혀 어둡지 않았다. 그것은 세상에서 가장 밝은 고독. 세상에서 가장 밝은 어둠. 그리고 그 어둠의 중심을 고고하게 밝히고 서 있는 단 하나의 별.

"시리우스."

그는 그렇게 중얼거리며, 자신의 심장을 향해 힘차게 검을 찔러 넣었다.

# EPISODE Final

Innocent Gray

　한편 임윤성과 실반의 대결도 거의 막바지에 이르러 있었다. 베로스의 시기 적절한 도움도 그즈음에 이르러서는 거의 보탬이 되지 못했다. 어느 시점을 경계로 그 처절한 전투는 정신력 싸움으로 이어졌다.

　'물러설 수 없다.'

　실반은 전신의 기력을 쥐어짜 내어 적의 검에 맞서갔다. 소멸한 동료들의 원혼이 검에 휘감겨 있다. 그들이 외치고 있었다. 기운 내, 실반. 넌 이길 수 있어. 우린 이길 수 있다.

　반면 임윤성의 검은 점점 더 무디어졌다. 그는 진령들의 소멸을 느끼고 있었다. 그가 신뢰해 오던 가장 강한 절대가 조금씩 그 빛을 잃어가는 것이 느껴졌다. 시릿한 균열 속으로 또다시 공허가 비집고 들어차기 시작한다.

한순간 전투에 공백이 생겼다. 임윤성의 뇌리에 전투 이외의 것이 끼어든 찰나, 실반이 그 미세한 틈을 비집고 들어선다. 임윤성의 단검들을 모두 받아낸 그는 그대로 자신의 등에서 헨델의 대검을 뽑아 던졌다.

멀티웨포너. 누가 얼마나 더 다양한 무기를 유연하게 사용하느냐.

바닥에 꽂은 하르발트의 검으로부터 검은 오라가 파생되었다.


**팬텀 블레이드 라스트 스타일.**
고스트 그레이브(Ghost grave).


다음 순간 보이지 않는 속도로 달려 헨델의 대검 위에 가볍게 안착한 실반은 거대한 칼날 위에 마치 스노보드를 타듯 올라섰다. 경이로운 광경이었으나 임윤성은 오히려 회심의 미소를 지었다.

그곳에서는 피할 공간이 없다.

'이겼다.'

순식간에 내지른 밀리오르에서 눈부신 섬광이 터져 나왔다.


**홀리 블레이드 써드 스타일**
세인트 블레이드(Saint blade).


허공에 나타난 수십 개의 신성한 칼날은, 어울리지 않게도 모두 검은빛을 띠고 있었다. 지난 전투에서 수련을 격침시켰던 바로 그 기술이었다. 모든 방위를 장악한 칼날 감옥이 실반을 가둔 채 거리를 좁혀온다.

그러나 다음 순간, 실반이 탄 대검이 재빠르게 선회하며 몇 개의 칼날들을 피해냈다. 자신의 승리를 믿고 있던 임윤성의 눈이 부릅떠진다. 대체 어떻게?!

'아니, 아직 남은 칼날들이 있다.'

확실히 그 말대로다. 남은 수십 개의 칼날들이 동시에 실반을 향해 날아들고 있었다. 이번에는 피할 공간도 없어 보인다. 그리고 바로 그 순간, 실반을 둘러싸고 있던 대기가 일렁거리더니 칼날에 맞아 폭죽처럼 터져 나갔다.

"아!"

임윤성은 그제야 깨달았다. 그의 칼날을 호위하는 보이지 않는 실체를. 그곳에는 영혼들이 존재하고 있었다. 팬텀 블레이드의 궁극기에 의해 초환된 전장의 혼령들이.

남은 빛의 칼날은 세 개. 순간 실반의 대검이 살짝 흔들리며 뭔가가 앞으로 나서서 그 칼날을 대신 받았다.

'가라, 실반.'

익숙한 중년인의 목소리. 슈왈츠다. 그 검을 밑에서 지탱하고 있던 것은…… 실반이 누구보다도 믿어온 세 명의 영혼들이었다. 이윽고 두 번째 영혼이 앞으로 나서서 칼날을 대신 받아낸다.

'지지 마라.'

헨델. 뒤이어 세 번째 영혼이 내달리며 대검이 바닥을 향해 추락한다.

'해치워 버려!'

하르발트.

그리고 실반. 그는 눈앞에 다가온 임윤성을 향해 온 힘을 다해 검격을 휘둘렀다. 코앞에서 섬광포가 불을 뿜는다.

"이건 슈왈츠의 몫."

어깨에 정통으로 섬광을 얻어맞은 임윤성이 비틀거린다. 두 번째 타격은 실반의 오른손에서 시작된다.

"이건 헨델의 몫."

창공을 지배하는 열두 개의 환검은 임윤성의 중갑을 마구 난자하고, 돌이킬 수 없는 치명상을 입힌다. 그리고 마지막.

"이건 하르발트의 몫이다!"

실반은 두 검을 교차시키며 연격기를 펼쳤다. 수련이 가르쳐준 연격의 오의, 스톰 브레이크가 펼쳐지려는 순간이었다. 그런데 바로 그 순간, 뱀처럼 교묘하게 움직인 임윤성의 검이 공격의 교차점을 정확히 찔러 들어왔다. 귀청을 찢는 파찰음과 함께 완성되지 못한 계통 에너지가 허공에서 정지했다.

막혔다?

당황한 나머지 순간적으로 판단력을 상실한다. 아직 움직일 수 있는 임윤성의 밀리오르가 실반의 심장을 노리고 있었다. 순식간에 전세가 역전된다. 실반은 암담함을 느끼며 동귀어진을 각오했다.

그때, 둘의 사각(死角)에서 뭔가가 날아들었다. 날아오는 속도로 보아 화살 같았다. 목표는 임윤성.

'두 번이나 당해줄 것 같나?

임윤성의 빛나는 육감이 그 능력을 발휘했다. 순식간에 화살의 이동 경로를 계산하여 최소한의 움직임으로 그것을 피해낸다. 아니, 피해냈다고 생각했다.

"헉!"

그의 움직임을 따라 방향을 선회한 화살은 경악이 그의 신경을 타고 번져 나가기도 전에 그의 목을 관통했다. 검의 궤적이 공중에서 크게 흔들린다. 실반은 그 기회를 놓치지 않고 임윤성의 목을 날려 버렸다.

실반의 가슴 바로 앞에서 멈춘 밀리오르는 서서히 푸른빛을 잃고 흙바닥을 구른다.

이겼다…….

실반은 서서히 무너지는 자신의 숙적을 가만히 바라보다가 화살이 날아온 곳으로 시선을 돌렸다. 그곳에는 엎드린 채 활을 쥐고 있는 루피온이 있었다.

"거 봐, 내가 말했지? 크으, 하고 중얼거리는 놈은 다음 장(章)에 헉! 하고 소리치며 죽는다고."

루피온이다. 어쩐지 멍한 실반의 시선을 계속해서 받아내던 그는 못마땅한 표정으로 뾰로통하게 쏘아붙였다.

"뭘 그렇게 봐? 난 원래 궁수였다고."


                    *          *          *


전장의 후끈거리는 공기가 마지막이라는 말에 현실감을 불어

넣어 준다. 이제, 정말 마지막 페이지다. 여기서 승부가 난다.

수련은 거침없이 유저들의 파도를 헤치고 로드 플레인의 핵을 향해 다가갔다. 그리고 그곳에는 예정대로 지난 노스 플레인에서 보았던 그것과 흡사한 신전이 있었다.

그대로 신전 안으로 발을 들이자마자 차분하게 가라앉은 좀 먹은 공기가 피부를 찔러왔다. 악의인지 호의인지 알 수 없었지만, 분명 그곳의 공기는 그를 맞이하고 있다.

하얀 벽돌 신전의 왼편은 일부가 무너져 있었다. 누군가가 쓰던 방 같았다. 인공적인 흰색 도료 냄새가 머리를 아프게 했다. 그리고 신전의 중앙. 그곳에는…… 그가 찾던 것이 있었다.

두 개의 봉인 중 남은 하나. 이시스의 거울(Mirror of Isis).

그런데 신민호는 어디에 있지?

수련은 인적이 보이지 않는 주변을 연신 흘끔거리다가 이내 아무도 없음을 확신하고는 왼손으로 레퀴엠을 뽑아 들었다. 거울과의 거리가 가까워질수록 왼팔이 저릿해지기 시작한다. 거울이 공포를 느끼고 있다. 자신을 파괴할 시리우스의 왼팔의 존재를 인식하고 있다. 조금의 동정이라도 가져줄 법도 하건만, 수련은 잔혹한 학살자처럼 그대로 검을 찔러 넣었다.

그리고 다음 순간, 검과 함께 수련의 몸은 거울 속으로 빨려 들어가 버렸다.

머리에 먹물이 가득 찼다가 순식간에 빠져나간다. 귓가에 연방 이명이 울리고, 가만히 눈을 감고 있으면 정신 사나운 뭔가가 어둠 속에서 꿈틀거렸다.

수련은 간신히 첫 호흡에 성공한 아기처럼 양수를 내뱉듯 날숨을 뱉어냈다. 그리고 천천히 눈을 떴다. 예상대로다. 호루스의 구슬 때처럼 이시스의 거울 또한 이런 환상을 보여줄 것이라 생각했다.

세상은 온통 회색이다. 숨도 쉴 수 없을 만큼 빼곡한 회색으로 뒤덮여 있다. 순수한 회색이란, 그 말 자체로 모순이다. 순수한 검정, 순수한 흰색은 있을지언정 순수한 회색은 없다. 그럼에도 그 공간은 순수했다. 순수한 회색의 공간이었다.

천장도, 바닥도, 벽도…… 니힐리즘을 표현한 초현실주의의 화풍 속에 들어온 것처럼 그곳에는 아무것도 없었다.

아무것도 없었기에, 오히려 완벽했다. 극도로 완벽한, 정제된 허무. 일반적인 인간이 가늠할 수 없는 공간이 그곳에 있었다. 심호흡을 한다. 천천히 눈을 감는다.

마침내 눈을 떴을 때, 그곳에는 그가 찾던, 그리고 그를 찾던 한 남자가 서 있었다.

"왔군."

인영은 가면을 쓰고 있다. 세심한 굴곡으로 빚어진 하얀 마스크다. 천천히 손을 움직여 가면을 벗은 남자는 수련을 바라보았다.

"진수련."

둘은 한참 동안이나 서로를 가만히 응시하고 서 있었다. 감회(感懷)라는 단어가 그토록 하찮게 느껴질 수 있을까. 그 순간의 감각은 어떤 언어로도 정의할 수 없을 만큼 혼잡하고, 또 격렬했다.

세상의 모든 절대가 이곳에 있다. 수련은 입을 열었다.

"우리가 싸우게 되면 둘 중 하나는 반드시 죽는다."

그것은 진실.

"이만 여기서 끝내자, 신민호."

"끝내……?"

신민호의 입가에 비릿한 웃음이 감돌았다.

"이제, 막 시작일 뿐인데."

손가락을 튕기는 순간, 무대의 막이 오른다. 회색의 키틴질을 연상시키던 그 공간에 마술처럼 텅 빈 관객석이 생기고, 무대를 두르는 휘장이 생기며, 몇몇의 꼭두각시 인형들이 나타난다.

꼭두각시 인형들은 모두 나무로 만들어져 있다. 그 얼굴들은 흡사…… 그렇다. 마치 신민호를 연상시키고 있다. 그들의 코는 모두 피노키오의 그것처럼 길었다.

"인형극을 좋아하나?"

신민호가 말했다고 생각했다. 그러나 동시에 그것은 신민호가 말한 것이 아니었다.

"이쪽이야, 이쪽."

반사적으로 시선을 돌려본다. 인형이 말하고 있었다. 두 개의 나무 인형은 서로 손을 꼭 잡은 채 수련을 올려다보고 있다. 수련이 발끈하며 검을 뽑았다.

"놀리지 마!"

검의 궤적이 정확히 신민호를 갈랐다. 그러나 실체는 이미 그곳에 없었다. 강한 충격이 아랫배를 강타한다고 느낀 순간, 수련의 몸은 허공을 날고 있었다. 한바탕 바닥을 뒹군 수련은 그제야 깨닫는다. 이곳의 신민호는 그가 알던 신민호가 아니다. 이곳은, 이 공간은…… 신민호의 세계다.

"그래서, 절대의 공간이지."

신민호는 그의 생각을 읽은 것처럼 고개를 주억거렸다.

"하나뿐인 관객이 이렇게 난동을 피우니, 섭섭한데."

그는 곧장 수련을 향해 걸어왔다. 그의 손에도 어느새 두 자루의 검이 쥐어져 있었다. 인퀴지터와 레퀴엠. 수련의 그것과 동일한 것이었다.

그때, 두 마리의 나무 인형이 움직이기 시작했다.

"나는 절대가 될 거야."

"나도 절대가 될 거야."

두 나무 인형은 서로 다른 색깔의 옷을 입고 있었다. 하나는 검정색, 다른 하나는 흰색. 검은 소년이 말했다.

"모두가 평등한 세계가 되기 위해선 통치자는 절대를 품은 인간이어야만 해."

하얀 소년도 말했다.

"내가 평등한 세계를 만드는 이유는 소녀 때문이야."

꼭두각시 인형들의 대사와 함께 거대한 무게를 지닌 기억들이 수련의 머릿속으로 흘러들어 온다. 신민호의 소녀. 들판을 달리는 지아의 모습이 가만히 떠오른다. 누군가가 코앞에서 낡은 영사기를 돌리고 있는 것처럼 화면은 손에 잡힐 듯 가까웠다.

"인간적인 정에 얽매이는 존재가 절대가 될 수는 없어."

"나는 소녀를 위해 절대가 될 거야."

두 명의 소년은 지향하는 바는 같았으나 정작 다른 길을 걷고 있다. 두 소년은 처음으로 서로를 마주 본다. 넌 나와 달라. 너는 나와 다른 존재야. 하지만 우리는 하나인데…….

그 순간 화면이 바뀌며 이번에는 영사기에 어린 신민호의 모습이 떠올랐다. 아버지의 그림자를 피해 거대한 박스 속에 웅크린 소년의 모습. 와들와들 떠는 입술, 공포에 젖은 눈매…… 또다시 화면이 바뀌자, 이번에 소년은 도화지를 이어 붙이고 있었다. 그는 도화지에 무언가를 쓰고 있었다.

하얀 소년이 말했다.

"인간이 절대가 될 수 없다면, 가능한 한 절대에 가까워지면 돼."

0.999999999999999999999999999999999999999999999999999999999999…….

어린 신민호는 도화지를 한없이 이어 붙여 그곳에 숫자를 쓰고 있었다. 끊임없이 9를 이어나가다 보면 언젠가는 1이 될 거라고 믿었다. 그것이 절대라고 믿었다. 그렇게 이어 붙이고, 또 이어 붙여 한없이 1에 가까워진 숫자는 마침내 1이 될 거라고, 그렇게 믿었다. 그러나…….

어린 신민호는 울기 시작한다. 도화지를 아무리 이어 붙여도, 아무리 9를 기록해도 1은 되지 않는다. 0.99……는 1이 될 수 없다. 인간은 1이 될 수 없다.

인간은…… 절대가 될 수 없다.

"틀렸어. 절대가 되기 위해서는…….”

검은 소년이 입을 열었다.

"0.99…… 가 아닌, 처음부터 1인 존재여야만 해.”

인간이 절대가 되기 위해서는 처음부터 인간이 아니어야 한
다. 인간이 아니면서, 한없는 절대성을 품은 존재. 그것은…….

"신.”

"신이 되어야 해.”

두 소년은 입을 모아 말했다. 인간은 자신의 절대성을 보장할
수 없다. 인간의 인식은 항상 불안전하고, 사유와 연장은 끊임
없이 미끄러진다. 데카르트를 비롯한 모든 철학자들이 실패한
그것을, 소년은 스스로 신이 되어 극복하고자 했다.

인간이 절대를 말하려면 처음부터 인간이 아니어야 한다.

"내가 신이라는 것을, 내가 증명할 수 있다면 되는 거야.”

검은 소년이 말했다. 그런데 그때, 하얀 소년이 몸을 부들부
들 떨며 경련하기 시작했다. 검은 소년이 하얀 소년을 돌아본
다.

"이, 이건 뭔가 이상해. 왠지 잘못된 것 같아. 난 이런 걸 원하
지 않았어. 소녀는 어디 있지? 소녀는?’

영사기의 화면은 또다시 바뀐다. 소녀는 울고 있다. 차가운
바람이 부는 그 언덕에서 소녀는 은빛으로 스러져 간다.

"소녀는!’

바로 그 순간, 검은 소년의 손이 번개같이 움직이며 하얀 소
년의 목줄을 움켜쥔다. 하얀 소년은 온 힘을 다해 발버둥 친다.
그 장면에서 수련은 자기도 모르게 목에 손을 갖다 대었다.

처음부터 숨을 쉬지 않는 그 인형은 정말 숨이 막히는 인간처럼 한참을 버둥거리더니 이내 축 늘어졌다. 비극적인 음악이 흐른다.

박수 소리가 울려 퍼졌다.

"어때, 즐거운가?"

신민호는 유쾌한 음색으로 그렇게 물었다. 수련은 그를 보는 순간 깨닫는다. 신민호의 옷은 검은색이다. 숨이 콱 막혀왔다.

"너는…… 결국 네 자아를 죽였구나."

불가해한 자기모순이 가슴에 스멀스멀 고인다. 결국 이 남자는 이렇게 되고 말았다. 절대가 되기 위해서 자신의 인간적인 부분을 나누어 부숴 버리고 말았다.

그런데 그런 그가 이곳에 수련을 불렀다. 부를 필요가 없었음에도 이곳에 수련을 오게 만들었다.

수련은 신민호를 이해할 수 있었다. 그래서 자신을 이해할 수 없었다. 그를 이해하는 자신을 이해할 수 없었다.

최초로 검과 검이 맞부딪쳤다. 섬광과 환영의 오오라가 집요하게 서로의 목줄을 노리고 꿈틀댄다.

"이제야 당신이, 나를 이곳에 부른 이유를 알았어."

수련은 칼날 사이로 비치는 신민호의 얼굴을 보며 말했다. 늘 그랬다. 처음부터 끝까지, 수련이 론도를 시작하고 이곳에 오기까지는 늘 신민호의 그림자가 존재하고 있었다.

신민호는 수련이 이곳에 오기까지의 모든 과정에 개입해 있었다. 마치 오늘을 예견하고 있었던 것처럼.

"너는…… 네 정당성을 증명하고 싶었던 거야."

수련은 이를 갈 듯 말했다. 자아가 나누어지기 전, 아직 회색이었던 신민호…… 그에게는 인간적인 부분이 남아 있었다. 그는 인정받고 싶었다.

"나와 싸움으로써. 네 정당성을 인정받고 싶었던 거다."

신민호는 그가 한때나마 아버지로 생각했던 시리우스의 아들과 싸워 승리함으로써, 자신이 정당하다는 것을 보여주고 싶었다. 시리우스도, 수련도 아닌…… 오로지 그 자신에게.

그는 대답하지 않았다. 관객이 존재하지 않는 무대에서 위선과 위악의 가면을 쓴 두 명의 배우는 서로를 향해 검을 겨누고 있다. 서로가 존재하기에 서로를 증명할 수 있는 빛과 어둠처럼, 두 명의 가냘픈 배우는 서로를 죽이려 하고 있었다.

설사 그것이 자신의 존재를 지우는 일일지라도.

"너는 늘 모든 것을 예정이라 말했지. 이것도 너의 예성, 저것도 너의 예정…… 마치 모든 것이 너의 계획 안에서 움직이는 거대한 운명의 일부인 것처럼!"

신민호의 예리한 찌르기가 옆구리를 스친다.

"하지만, 그게 아니었어."

수련은 조용히 분노를 토해냈다.

"넌 인정하지 않겠지만…… 적어도."

상이한 계통 능력이 충돌하며 거대한 폭음을 낳는다.

"적어도, 지아의 죽음은…… 네 예정에 없던 것이었지."

"있었다, 그것도."

목소리에 깃든 한기에 소름이 돋는다. 오른손이 저릿저릿했다. 조금이지만 상대방의 동요가 느껴진다.

수련은 이미 알고 있었다. 두 개의 달은 서로가 말하지 않아도 서로의 모든 것을 알 수 있었다. 신민호는 두 개의 상이한 자아 때문에 자기모순에 빠지고 말았다.

지아를 사랑하지 않기 위해 수련에게 지아를 맡겼다. 그리고 그 결과 그녀를 더 사랑하게 되어버렸다. 그것을 인정하지 않기 위해 인격을 나누었다. 그리고 다른 하나의 인격을 죽였다.

달의 권능을 이어 절대가 되었다. 론도를 창조했다.

스스로의 정당성을 입증해야 했다. 그래서 수련을 이곳으로 불렀다. 만약 입증할 수 없다면 그런 것은 처음부터 없는 편이 나았다. 정당성이라는 단어 자체를 철저하게 파괴해야만 했다.

"내가 왜 신이 되었는지 아는가?"

신민호가 입을 열었다.

"어릴 때는 여러 가지를 믿지. 영혼이라던가, 귀신 같은 것. 종종 난 두려웠지. 죽는 것이. 죽으면 어떻게 될까? 기억도 생각도 할 수 없고, 아무것도 느낄 수 없고, 자신의 존재조차 알 수 없는…… 그런 게 너무 무서웠지. 제발 영혼이나 귀신 같은 게 있었으면 했다."

신민호의 말이 어두운 기억의 상자를 건드렸다. 수련도 그런 것을 믿었다. 믿던 시절이 있었다.

"영혼이 있고 환생이 있다면 이 끔찍한 세상에서 언젠가는 반드시 벗어날 수 있을 테니까. 구원을 얻을 수 있을 테니까. 하지만 구원 같은 건 없지. 기적을 원하는 사람은 스스로 그 기적을 행하는 수밖엔 없다."

신의 부재 속에서, 인간은 스스로 영원을 창조해야 했다.

"어릴 때 소년만화를 보면 한 번쯤 나오잖나? 너는 우리 모두의 기억 속에 살아 있다, 너는 하나가 아니다, 라고. 그러니까 죽어도 괜찮다고…… 모두 개소리지."

남자는 그런 식으로 복수(複數)가 되는 바에야 영원한 단수(單數)가 되는 편이 낫다고 생각했다.

영원히 세계를 지배할 위대한 단수.

"신은 인간에게 아주 작은 유토피아조차 허락하지 않았지."

서로를 이해할 수 없다면, 그런 세상은 없는 편이 낫다.

"그렇다면 내가 신이 되는 수밖에 없다고 생각했다."

내가 신이 되는 수밖에, 인간의 에덴을 완성시키는 수밖에.

"하지만 어느 순간부터 세계정복 같은 건 불가능하다는 걸 깨달았지. 세계는 너무 변했고, 나는 더 작아졌어. 그래서 내 세계를 하나 만들어 버리기로 했다."

이젠 어른이 되어버린 검은 소년은 계속해서 말했다.

"너에게 기회를 주겠어. 너는 내 세계를 열기 위한 열쇠가 되어주었고, 그 역할을 충실하게 수행해 냈지. 네겐 자격이 있다. 나를 막아봐라. 내가 이긴다면 그곳은 유토피아가 될 거고, 네가 이긴다면 영원은 사라지게 되겠지."

허구의 낙원. 영원한 인간의 에덴. 론도(Rondo).

세상의 모든 절대는 침묵을 지킨다. 그 위대한 이상 앞에서, 남자의 처절한 절규 앞에서 입을 열지 못한다. 그런데 입을 여는 자가 있었다.

"넌 신이 아니야."

"뭐?"

다시금 의아하게 묻는 신민호를 향해 수련이 조소했다.

"네가 정말 신이라면 나를 이곳에 부를 필요가 없었을 테니까."

스스로가 스스로를 정당화시킬 수 있는 신이라면 수련을 이곳에 부를 필요가 없었다. 그것이 과거의 자신이 한 일이든 어떻든 간에, 굳이 수련을 이곳으로 불러 자신을 막게 만드는 번거로움을 감당할 필요가 없었다.

그런데 신민호는 그렇게 했다.

"네가 아직 인간이기 때문이겠지."

인간은 뾰족하게 가다듬은 칼날로 신의 심장을 도려낸다.

"아직 네가 인간이기 때문에, 나를 이곳에 부른 거다. 아직 네가 인간적인 감정에 연연하기 때문에. 인간적인 정의(正義)에 얽매이고 있기 때문에!"

"틀려. 나는 신이다."

그리고 한순간 거리가 벌어졌다. 창조와 파괴의 오오라가 동시에 양손에서 빛을 발한다. 두 개의 달. 두 개의 팔.

시리우스의 두 아들이 그곳에서 싸우고 있었다. 시리우스에게 아들로 인정받고 싶었던 그. 그래서 그의 오른팔을 가진 신민호.

무(無)의 경지에 다다른 두 개의 섬광검이 동시에 불을 뿜는다. 시리우스가 남긴 두 개의 계통 능력이 서로 상잔하며 대폭발을 일으킨다. 그 숨 막히는 대기의 공명(共鳴) 속에서 수련은 미세한 바람의 상처를 찾아낸다.

소울 블레이드(Soul blade)!

순도 높은 영력이 덧입혀진 두 자루의 검이 그대로 틈새를 베어간다. 그런데 그때, 그보다 더 낮은 각도에서 폭연의 틈새를 뚫고 들어온 검이 있었다. 신민호의 소울 블레이드였다.

당황한 수련이 몸을 채 비틀기도 전에 칼날은 수련의 옷깃을 헤집고 살갗에 닿는다. 섬뜩한 한기가 몰려오는 것을 체감하는 순간, 누군가가 그를 강하게 밀치며 그 검극을 대신 받아냈다.

수련은 휘청거리며 자신을 밀쳐 낸 인영을 바라보았다. 휘둥그레진 동공에는 말 못할 당혹감이 서려 있다.

그곳에 또 다른 신민호가 있었다.

그리고 그 신민호는…… 하얀빛을 띠고 있었다.


온 세상의 시간이 정지해 버린 것 같았다.

"어떻게……."

검은 신민호가 짓씹듯 말했다. 그의 인퀴지터는 하얀 신민호의 손아귀에 단단히 붙들려 있었다. 잘린 손바닥에 흥건히 고인 피가 흘러내렸다.

"넌 분명, 내가……."

"소멸시켰다고 생각했겠지."

하얀 신민호가 차갑게 말했다. 그의 육체는 검은 신민호의 그것에 비해 훨씬 유약하고, 투명해 보였다. 당장이라도 건들면 부서져 버릴 것만 같다. 그 모습을 보던 검은 신민호가 조소, 아니, 자조(自嘲)했다.

"잔여 영력을 통해 무리하게 육체를 구현했군."

신민호와 신민호가 싸우고 있다. 검은 신민호가 쥐고 있던 백색의 레퀴엠은 이제 하얀 신민호에게 옮겨와 있었다. 레퀴엠과 인퀴지터가 거세게 부딪치며 포효한다.

수련은 몹시 혼란스러웠다. 백이 조금씩 밀리기 시작한다.

"뭐 해, 같이 안 싸우고!"

그제야 사태가 조금씩 이해되기 시작했다. 하얀 신민호의 눈빛에는 불완전(不完全)이 담겨 있다. 인간미가 있다. 그는……

"당신은……."

이자는 지아를 사랑했던 신민호다. 같은 편이라고는 생각되지 않는다. 그럼에도 이상하게 안도감이 느껴진다. 이 신민호는 인간이다. 인간으로서 이곳에 존재하고 있다.

"수적으로 우세하다고 생각하는 모양이군."

검은 신민호가 불쾌하게 웃었다.

"하지만…… 네가 이곳에 나타난 것은 실수였다."

검은 신민호는 하얀 신민호를 똑바로 응시하며 말했다. 그는 두 번째 손가락을 튕겼다. 희미한 안개 자락이 흐물흐물 나타난다 싶더니, 그 사이로 작은 인영이 보였다.

수련은 숨이 턱 막혔다. 너무나 익숙한 인영이었다. 그곳에 있는 인영, 그것은……

"이시스의 거울은, 인간이 가장 사랑하는 것을 보여주지."

오래전 리타르단도의 그 말이 귓가를 울렸다. 레퀴엠이 바닥에 떨어졌다. 하얀 신민호가 떨리는 목소리로 중얼거렸다.

"지아……."

그곳에, 지아가 있었다. 작은 검신을 쥔 그 아름다운 소녀는 또박또박 울리는 발걸음으로 하얀 신민호를 향해 다가왔다. 하얀 신민호의 눈가가 경련하기 시작한다. 설마, 그럴 리가 없어. 어떻게 지아가…… 순식간에 차오른 불길한 예감이 어깨를 찍어 누른다.

불안은 곧 현실이 된다.

수련이 제지하기도 전에 소녀는 하얀 신민호의 배를 찔렀다. 세상의 그 어떤 존재보다 더 화사하게 웃으며…….

"지아……."

하얀 신민호는 천천히 무릎을 꿇는다. 수련은 그 광경을 지켜보면서도 어떤 행동도 취할 수 없었다. 지아라니, 이건 말도 안 된다…….

이건 세상에서 가장 비겁한 공격이다.

검은 신민호는 충실한 관객의 자세로 무대 위의 배우들을 보며 배를 잡고 웃어 젖히고 있었다. 충실한 분노가 차올랐다. 그러나 움직일 수가 없다. 그것은 처음부터 족쇄에 옭매인 분노였다.

지아가 천천히 수련을 향해 다가온다.

'이것은 지아가 아냐!'

속으로 외치며 검을 바로잡아 보지만, 아무 소용 없는 짓이라는 것을 알고 있었다. 소녀와의 간격이 가까워질수록 그녀가 정말 지아라는 진실로 지아라는 것을 느낄 수 있다. 지아가 아니라는 것을 알면서도, 그녀는 진실로 지아였다.

**그의 기억 속에 잠재되어 있던, 틀림없는 지아였다.**

'아아……'

이것만큼은 어쩔 수 없다. 그렇게 생각하고 만다. 다른 이들을 베어도 어떻게 이 소녀를 벨 수 있단 말인가. 자기도 모르게 검을 내리고 만다. 소녀의 검은 가까워져 온다. 한없이 맑은 눈망울, 투명하고, 또 투명한…….

그리고 다음 순간.

옆의 공간이 갈라져 나왔다. 당황한 검은 신민호가 고래고래 외치는 소리가 들려온다. 그 하얀 세계 속에서 인영이 걸어나왔다. 인영은 그대로 소녀를 끌어안더니, 수련을 올려다보았다.

인영의 얼굴은 웃고 있었다. 수련이 너무나 잘 아는 얼굴, 너무나 그리워했던, 너무나 사랑했던 사람.

아버지였다.

'가라…… 아들아.'

소녀는 그의 품에 안겨 울고 있다. 수련을 향해 눈물짓고 있다. 레퀴엠과 인퀴지터를 다시 거머쥔다. 검은 신민호가 황망한 표정으로 그 광경을 지켜보고 있다. 수련은 지체없이 그 둘을 지나쳐 걸어간다. 검은 신민호가 뒷걸음치기 시작한다. 그런데 물러날 곳이 없다.

어느새 하얀 신민호, 백이 흑의 배후를 점하고 있었다. 뒤에서 그의 몸을 꽉 끌어안아 옴짝달싹 못하게 만든 백은 수련을 향해 목이 터져라 외쳤다.

"지금 끝내, 어서! 나와 함께 이 녀석을 날려 버려!"

소울 블레이드가 거칠게 울부짖는다. 이것이 마지막 기회다.

수련은 그대로 흑을 향해 돌진했다. 두 개의 검이 환하게 빛나며 리겔의 뇌전과 베가의 환영이 만났다. 두 개의 계통 능력은 일순간 하나가 된다. 세계에는 온통 수련이 있었다. 수백의 환영이 동시에 검을 휘두른다.

*연격(連擊) 최종오의(最終奧義),*
*스톰 브레이크(Storm break).*

눈부신 빛살과 어둠이 서로 융합하며 하나의 실체를 이룬다. 실체는 그대로 흑과 백을 관통했다. 소름 끼치는 비명이 회색의 공간을 마멸시킨다.

그 순간에도 흑은 그로테스크하게 웃고 있다. 눈빛에 확신이 갇혀 있다. 자신의 죽음을 의심하지 않는 신의 눈빛이다.

"나는…… 죽지 않는다. 왜냐하면 이 공간은 나의……."

수련은 그 말을 들어주지 않고, 그대로 품속에서 뭔가를 꺼내어 신민호의 심장에 찔러 넣었다.

깨진 호루스의 구슬 조각이었다.

"이, 이건……."

절대는 진솔하게 당황하고 있다. 스스로 절대라 믿었던 절대는 불완전한 인간이 박아 넣은 구슬 조각에 괴성을 지른다. 그리고 그 순간, 수련은 결정적인 물음을 던졌다.

"신민호, 혹시 반성하고 있나?"

질문을 받은 흑의 표정은 지옥 같은 고통 속에 일그러져 있었다. 뭔가를 대답하려는 것도 같았다.

"아니, 대답할 필요 없다. 그냥 물어봤을 뿐이야."

「인간」이 가장 두려워하는 것을 보여주는 호루스의 구슬.

완벽하지 않은 신이었던 그는 또 다른 인간에 지나지 않았다.

아아아아.

회색 공간이 비틀리며 추악한 비명을 지른다.

고독을 가장 사랑했던, 어둠을 가장 동경했던 그 작은 절대는 자신이 만들어낸 기억의 홍수 속에 갇혀 고통스러워하며 죽어간다. 거울의 세계에 거대한 균열이 생긴다. 수련은 쓰러진 백의 몸을 둘러업은 채 마지막으로 아버지와 소녀를 돌아보았다.

'고맙다, 내 아들…… 정말 잘해줬다.'

그것은 수련이 성인이 된 후 난생처음으로 아버지에게 받아본 칭찬이었다. 수련이 뭐라고 답하려는 순간, 거울이 산산이 부서져 나가며 환상이 굉음과 함께 소멸했다.


환한 빛무리가 사라지자, 신전의 벽화가 어렴풋이 드러나기 시작한다. 이시스의 거울은 뼈대만 남은 채 깨져 있었다. 수련은 안고 있던 신민호를 조심스레 바닥에 내려놓았다. 신민호가 힘겹게 중얼거렸다.

"돌아왔나……."

그의 몸은 서서히 엷어져 가고 있었다. 기억으로 구성되어 있던 연약한 육체는 서서히 입자로 바뀌어간다.

"내 자아는 곧 소멸할 것이다."

신민호는 그렇게 말하며 신전의 창살 사이로 스며드는 미명을 바라보았다. 새벽이 다가오고 있다. 수련은 자신의 품에서 스러져 가는 신민호를 내려다보며 입을 열었다.

"한 가지, 물어보고 싶은 것."

"…말해봐."

수련은 오랫동안 묵혀두었던 그 질문을 꺼냈다. 이제야 비로소 꺼낼 수 있는 질문이었다. 이제는 그를 이해할 수 있기에. 수련이야말로 세상에서 유일하게 신민호를 이해할 수 있는 존재이기에.

"왜…… 그때, 지아를 살리지 않았지?"

신민호는 분명 론도 속에서 지아를 살아가게 만들 수 있었다. 지아를 진령화하여 거대한 기억의 집합으로서 지아가 살아갈 수 있도록 도와줄 수 있었다. 그녀에게 다리를, 걸음을 되찾아줄 수 있었다. 그럼에도 그는 그렇게 하지 않았다.

"그게…… 사는 거라고 생각하나?"

너도 이미 알고 있지 않나? 영원이야말로…… 「완전한 지옥」이라는 것을. 신민호는 그렇게 말하고 있다. 수련의 눈썹이 꿈틀거렸다.

"그 말은 너도……."

"그래, 난 살아 있지 않다. 나도, 너도…… 이곳에서는 단지 존재할 뿐이지. 아니, 난 '현실'에서도 이미 죽은 존재였다. 이 세상에 나온 이후, 단 한 번도 살아 있었던 적이 없는 존재였지."

모든 생을, 끝까지 어둠 속에서 존재하지 않는 빛을 동경하며 보내야만 했던 사내의 고통을 수련은 지금까지 알지 못했다. 그것은 타인이 이해할 수 없는 종류의 고통이다. 누구에게도 이해받지 못하기에, 숭고하기 짝이 없는 고통이다.

"지아는 내게 있어 그런 존재였다. 그녀는…… 내가 '살아 있다'라고 '착각할 수 있도록' 만들어주었지…… 그런 그녀를, 내 욕심으로 영원이라는 감옥 속에……."

신민호가 기침을 토해낼 때마다 그의 영혼이 입자화되어 함께 쏟아져 나왔다. 몸의 윤곽은 점점 더 흐릿해져 간다. 신민호가 쓰게 웃으며 수련을 응시했다.

"너는 이제 영원을 걷겠군."

"……."

"하나, 부탁이 있다."

신민호는 규칙적으로 숨을 씨근덕거리며 끊어지는 목소리로 말했다. 수련이 대답할 채비를 마치기도 전에 거친 숨결 같은 음성이 이어졌다.

"네가 존재할 영원에 비하면 내 기억은 네게 하찮을지도 모른다. 하지만…… 네가 내 기억을 받아준다면 나는 너와 함께 영원을 견뎌낼 수 있겠지."

수련은 그가 원하는 것이 무엇인지 깨닫는다. 늘 자신이 아닌 자신을 위해 그것만을 위해 존재했던 신민호의 이상은, 결국 누구를 위함도 아니었기에 공허할 수밖에 없었다. 자신을 표현하는 데 인색했던 그는 마지막조차 제대로 된 부탁을 하지 못한다.

"바보같이, 마지막 정도는 제대로 부탁해도 괜찮잖아."

수련은 그의 손을 잡아주었다. 그의 짧은 생애를 담은 기억이 수련 속으로 밀려들어 온다. 빛은 어둠의 고통을 감내한다. 신민호의 숨결이 점차 잦아들어 간다. 그는 쥐어짜 내는 목소리로 입을 열었다.

"너는 앞으로…… 영원히 '존재하기만 할 뿐인' 존재가 될 텐데, 그래도 괜찮은가?"

묵묵히 고개를 끄덕인다. 소리없는 대답이었음에도 그 대답에는 인간이 지각할 수 없는 무게가 담겨 있었다.

"나는 그것만으로도 충분해."

인간은 존재하는 것만으로도 행복하다. 수련은 진심으로 그렇게 말하고 있었다.

"어째서……."

멀리서 피스 군의 함성 소리가 들려온다. 전장에 승리감이 감돌고 있다. 여명이 더욱 가까워졌다.

"어째서…… 존재하는 것만으로도……."

그의 형제는 새벽빛 속에서 소멸해 간다. 태어나서 단 한 방울의 눈물도 흘리지 않았던 그는, 죽어가는 그 순간까지도 다른 사람의 눈물 속에서 눈을 감고 있었다.

"바보같이…… 당연하잖아, 이 멍청아."

팔이 사라진다. 다리가 사라지고, 몸통이 사라지고, 얼굴의 윤곽마저 공기 속에 녹아 흐트러진다. 수련은 그가 자신의 말을 듣고 있다는 확신이 없었다. 그럼에도 떨리는 목소리로 끝까지 말을 맺었다.

"인간이란 건…… 원래 존재조차 하지 않았다고."

한 사내가 지향했던 절대는 그렇게 영원의 품속에서 조용히 막을 내렸다. 밝아온 새벽빛이 영원의 고독을 찬미하듯 홀로 남은 그의 어깨에 조용히 내려앉고 있었다.

"바보…… 결국 이렇게 됐구나."

세피로아는 처연한 얼굴로 수련의 뺨을 쓰다듬었다. 수련은 전쟁이 종결되자마자 현실과 가상현실의 시간 비를 최대한 벌려놓고 세피로아에게 달려왔다. 수련이 슬프게 미소 짓는다.

"이렇게 될 줄 알았지?"

"응."

방울진 눈물이 하염없이 흘러내린다. 그토록 지키고자 했음에도, 그토록 지켜야만 했음에도…… 또다시 지키지 못한다.

귀환 후 처음 세피로아를 만난 순간, 수련은 세피로아가 더이상 이 세상에 존재하지 못한다는 사실을 깨달았다. 카펠라가 남긴 저주가 수련의 힘으로도 돌이킬 수 없을 만큼 악화되어 있었던 것이다.

"와, 정말 바보 같아."

그 상황에서도 세피로아는 잘도 말들을 늘어놓았다. 사실은 아파서 미칠 것 같으면서도, 죽음이 미치도록 두려우면서도…….

"너 때문에 처녀로 죽게 생겼잖아."

세피로아는 눈물 맺힌 아픔 속에서도 그렇게 웃어 보였다.

"미안해."

"바보, 그런 거 사과하지 마."

사랑스럽다는 듯이 수련의 뺨에 양손을 갖다 댄다. 움직일 수가 없다. 심장이 찢어져 버릴 것 같다. 자신의 목숨을 팔아서라도 세피로아를 살리고 싶다.

하지만…… 그럴 수는 없고, 그래서도 안 된다.

"기억할게, 반드시."

그것이 수련이 할 수 있는 최후의 대답. 영원 속에서 단 한순간도 세피로아를 잊지 않는 것. 그 안에서 영원히 살아가게 하는 것…….

"싫어."

세피로아는 뜻밖에도 그렇게 말했다.

"난 기억 따위로 남고 싶지 않아."

그녀는 검지로 수련의 가슴을 짚었다.

"대신, 여기에 새겨줘……."

수련은 조용히 그녀의 몸을 안았다. 점차 윤곽이 흐려져 가는 세피로아는 작은 아기 새처럼 금방이라도 부서져 버릴 것만 같다. 흘러넘치는 눈물을 간신히 참아낸다. 목이 막혀 목소리가 나오질 않는다.

"잘 모르겠지만…… 만약 운이 좋아서 내가 환생하게 된다면."

세피로아의 목소리가 점차 흐려져 간다. 그녀는 간신히 말을 맺는다.

"나, 찾아줄 거지? 아마 너라면 알아볼 수 있을 거야…… 날. 몇 번을, 몇백 번을 환생한다 할지라도……."

"반드시 찾아낼게."

수련은 힘주어 말했다. 그러나 이미 세피로아는 그의 품속에서 사라지고 없었다. 성하늘이 다가와 그의 어깨를 감싼다. 수련은 세상이 떠내려갈 듯 하염없이 울었다.


"저는, 여기에 남을 겁니다."

수련의 갑작스런 선언은 피스의 모두를 당혹케 만들기에 충분했다. 그것은 마치 신의 전언 같았다.

"이곳의 데이터는 회귀(回歸)하는 성질을 가지고 있습니다."

데이터의 회귀, 데이터는 소멸하지만 진정 소멸하지는 않는다. 우리는 단지 데이터가 소멸했다고 믿을 뿐이다. 수련은 담담한 목소리로 충격적인 말을 이어나간다.

"어쩌면 언젠가 세피로아는 이곳에서 다시 태어날 것이라는 이야기입니다. 그리고 어쩌면……."

소녀, 지아도.

"저는 이곳에 남아 그녀들을 지킬 겁니다."

수련은 그녀들의 기억을, 영혼을 지키며 이곳의 영원을 걷는 엔들리스 워커(Endless walker)가 되기로 결심했다.

영원의 속죄(贖罪).

그것은 리타르단도에게 창조의 권능을 이어받는 그 순간부터 시작된 각오였다. 그 말을 듣던 베로스가 분노하여 외쳤다.

"바보 같은 소리를……."

사람들이 동요하고 있다. 누군가가 이곳에 남는다. 왜? 대답은 너무나 명료했다.

"이시스의 거울로 세계를 연결하는 통로를 열기 위해선 그 거울을 여는 누군가는 이곳에 남아야만 합니다. 그리고 그 누군가는 반드시 두 개의 달 중 하나여야만 하지요."

모두가 탄식한다. 남은 달은 이제 하나밖에 없다.

당대의 시리우스, 수련뿐이다.

누구도 대신할 수 없는 그 일은 이제 수련이 해야만 한다. 베로스도, 네르메스도, 조용히 고개를 숙였다. 자신을 희생하여 모두의 현실을 지키려는 그 앞에서 그 누가 당당할 수 있을까.

그런데 당당하려는 놈이 하나 있었다.

"나도 함께 남겠어."

루피온이었다.


그룬시아드 대륙 전체에 흩어져 있던 유저들은 하나둘씩 현실세계로 복귀하기 시작했다. 수련이 시간 비를 충분히 늘려놓은 덕택에 그들은 제시간 안에 송과선을 타고 현실의 육체로 돌아갈 수 있었다.

두 세계를 연결하는 거대한 이시스의 거울은 마치 죽음을 향하는 문처럼 기묘한 빛깔을 띠고 있었다. 그것은 실제로 죽음을 향하는 문이기도 했다.

수련이 이곳에 남아 「영원」과 싸워야 한다면, 유저들은 저 문을 통해 나가는 순간 「죽음」과 싸우게 될 것이다. 영원을 등진 그들은 이제 죽음에 정면으로 맞서 싸워야만 하는 '인간'이 되어야 한다. 그들은 죽기 위해, 인간답게 죽기 위해 살게 될 것이다.

채 두 달이 지나기 전에, 대륙에 있던 대부분의 유저들은 이시스의 거울을 통해 밖으로 나갔다. 물론 나가지 않으려는 자들도 있었으나, 대부분은 다음과 같은 질문에 무너지고 말았다.

"당신들의 가족을 버릴 수 있습니까?"

그리고 그 질문조차도 극복해낸 자—손에 꼽을 만큼 소수였다—들은 론도, 그룬시아드 속에 남게 되었다. 예를 들면 루피온처럼.

"루피온, 정말 안 갈 거냐?"

어느새 베로스와 네르메스의 차례가 돌아왔다. 베로스는 안타까운 시선으로 루피온을 바라보며 물었다.

"이곳은, '진짜 현실'이 아냐. 네 현실은 밖이라고. 정말……가지 않을 거야?"

그의 호소는 간절하기까지 하다. 어쩌면 오래전부터 이런 날이 올지도 모른다고 예감하고 있었는지도 모른다. 루피온이 빙긋 웃었다.

"베로스, 「진짜」가 뭔데?"

"진짜는……."

뭔가를 말하려다가 이내 말문이 막힌다. 알고 있지만 단지 인정하기가 싫었다. 루피온은 계속해서 말했다.

"현실에서 우리가 살아가는 세계는 정말 '진짜'일까?"

인간에게 절대는 주어지지 않았다. 하지만, 그 대신.

"베로스…… 내겐, 이곳이 '진짜'야."

믿음이 주어졌다. 루피온은 이곳을 자신의 현실이라 믿었다. 베로스는 말없이 고개를 숙였다.

"…널 잊지 않을 거야."

더 이상 뭔가를 말하면 꼴사납게 울어버릴 것만 같았다. 베로스는 루피온의 시선을 외면하며 수련을 바라보았다. 수련은 이번에도 고개를 까딱해 보였다. 베로스는 젖은 음색으로 말했다.

"수련, 세상에 쿨한 인간은 딱 두 종류뿐이야."

눈물 맺힌 얼굴로, 실실 웃어 보인다.

"쿨한 척하고 있거나, 아니면 형편없는 바보거나."

베로스는 천천히 이시스의 거울 쪽으로 걸어가며 마지막 말을 맺었다.

"수련 넌 후자야, 이 멍청아."

밀도 높은 차원의 입자가 베로스의 몸을 삼킨다. 베로스의 목소리가 먼 메아리처럼 들려왔다.

"잘 먹고 잘살아라! 루피온 이 멍청한 해삼 말미잘 자시ㄱ……."

"잘 가, 베로스."

루피온이 슬프게 웃는다. 숭엄한 정적이 잠시 깃든다.

이번에는 네르메스 차례였다.

"네르메스, 베로스를 잘 부탁해."

네르메스는 말없이 루피온의 뺨에 키스하고는 수련을 바라보았다. 그녀는 뭔가를 말하고 싶어하는 것 같았다. 알게 모르게 어디서부턴가 꼬여 있었던 그 과거를 풀어내고 싶어하는 것 같았다.

"괜찮아."

수련은 가만히 고개를 저으며 그렇게 말했다. 괜찮아. 그는 이미 알고 있었다. 그의 동생을 친 자동차의 주인이 바로 네르메스라는 것을. 그는 달이 되는 순간, 네르메스의 기억 또한 읽었던 것이다.

"이곳에서 나가면 내 동생에게 사과해 줘."

"정말 미안해⋯⋯."

네르메스는 꾸벅 고개를 숙이고는 터지는 울음을 참으며 이시스의 거울을 향해 달려갔다. 이제 그녀는 이곳의 존재를 바깥 세상에 알려야만 한다.

네르메스가 자취를 감추자, 이제 마지막 한 사람이 남았다. 그 한 사람이 채 입을 열기 전에 수련이 선수를 쳤다.

"하나 부탁할 것이 있습니다."

거절할 수 없는 부탁이었다.

"이곳에서 나가시게 되면 제 눈을⋯⋯."

긴 하늘색 머리카락이 바람결에 흩날렸다. 수련의 말을 알아들은 성하늘은 가만히 고개를 끄덕였다. 이 남자는, 정말 마지막 순간까지도⋯⋯.

"저도⋯⋯ 이곳에 남을 수는 없을까요?"

수련은 묵묵히 고개를 젓는다. 성하늘은 당장이라도 울먹일 듯한 표정으로 수련을 향해 다가섰다. 차가운 입술의 감촉이 와 닿았다. 깊은 겨울장미의 향기가 은은하게 퍼져 나간다. 언젠가 어둠 속에서 느꼈던 바로 그 향기다.

"저한테도 이 정도는 허락해 주시겠죠?"

대답하지 않는다. 어떤 표정을 지어야 할까. 어떤 얼굴로 이 이별을 맞이해야 할까. 수련은 끝내 말문을 열지 못하고, 멀어지는 성하늘의 모습만을 하염없이 바라보았다.

성하늘은 결국 참았던 울음을 터뜨리고 만다. 그를 기억하고 싶다. 그의 마지막 모습을 담아가고 싶다. 그런데…… 눈물이 앞을 가려서 보이지가 않는다.

"잘 있어요, 안녕."

거울 속의 어둠은 성하늘의 작은 몸을 삼켜 버렸다.


달이 지고 세계의 꿈이 멈추자 네임리스들은 하나둘씩 활동을 멈추기 시작했다. 압도적인 세월의 노곤함이, 피로가, 졸음이 그들을 내리누른다.

네임리스들은 조용히 잠에 빠져들었다. 근원을 알 수 없는 수마(睡魔)가 온 대륙을 집어삼킨다. 몬스터들도, 인간들도, 모두 깊은 잠에 빠져든다.

수련의 곁에는 실반과 루피온이 남아 있었다.

"실반…… 이제 그만 자도 괜찮아."

수련은 자신의 무릎을 베고 누워 있는 실반을 바라보았다. 짙은 그늘이 진 그의 눈동자는 몹시 피곤해 보인다. 언제나 수련의 뒤를 지켰던 용병 실반은 홀로 남게 될 그의 마스터를 가만히 끔뻑거렸다.

"종종 그런 생각을 했습니다……."

정신이 잠깐씩 혼미해지는 와중에도 실반은 그렇게 입을 열었다. 손을 뻗어 헨델의 대검, 슈왈츠와 하르발트의 장검의 감촉을 느껴본다. 깊은 안도감과 함께 몸도 마음도 착 가라앉는 것을 느낀다. 실반의 표정은 편안해 보였다.

"어쩌면 저와 다른 용병들은 처음부터 「하나의 영혼」이 아니었을까, 하고……."

그랬다. 용병들은 '어떤 면'에 있어서 비정상적일 정도로 입체적이었다. 지나치게 과묵하고 무뚝뚝했던 슈왈츠, 유쾌한 덜렁이 헨델, 얼핏 헨델과 비슷해 보이지만 사실은 시니컬하고 직설적인, 그럼에도 따뜻한 감수성을 가진 하르발트, 항상 침착하고 냉철하며 누구보다도 정직한 실반.

그들은 마치 '한 사람'을 여러 특징들로 나눠놓은 것처럼 판이하게 달랐다.

"잠이 옵니다……."

실반의 숨소리가 점차 느려지기 시작한다. 묵은 공기를 토해내고, 마지막으로 수련을 올려다본다.

"다시 깨어났을 때도, 당신을 지키겠습니다."


그로부터 며칠이 지나자, 대륙은 쥐 죽은 듯 고요해졌다. 수련은 잠든 나훈영의 아들을 묻어주었다.

이제 남은 사람은 수련과 루피온뿐. 루피온의 의식 또한 세계에 적응하면 적응할수록 점점 더 몽롱해져 갔다. 그는 이미 잠든 로쉬크를 품에 안고서 나무등치에 기대어 앉았다.

"더 못 가겠어. 아무래도 여기서 자야 할 것 같아."

"그래."

수련은 자신과 함께 남은 친구를 바라보았다. 루피온의 긴 눈꺼풀이 천천히 깜빡거리더니 조금씩 빛을 잃어간다. 수련은 거대한 구덩이를 파서 루피온이 누울 자리를 만들어주었다.

루피온은 뭔가 말을 하고 싶어하는 것 같았으나, 쉽게 할 말이 떠오르지 않는 것 같았다.

"마지막 순간에는 뭔가 대단한 말을 남기고 싶었는데."

그는 로쉬크를 품에 안은 채 가만히 중얼거렸다.

"헤헷, 실반 녀석이 너무 멋진 대사를 해버렸잖아……."

들숨과 날숨이 천천히 교차한다. 이제 정말 혼자구나. 수련은 루피온의 머리를 쓸어 넘겨주었다.

"수천 년이 흐른 뒤, 다시 만났을 때……."

루피온…… 언제나 유쾌하고 즐거웠던 나의 친구. 그는 얼마나 오랜 잠을 잔 뒤 깨어날 것인가. 수백 년? 아니면 수천 년?

"그때도 우린 친구겠지, 시리우스?"

"그래."

기쁘게 눈을 감는 루피온을 바라보며, 수련은 나직하지만 힘 있는 목소리로 대답해 주었다.


대륙에 홀로 남은 수련은 방랑객처럼 세계의 곳곳을 돌아다 녔다. 텅 빈 사원과 텅 빈 왕궁, 텅 빈 산맥과 텅 빈 개울…… 세상에는 아무도 없었다. 그곳에는 오로지 수련뿐이었고, 점차 거대해져 가는 기억의 집합만이 존재할 뿐이었다.

계절이 변화한다. 봄, 여름, 가을, 겨울…… 론도(Rondo)처럼 끊임없이 반복되는 지긋지긋한 시간들. 그마저도 차츰 경계가 엷어지더니 최후에는 영원의 겨울이 시작되었다.

세상은 온통 겨울이었다.

꿈을 꾸지 않는 나무들은 말라 죽어갔고, 개울은 말랐으며, 세상은 오로지 하얀 눈으로 가득 차 있었다. 광대한 설원(雪原), 대륙은 거대한 설국(雪國)이었다.

수십 년? 수백 년?

수련은 백 년이 경과하는 순간부터 날짜를 세는 것을 그만두었다. 얼마나 시간이 지났는지 알 수 없었다.

스스로의 존재가 점차 희미해져 가는 것을 느낀다. 나는 정말 살아 있는가? 믿음은 시간 속에서 자꾸만 희석되어 간다.

"누구 없어요!"

온 정신을 쥐어짜 내는 듯한 외로움이 엄습해 올 때마다 수련은 미친 듯이 사람을 찾아다녔다. 대륙은 넓다. 비록 자신이 아직 찾지 못했을 뿐이지 사람은 분명히 있을 거다, 사람은…….

사람은…….

사람은, 아무도 없다.

가끔씩 울었다. 세피로아가 떠올랐다. 지아가 떠올랐다. 친구들이 스쳐 갔다. 여동생이 생각났다. 부모님이 생각났다. 그제야 뒤늦은 슬픔이 파도처럼 밀어닥쳤다.

미쳐 버릴 것만 같았다. 아니, 이미 미쳐 버린 것은 아닐까?

엄마가 죽었다. 아버지가 죽었다. 더 이상 여동생을 볼 수 없다. 지아도, 세피로아도 이제 존재하지 않는다. 나는 이제 이 영원의 세계를 나 홀로 버텨나가야만 한다…….

죽고 싶다.

죽어간 자들이 떠올랐다. 죽는 건 사는 것보다 더 힘들다고 생각했다. 그런데 죽고 싶었다. 이대로 죽어버리고 싶었다.

수련은 걸음을 멈췄다.

하늘에서 간헐적으로 떨어지는 눈을 맞으며 조용히 자리에 누웠다. 푹신한 차가움이 온몸을 파고든다. 나른한 한기다. 이대로 가만히 눈을 감으면 죽게 될까.


누군가의 온기가 느껴졌다. 수련?

누군가의 목소리가 들려왔다. 일어나 봐.

불가해한 기호처럼 들려오던 그 목소리는 어느 한순간 구체성을 띠고 또렷하게 들려왔다.

"수련."

부스스 눈을 뜬다. 은백의 머리카락이 살랑거리며 그의 코끝을 간질였다. 흐릿한 윤곽이 점차 명확해진다. 순간 정신이 번쩍 들었다.

"…세피로아!"

세피로아가 뒷짐을 진 채 그를 내려다보고 있었다. 따사로운 볕이 내리쬐는 초록빛 언덕. 벌판을 달리는 백금발의 소녀. 지아가 웃으며 손짓하고 있다.

"이리 와요."

나무둥치에 기대어 있던 용병들이 그를 향해 다가온다.

"마스터!"

말로 표현할 수 없을 만큼 기쁨이 벅차오른다. 모두가 살아 있다. 모두가 내 곁에 있다. 리겔과 베가가 손을 잡고 서 있었다. 네르메스와 베로스, 루피온이 서로 장난을 치고 있었다.

그리고…….

"아버지…… 어머니."

언덕의 끝에 부모님이 서계신다. 그토록 그리워했던 두 사람이, 미소로 자신을 기다리고 계신다. 수련은 그들을 향해 달려갔다. 모든 것이 꿈만 같다. 그래, 나는 깊은 꿈을 꿨던 거야.

아주 깊고, 지독했던 악몽을…….

구원받은 기분이었다.

이대로, 조금만 더…… 조금만…… 조금만 더?

뭘 '조금만 더'라는 거지?

그 순간, 차가운 뭔가가 가슴을 스치며 사위가 역전되었다.


꿈이었다.

수련은 숨을 헐떡이며 깨어났다. 모두 꿈이었다.

차가운 눈의 감촉이 온몸을 뒤덮고 있었다. 캑캑거리며 눈을 헤치고, 자리에서 일어났다. 세상은 여전히 겨울이었다. 그러나 아까보다 눈발이 약해져 있었다. 마치 잠깐이지만 봄의 자락이 이곳을 스쳐 간 것처럼.

달콤한 행복이 채 가시기도 전에 눈물이 흐른다.

아아…….

난 혼자다.

수련은 또다시 울었다. 따뜻한 눈물이 볼을 타고 흘러내려 눈과 함께 볼에서 얼어붙었다. 이제 버틸 수 없어. 누가 좀 도와줘.

그렇게 한참을 울고 난 뒤, 수련은 다시 자리에서 일어났다. 울음만큼 더 의연해져 있었다. 자신이 살아온 세월만큼의 고독을 담고, 이를 악물고 걸어간다.

세계의 꿈.

수련은 그 꿈이 의미하는 바를 깨달았다. 그것은 엔들리스 워커인 수련이 이 세계에 존재하는 이유였다. 이제 그는 세계의 꿈을 꿔야 한다.

자신이 세계의 꿈을 꿔야 이 세계는 다시 기능을 시작할 것이다. 길 잃은 기억들은 그가 꿈을 꾸어야만 윤회를 시작할 것이다.

수련은 눈발 속에서 빈 오두막을 찾았다. 주인을 잃은 인간의 자취를 찾을 수 없는 작은 집이었다.

자리를 잡고 눕는다.

영원의 속죄. 영원의 꿈. 영원의 고독……

수련은 잘 모르겠다고 생각했다. 이것이 옳은 일인지, 자신이 옳은 선택을 했는지, 아무것도 알 수 없었다. 다만…….

다만, 걸어갈 것이라고. 꿈을 꿀 것이라고…… 수련은 그렇게 맹세하고 또 맹세했다. 적어도 스스로가 걷고 있는 동안만큼은, 꿈을 꾸고 있는 동안만큼은 자신이 존재하고 있다고, 자신이 인간이라고 믿을 수 있을 거라고 생각했다.

조금씩 졸음이 밀려왔다. 언젠가 꿈결 속에서 리타르단도의 말을 들었던 것이 떠오른다.

"영혼이 죽으면 내세로 간다지. 그리고 기억이 죽으면⋯⋯."

바깥에는 여전히 매서운 눈발이 몰아치고 있었다. 장작이 불 타며 온기를 만들어낸다. 천천히 심호흡을 하고, 오두막의 뚫린 지붕 사이로 모자이크 같은 겨울 하늘을 올려다본다.

"기억이 죽으면⋯⋯ 영원이 된다네."

작은 영원은 천천히 눈을 감았다.

*Epilogue*

*After winter*

긴 겨울도 어느덧 끝 자락에 들어섰다.

레볼루셔니스트와 론도 사건 이후, 한국은 한동안 침체된 혼란에 빠졌다. 그러나 그것도 몇 달뿐. 얼마 지나지 않아 사람들은 각자의 위치로 돌아갔고, 마치 그런 일은 존재하지 않았다는 것처럼 모든 것은 단순한 음모론으로 묻혔다.

그러나 아직도 세상에는 그 사건을 잊지 못하는 사람들이 분명히 존재하고 있었다.

오늘, 저녁식사
함께 하시지
않으시겠습니까?
2/14 3:28 pm

김영돈.

희경은 자신의 액정에 떠 있는 문자 메시지를 바라보며 한동안 멍하니 생각에 잠겨 있었다. 발신인은 언젠가 방송 일을 같이했던 영돈이었다.

벌써 삼 개월이 흘렀다는 것이 믿어지지 않는다. 이제 그가 세상에 없다는 것이 믿어지지 않는다. 돌아온 사람들로부터 수련의 소식을 들었을 때, 희경은 그 자리에서 넋 놓아 울고 말았다. 처음부터 예감하고 있었음에도 전혀 준비하지 못했다.

입술을 꼭 깨문다.

이제는 그를 잊어야 한다. 아니, 굳이 잊으려 하지 않아도 언젠가는 잊어버리고 말겠지만, 되도록 생각하지 말아야 한다.

희경은 간신히 문자 메시지를 타이핑한다.

'좋아요.'

하지만 자신이 정말 그를 잊을 수 있을지 자신은 없었다. 아마 당분간은 허세일 것이다. 하지만 언젠가 그녀는 수련이라는 존재를 기억하지 못하리라. 기억이 시간 속에서 묽어질수록 수련이라는 이름이 가지는 가치도 그녀의 가슴속에서 희미해져 가리라.

그것은 슬픈 일이다. 다만⋯⋯.

희경은 말없이 병실의 창밖을 내다보았다. 겨우내 붙어 있던 그 최후의 나뭇잎은 봄이 성큼 다가온 지금까지도 굳건히 남아 있었다. 그 나뭇잎은 앞으로도 떨어지지 않을 것이다.

누구도 보증해 주지 않았지만 희경은 그렇게 믿었다.

세상은 바쁘게 돌아갔다. 론도 사건의 후폭풍의 여파는 아직까지 계속되고 있었다. 베로스와 네르메스는 현실에서 분주하게 사건 규명을 위해 애쓰고 있었고, 인터넷에서는 진곤이 배포한 자료들을 두고 네티즌들이 간헐적인 토론을 벌이고 있었다.

론도 내에서 죽은 사람들은 대체 어떻게 할 것인가. 가상현실에 남은 사람들은 이제 어떻게 할 것인가. 그곳에서 사람을 죽인 유저는 현실적인 법의 제재를 받아야 하는가? 론도를 대체할 가상현실은 또다시 세상에 나타날 것인가?

그 소용돌이의 중심에서 스스로를 잃어갈 때마다 성하늘은 다음과 같이 중얼거리곤 했다.

'나는 현실 속에 존재하고 있다.'

그리고 그 문장을 생각할 때마다 언젠가 자신이 죽는다는 사실을 떠올렸다. 두려웠다. 그럼에도 누군가가 두렵냐고 물으면, 두렵지 않다고 말할 자신은 있었다.

론도 밖으로 빠져나온 이후, 때로 현실에 대한 리얼리티가 느껴지지 않을 때가 있었다. 가상현실과 현실은, 전혀 다른 것이 없다. 이시스의 거울 밖으로 나온 순간, 자신은 정말로 「현실」로 돌아온 것일까? 사실 이곳은 현실을 가장하고 있는 다른 세계가 아닐까? 그 누가 이곳이 현실이라고 확신할 수 있을까?

그런 생각을 하면 불현듯 공포가 샘솟았다. 그리고 그런 공포를 느낄 때마다 성하늘은 가슴에 손을 댄 채 눈을 감아보곤 했다. 두근거리는 감촉이 손끝으로 전해져 온다. 그렇게라도 하고 있으면 적어도 그렇게 하고 있는 동안만큼은 안심이 되곤 했다.

그리고 그럴 때마다 수련을 생각했다.

그렇게 가만히 울려 퍼지는 심장 소리를 듣고 있으면 그도 이 세상 어디에선가 그녀와 같은 심장 소리를 느끼며 숨을 쉬고, 꿈을 꾸고, 누군가를 기억하며 살아 있을 것이라는⋯⋯ 그런 확신이 들곤 했던 것이다.

*Epilogue*
*Rondo*

아아, 얼마나 오래 잠을 잤는지 기억이 나질 않아요.

이곳은 온통 암흑뿐이랍니다. 가끔씩 사람들의 이야기 소리가 들리기도 하고, 어디선가 들어오는 차가운 바람을 느낄 때도 있지만, 제가 정말 이곳에 있다는 확신은 없는, 그런 암흑 말이에요.

꼭 동화 속에 나오는 이야기 같죠? 하지만 이건 제 이야기랍니다. 저는 지금 암흑 속에 갇혀 있어요. 끝도 없는 암흑 속에…….

그러던 어느 날, 빛이 들어왔어요.

"수연아."

빛. 목소리.

"수연아, 들리니?"

아아…… 조심스레 눈을 떠봅니다. 눈 위에 놓여 있던 뭔가 무겁고, 불쾌하고, 끈적끈적한 것이 천천히 떨어져 나가는 기분이에요. 상쾌했습니다. 제 주위에 서 있는 사람들이 보여요. 개중에는 익숙한 얼굴도 있고, 전혀 알지 못하는 얼굴도 있습니다. 하지만 이상하게도 모두가 낯설지 않아요.

창밖으로 어렴풋이 보이는 세상은 온통 하얗게 반짝거립니다.

"여긴……."

오랫동안 목을 사용하지 않은 탓인지 제 목소리 같지가 않습니다. 사람들이 기뻐하는 것이 보입니다. 손수건으로 눈물을 찍는 사람도 보입니다.

그런데…… 한 사람이 보이질 않아요.

"수련 오빠는요……?"


희경 언니는 오늘도 의자에 앉아서 꾸벅꾸벅 졸고 있습니다. 요즘 남자 친구가 생겼다는데, 희경 언니를 데려갈 정도의 남자라면 대체 어떤 사람일지 몹시 궁금합니다. 칫, 오빠를 소개시켜 주려고 했었는데…….

시계는 오후 4시를 가리키고 있습니다.

이제 곧 하늘 언니가 올 시간이에요. 아, 호랑이는 제 말 하면 온다더니…… 역시 속담이 무서워요. 오자마자 희경 언니와 다투기 시작합니다. 희경 언니의 성격이 모가 난 건 알고 있지만, 하늘 언니같이 차분한 사람과 사이가 좋지 않다는 건 의아한 일이에요. 여름과 겨울이 공존할 수 없는 것과 같은 이유일까요?

가끔씩 혜영 언니와 오빠의 친구들이 놀러오곤 해요. 오빠의 친구는 이름이…… 음, 잘 모르겠어요. 다들 그 오빠를 베로스라고 부르는데, 처음에는 외국인인가 했어요.

진곤 오빠와 베로스 오빠는 사이가 좋지 않아 보여요. 두 사람 다 혜영 언니를 좋아하는 것 같은데, 혜영 언니는 복도 참 많아요.

모두 좋은 사람들이지만 안타깝게도 모두들 제게 뭔가를 감추고 있는 것 같아요. 제가 정말 모를 것이라고 생각하는 걸까요?

"오빠는 어디 있나요?"

아마 모두에게 그 질문을 한번씩은 던졌을 거예요. 그 질문을 던질 때마다 그들이 당황하는 모습은 슬프지만 어딘가 재미있기도 해요. 어쩜 그렇게 한결같은지…….

……저는 참 나쁜 동생이에요. 그렇죠? 오빠…….

"수련 씨, 잠시 여행 다녀오기로 했어. 희경아, 그렇지?"

"으, 응."

하늘 언니도 나빠요. 그렇게 슬픈 얼굴로 거짓말하면 믿기 싫어도 믿어줘야 하잖아요. 하지만 제가 어린애도 아니고…… 정말 촌스러워요. 바보같이…….

바보 같은 오빠…… 대체 어디 있어요.


요즘은 혼자서 병실 복도를 산책하기도 해요. 올 겨울은 눈이 많이 내렸다고 해요. 작년에는 오빠랑 같이 눈사람도 만들었는데…… 올해는 무리일 것 같네요.

텔레비전에서 태준 오빠의 복귀전이 나오고 있어요. 병실에 있는 컴퓨터도 실은 태준 오빠가 사준 거예요. 가끔씩 제게 수련 오빠가 하던 게임을 가르쳐 주기도 해요. 처음에는 어려웠지만 요즘은 가끔씩 태준 오빠를 이기기도 한답니다(물론, 봐줬기 때문이란 것쯤은 알고 있어요).

얼마 전에서야 수련 오빠의 진짜 소식을 들었어요. 모두 이제는 때가 되었다고 생각했는지, 한 사람씩 '이건 비밀인데……' 하면서 말해주더라고요. 덕분에 몇 사람 분의 같은 내용을 가진 비밀을 알게 되어버렸어요.

오빠는 정말 그 세계에 갇혀 버린 걸까요…….

에이, 울적한 얘기는 그만 할게요. 참, 얼마 전에 병원 친구가 생겼어요. 친구라기보다는…… 오빠가 맞지만.

"이름이 뭐예요?"

"은겨울."

"헤에, 예쁜 이름이네."

겨울에 만난 겨울 오빠. 어쩐지 의미심장하지 않아요? 한강 다리에서 자살을 하려고 했대요. 잘 모르겠지만, 세상에는 자살을 할 만큼 심각한 일도 벌어지는가 봐요. 겨울 오빠는 늘 어딘가 멍하고, 가끔은 자기도 모르게 신경질적이 되기도 하지만, 실은 굉장히 착해요.

그래요, 꼭 겨울 같은 오빠예요.

"너, 내가 아는 어떤 사람이랑 닮았어."

"어떤 점이요?"

"눈이…….."

겨울 오빠는 제 눈을 가만히 들여다보며 애처로운 얼굴로 그렇게 말했어요. 알지는 못해도 분명 겨울 오빠는 굉장히 힘든 일을 겪었을 거예요. 남들에게는 말할 수 없는, 굉장히 슬픈 일을.

"눈이, 그 사람이랑 꼭 닮았어."

여전히 사람들은 「영원」을 가지기 위해 싸운다고 해요. 세상에는 영원히 살고 싶은 사람들이 정말 많은가 봐요. 이런 말하면 왠지 부끄럽지만, 사실 저도 할 수 있다면 영원히 살고 싶어요.

하지만 문득 그런 생각이 들었어요. 정작 「영원」이라는 것은 어쩌면 '가질 수 없기 때문' 에 소중한 것은 아닐까, 하고……

죽음을 피하기 위해 가지려는 영원이란 정작 그 죽음이 사라지는 순간 가치를 잃어버리는 것은 아닐까, 하고…….

그런 영원을 가질 수 없기에, 어쩌면 우리가 살아가고, 숨 쉬고, 또 존재하는 이 순간이 더욱 소중한 것은 아닐까요?

에, 뭐…… 저야 아무래도 상관없어요. 어차피 영원히 살 것도 아니니까요. 다만 저는 믿고 있어요.

오빠는 반드시 이곳으로 돌아올 것이라고…….

늘 반복되고, 지루하고, 또 비극의 연속일 뿐이지만, 그 쳇바퀴 속에서도 가끔은 소중함을 찾을 수 있는, 모두가 기다리고 있는 이곳으로 돌아올 것이라고…….

저는 믿고 있어요.


THE END

# RONDO
## 작가 후기

'이것은 작은 영원에 관한 이야기이다……'

그렇게 시작한 론도가 마침내 마지막 인사를 드리게 되었습니다. 이 막대한 분량을 다 읽고 무사히 후기에 도착하신 분, '어떤 녀석이 이런 책을 썼나……' 하고 후기부터 펼쳐 보신 분, '완결 나오면 봐야지' 하고 책을 펼쳐 보신 분, '이런 게임 판타지도 있네?' 하고 책을 펼쳐 보신 분, 그 외의 독자 분들도 모두모두 환영합니다.

많은 분들이 론도의 조기 종결을 걱정해 주셨습니다. 혹시나 아직 '조기 종결 아냐?' 하고 걱정하시는 분들이 계셨다면, 이 순간부터 마음 푹 놓으셔도 괜찮다고 말씀드리고 싶습니다.

"뭐? 하지만 5권 완결인데!"

론도는 완성도를 고려해 처음부터 5권 플롯으로 구상하고 있었고, 보시다시피 5권 완결이랍니다(푸하핫).

처음 프롤로그를 쓸 당시의 목표는, 《게임 소설이 품을 수 있는 모든 것을 아우르며, 동시에 그 이상의 것도 말할 수 있는……》으하하, 웃으셨나요? 농담입니다. 당시의 목표는《누구에게나 자신있게 추천할 수 있는 게임 소설》이었습니다. 게임 소설을 좋아하지 않는 사람에게도 자신있게 추천할 수 있는…… 정말 그런 글이 되었는지는 솔직히 잘 모르겠습니다(이 부분은 독자 여러분께 맡기겠습니다).

사실 론도는 굉장히 이기적인 글입니다.

이 책은 오로지 제가 하고 싶었던 이야기, 제가 하고 싶은 이야기로만 구성되어 있기 때문입니다. 그래서 저 자신은 그럭저럭 만족하고 있습니다만, 독자 분들께는 보여 드리면 안 될 글을 보여 드린 것 같아서 죄송할 따름입니다.

그럼에도 저는 앞으로도 제가 하고 싶은 이야기들을 꿋꿋이 늘어놓을 것입니다. 사실 할 줄 아는 거라곤 이것밖에 없거든요. 고로 앞으로도 잘 부탁드립니다(하하, 뻔뻔한가요?).

*Thanks to.*
언제나 가장 가까운 곳에서 못난 아들 챙겨주신 부모님.
항상 곁에서 도와준 B.F 영돈, 론도의 지도를 맡아준 Rosy. 늘 옆에서 응원해 준 현우 형, 란 누나, 희진, 은별님, 은지, 현정, 유림, 지은 양, 혜현님, 혜원님, 형덕, 유호, 융희 형, 민수

님…… 지면상 적지 못한 여러 고마운 지인 분들…….
    마지막으로 부족한 글을 완결까지 출판해 주신 청어람 관계
자 여러분과 유혜림 편집 기자님께 감사의 인사를 드립니다.

    그룬시아드 연대기는 이제 막 시작되었습니다.
    그럼, 두 번째 겨울에서 뵙겠습니다.

    *작가 블로그 : blog.naver.com/thesin*

    p.s 참, 감상평이나 리뷰 남겨주시면 좋아합니다. 아시죠?

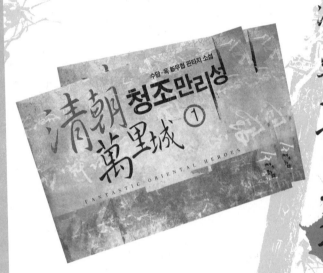